LA MANO DEL
DESTINO

Otra novela de Lis Wiehl, con April Henry

El rostro de la traición

LA MANO DEL
DESTINO

Una novela de la triple amenaza

LIS WIEHL
con APRIL HENRY

GRUPO NELSON
Una división de Thomas Nelson Publishers
Desde 1798

NASHVILLE   DALLAS   MÉXICO DF.   RÍO DE JANEIRO

Editora General: *Graciela Lelli*
Traducción: *Juan Carlos Martín Cobano*
Adaptación del diseño al español: *Grupo Nivel Uno, Inc.*

ISBN: 978-1-60255-389-7

Impreso en Estados Unidos de América

10 11 12 13 14 BTY 9 8 7 6 5 4 3 2 1

Este libro está dedicado a todos los lectores de *El rostro de la traición* que convirtieron la primera aparición de Allison, Nicole y Cassidy en tan gran éxito. Especialmente a Bill C. de Corvallis, Oregón, que escribió: «Tengo ochenta y ocho años, y esperar que salga *La mano del destino* es un aliciente para seguir vivo». Eso es algo que me motiva y a la vez me llena de humildad.

Lo dedico también a mi hija Dani.

La manera en que una persona toma las riendas
de su destino es más determinante
que el mismo destino.

—KARL WILHELM VON HUMBOLDT

CAPÍTULO 1

Jim Fate se apoyó en las punteras de sus mocasines de color negro Salvatore Ferragamo. Le gustaba trabajar de pie. Los oyentes pueden oír en tu voz si estás sentado; pueden detectar la falta de energía. Se inclinó, con los labios casi tocando la rejilla plateada del micrófono.

—¿De verdad se puede hacer de Estados Unidos un país mejor y más seguro mediante gastos federales desorbitados y una enorme nueva capa de burocracia? ¿No será más bien cuestión de reforzar simplemente las leyes de seguridad alimentaria que ya tienen los estados? Desde hace más de un siglo, nuestro sistema de seguridad alimentaria se ha edificado sobre la política de que las empresas del sector, no el gobierno, tenían la responsabilidad primaria de la seguridad e integridad de los alimentos que producían.

—¿Y qué sugieres, Jim? —preguntó Victoria Hanawa, la copresentadora—. ¿Estás diciendo que dejemos morir a más compatriotas que compren comida de una empresa que no se ha molestado en guardar medidas higiénicas?

Estaba sentada en un taburete alto al otro lado de la mesa con forma de U, con la espalda contra la pared de cristal que separaba el estudio de radio de la cabina. A la derecha de Jim estaba la sala de control, a veces llamada la pecera de las noticias, donde el operador de la mesa trabajaba con el equipamiento técnico y conectaba al principio y al final de la hora con uno o varios reporteros locales.

—Lo que digo, Hanawa, es que los activistas están exagerando el último caso de salmonela en beneficio de sus propias metas y para aumentar el poder del gobierno federal. En realidad no se preocupan por esas personas. Lo único que les preocupa es su propia agenda política, que consiste en crear un estado paternalista repleto de regulaciones caras, impracticables y gravosas. Y, por supuesto, el gobierno federal, al ser lo que es, cree que la única solución para cualquier problema está en añadir una capa, o diez, de más gobierno federal.

Mientras hablaba, Jim miraba una de las dos pantallas que tenía delante. Una mostraba la parrilla de programación. También estaba conectado a Internet para poder realizar búsquedas sobre la marcha. En la otra pantalla se veía la lista de oyentes esperando su turno para hablar. En ella, Chris, la que atendía las llamadas en cabina, tenía clasificados el nombre, la ciudad y el punto de vista de cada persona que llamaba. Había todavía tres personas en la lista, lo que significaba que aplazarían la siguiente pausa. Mientras hablaba, Jim vio cómo se añadían a la lista una cuarta y una quinta llamada.

—¿Y qué pasa con la décima enmienda? ¡Ya tenemos leyes estatales que se ocupan de estos temas! ¡No necesitamos añadir una nueva capa de burocracia gubernativa que acabe duplicando o triplicando los precios de la comida! O sea, eso se podría calificar de estupidez.

—Pero la industria alimentaria de este país esta poniendo los beneficios por delante de la seguridad —protestó Victoria.

—Con todo respeto, Hanawa, si dejamos que el gobierno federal se ocupe de ello, insistirán en que todo el que compre algo en el supermercado firme un formulario de descargo y que hasta las bolsas para vomitar se fabriquen con el visto bueno del gobierno. Un nuevo recorte de derechos.

Victoria empezaba a pronunciar una respuesta, pero era el momento de la pausa de cambio de hora y él señaló el reloj e hizo con las manos un movimiento como de romper un palo.

—Han estado escuchando *De la mano de Fate* —dijo Jim—. Vamos a hacer una breve pausa para las noticias, el tráfico y el parte meteorológico. Pero antes de irnos, quiero leerles el correo electrónico de El Tonto de Turno: «Jim, eres un gordo, feo, mentiroso, y te pareces al trasero de un caniche. Firmado, Mickey Mouse».

Jim se rió, escudándose ante el dardo. En este trabajo, sabes que las palabras *podrían* hacerte daño. Aunque estés en buena forma a tus cuarenta y uno, y poseas ese típico aspecto melancólico irlandés que hace que las mujeres te miren dos veces.

—¿Gordo? —dijo riendo—. Tal vez. ¿Feo? Bueno, no puedo hacer nada con eso. Ni siquiera puedo evitar lo de trasero de caniche, aunque creo que eso es pasarse un poco. ¿Pero mentiroso? No, amigo mío, eso es algo que no soy. Vamos, a todos ustedes los oyentes que me sintonizan porque no pueden soportarme, van tener que ser un poco más creativos si quieren ganar el premio TdT. Y para el resto de ustedes, cuando estemos de vuelta abriremos las líneas para más llamadas —dijo, y echó para atrás el micro en su brazo telescópico negro.

Cuando sonaron las primeras notas del *jingle* publicitario de las noticias en sus auriculares acolchados negros, se los bajó al cuello. Él y Victoria tenían ahora seis minutos para ellos, antes de que saliese a las ondas la segunda y última hora de *De la mano de Fate*.

—Voy por un té —dijo Victoria sin mirarlo a los ojos. Jim asintió. Durante la última semana había habido una tensa cortesía entre ellos cuando no estaban ante el micrófono. En el aire, sin embargo, seguían teniendo química. Aunque últimamente se parecía más a la clase de química de cuando mezclas las sustancias equivocadas en tu equipo de científico para novatos.

Todo era diferente cuando estaban en el aire. Jim estaba más indignado y burlón de lo que nunca había estado en la vida real. Victoria hacía chistes ligeramente subidos de tono que jamás toleraría con el micrófono apagado. Y en el aire, se llevaban genial; bromeando y comentando sobre las expresiones de cada uno.

Victoria tomó su taza y se levantó. Aunque era medio japonesa, Victoria medía un metro cincuenta y seis, y tenía unas piernas muy largas.

—Ah, esto estaba en mi buzón esta mañana, pero es realmente para ti —le dijo, pasándole un sobre acolchado de una editorial.

Cuando abrió la pesada puerta del estudio a la cabina, el burlete de sellado de la puerta chirrió como si absorbiera algo. Durante un minuto, Jim podía oír a Chris hablando con Willow y Aarón en la cabina contigua. Entonces la puerta se cerró con un peculiar clic, por los imanes de la hoja y el marco, y Jim se quedó en la burbuja de silencio del estudio de radio. Las paredes y el techo estaban cubiertos de un material de insonorización de textura azul que se parecía al velcro.

Jim tomó la primera carta de su bandeja de correo y la abrió con un abrecartas. Examinó su interior. *Mi padre cumple setenta y cinco, le encantaría tener una foto firmada, Fulanito de tal.*

¡Feliz Cumpleaños, Larry! garabateó sobre una foto en blanco y negro que sacó de un montón que guardaba en una carpeta de archivos. *Tu amigo, Jim Fate.* Enganchó el sobre y la carta a la foto para que Willow se ocupara de ella. Atendió otras tres peticiones de foto, y cada una le tomó veinte segundos. Jim había firmado su nombre tantas veces en los dos o tres últimos años que podría haberse convertido en rutina, pero todavía sentía una secreta emoción cada vez que lo hacía.

Habían pasado menos de tres minutos, así que decidió abrir el paquete de la editorial. Le gustaban los libros sobre crímenes verídicos, política o cultura, de autores a los que podría invitar a su programa.

A sus seguidores también les gustaba enviarle cosas de todo tipo. Invitaciones de partido. Un bikini, una vez. Amenazas de muerte. Fotos polaroid de oyentes desnudas. Propuestas de matrimonio. Camisetas. En honor al nombre del programa, le habían hecho más de una docena de manos de madera, plástico y metal. Poemas. Flores secas. *Brownies.* Se había ganado tantos enemigos que jamás comía nada que le enviara un oyente, ni aunque viniera en su envoltorio sellado. Imaginaba que alguien decidido podría incluso inyectar algo tóxico entre el plástico y el cartón. Pero a Jim también le gustaba ocuparse de su propio correo, por si acaso contenía artículos de una naturaleza, digamos, más *personal*.

Jim tiró del adhesivo rojo para abrir el sobre. Se rompió a mitad de la solapa y tuvo que esforzarse para acabarlo de abrir de un tirón. Se escuchó un extraño siseo cuando el libro, *Talk Show*, cayó sobre su regazo. Un libro de una pieza teatral convertida en película, ambas basadas en el caso verídico del asesinato del presentador radial Alan Berg, al que dispararon en la entrada a su casa.

¿Qué ra...?

Jim no pudo concluir el pensamiento. Porque la tira roja de apertura estaba conectada a un pequeño frasco de gas oculto en el sobre, que le roció directamente en la cara.

Se quedó sin aliento de la sorpresa. Con su primera inhalación, Jim supo que algo iba terriblemente mal. No podía ver el gas, no podía olerlo, pero podía sentir cómo una niebla húmeda le cubría el interior de la nariz y la garganta. Se le caían los párpados. Con un esfuerzo, los abrió.

Tiró el paquete, que aterrizó detrás de él, en la esquina opuesta del estudio.

Fuera lo que fuera, estaba en el aire. Así que no debía respirar. Cerró firmemente los labios y se puso de pie, dando un tirón a los auriculares. En todo ese lapso, Jim pensaba en lo que había pasado en Seattle. Tres semanas antes, alguien había vertido gas sarín en el tercer piso de un edificio de quince plantas de oficinas en el centro. Cincuenta y ocho personas habían muerto, incluyendo una no identificada, de Oriente Medio, vestida con el uniforme de un portero. ¿Era un terrorista? ¿Había intentado poner el sarín en el sistema de ventilación y le salió mal? Nadie lo sabía. Las autoridades todavía no habían identificado al culpable, y nadie había reivindicado el hecho. Pero por toda la costa occidental y a través de la nación entera, la gente se encontraba en un elevado estado de alarma.

Y ahora estaba volviendo a ocurrir.

Empezó a dolerle el pecho. Jim miró por la mampara de cristal grueso a la sala de control a su derecha. Greg, el técnico de sonido, estaba de espaldas lejos del cristal, engullendo una barra de Payday, mirando sus controles, listo para presionar los botones para la publicidad y los titulares nacionales. Bob, el reportero, estaba de espaldas a Jim, con la cabeza agachada mientras repasaba su guión para el segmento local de noticias. En la cabina donde recibían las llamadas, justo delante de Jim, Aarón, el director del programa, hablaba acelerado con Chris y Willow, agitando las manos para remarcar sus palabras. Ninguno de ellos había visto lo que pasaba. Jim pasaba inadvertido, sellado en su burbuja.

Se esforzó en concentrarse. Tenía que conseguir algo de aire, aire fresco. Pero si salía tambaleando a la cabina de llamadas, ¿habría allí aire suficiente para lo que él ya había aspirado? ¿Sería suficiente para limpiar el sarín de sus pulmones, de su cuerpo?

¿Sería bastante para salvarlo?

Pero, cuando se abriera la puerta, ¿qué pasaría con los demás? ¿Chris, Willow, Aarón y el resto? Pensó en los bomberos que habían muerto al acudir al ataque de Seattle. ¿Llegaría serpenteando el veneno a las docenas de personas que trabajaban en la cadena, a los cientos que trabajaban en el edificio? La gente en la sala de control, con su insonorización, podría mantenerse a salvo dejando la puerta cerrada. Un ratito, en todo caso. Hasta que entrara en los tubos de ventilación. Poca de la gente que murió en Seattle había estado cerca de donde se liberó originalmente el gas. Si Jim trataba de escaparse, podrían morir también todos los que estaban allí.

Morir también. Las palabras se repetían en su cabeza. Jim se dio cuenta de que se *moría*, de que había empezado a morir en el momento en que inhaló en el suspiro de la sorpresa. Él tenía el sentido innato del tiempo que uno desarrolla cuando trabaja en la radio. Habían pasado, pensó, entre quince y veinte segundos desde que el gas le había rociado en la cara. No más.

Jim nadaba cada mañana tres kilómetros en el club MAC. Podía contener la respiración durante más de dos minutos. ¿Cuánto había aguantado aquel mago del programa de *Oprah*? ¿Diecisiete minutos, no? Jim no podía contener la respiración tanto rato, pero ahora que tenía que hacerlo, estaba seguro de que podría contenerla más de dos minutos. Tal vez mucho más. Los primeros que acudieran podrían seguramente darle oxígeno. La línea podría ser bastante delgada como para pasar por debajo de la puerta.

Jim presionó el botón de conversación y habló, tropezando en sus palabras, con voz ahogada:

—¡Gas sarín! ¡Llamen al 911 y salgan! ¡No abran la puerta!

Sorprendidos, se giraron todos para mirarlo. Sin acercarse, señaló el libro y el sobre que ahora estaban en la esquina del estudio.

Chris reaccionó de inmediato. Él tenía los reflejos felinos de alguien que trabajaba en la radio en directo, tratando con los chiflados y los que escupían obscenidades, para intervenir antes de que se oyeran sus palabras y provocaran una sanción contra la emisora. Clavó los dedos en los números del teléfono y comenzó a gritar su dirección al operador del 911. Al mismo tiempo, presionó el botón de conversación, así Jim oyó cada palabra.

—¡Es gas sarín! ¡Sí, sarín! ¡En el estudio de la KNWS! ¡De prisa! ¡Lo está matando! ¡Está matando a Jim Fate! —gritó. Detrás de Chris, Willow miró a Jim, con una expresión de terror en el rostro, dio media vuelta y salió corriendo.

En la pecera de noticias, Greg y Bob se apoyaban en la pared opuesta a la mampara. Pero en la cabina de las llamadas, Aarón fue hacia la puerta con una mano extendida. Jim se tambaleó hacia delante y puso el pie para que no pudiera abrir la puerta. Su mirada se encontró con la de Aarón por el pequeño rectángulo de cristal de la puerta.

—¿Estás seguro? ¡Jim, sal de ahí!

Jim sabía lo que Aarón estaba gritando, pero la puerta lo filtraba como un leve murmullo, despojado de toda urgencia.

Él no podía permitirse el aire que necesitaría para hablar, no podía permitirse abrir la boca y respirar ese aire otra vez. Su cuerpo ya le exigía que se dejara de tonterías y respirase. Todo lo que podía hacer era sacudir la cabeza, con los labios apretados.

Chris presionó otra vez el botón de conversación. El 911 dice que están enviando un equipo especial para sustancias peligrosas. Llegarán en cualquier momento. Han dicho que traen oxígeno.

Jim hizo un gesto como de barrer con las manos, ordenando a sus colegas que se fueran. Le dolía el pecho. Greg se llevó una mesa de sonido y un par de micros y dejó la pecera de noticias corriendo, y Bob detrás de él. Aarón echó una última mirada a Jim, con el rostro demudado de miedo y pesar, y luego se fue. Un segundo más tarde comenzó a sonar la alarma contra incendios, un sordo latido grave que apenas se oía tras la puerta insonorizada.

Chris fue el único que se quedó, mirando fijamente a Jim por el cristal. Ellos dos llevaban años trabajando juntos. Cada mañana, Chris y Jim, y más recientemente Victoria, llegaban temprano y preparaban el programa, repasando el periódico, Internet y cortes de televisión en busca de historias que dieran vida a cada línea del guión.

—Que Dios te ayude, amigo —dijo Chris, y soltó el botón de conversación. Dirigió una nueva mirada de angustia a Jim, y luego se dio la vuelta y salió corriendo. Jim sufría por no poder escapar. Pero no podía escapar de lo que el veneno ya le había hecho. Ya tenía tirantes los músculos de los brazos y la parte superior de los muslos. Se sentía muy cansado. ¿Por qué tenía que contener la respiración ahora? Ah, sí, por el veneno.

Cuando miró hacia atrás, vio a Victoria en la cabina de atención de llamadas. Se acercó cerca del cristal, con sus amplios ojos oscuros buscando la mirada de Jim. Con expresión de enojo, él sacudió la cabeza y le hizo señas para que se fuera.

Victoria presionó el botón de conversación.

—Dicen que hay gas, pero yo no huelo nada aquí fuera. De todos modos, la cabina es prácticamente hermética.

Jim quiso decirle que «prácticamente» no era lo mismo que real y ver-daderamente. Esta era la clase de discusión que podrían tener en el aire a ratos, bromeando para mantener el ritmo del programa. Pero no tenía aliento para eso.

Una parte del cerebro de Jim mantuvo su frialdad racional, incluso mientras su cuerpo le enviaba cada vez más mensajes de que algo iba mal, y que iba de mal en peor. No había respirado desde la primera fatídica inhala-ción al abrir el paquete. Le estaba creciendo el vacío en la cabeza y el pecho, como un hueco que lo absorbía desde dentro, haciendo que su cuerpo grita-ra exigiendo un poco de aire.

No obstante, Jim no había llegado tan lejos rindiéndose cuando las cosas se ponían difíciles. Había pasado un minuto, tal vez un minuto diez, desde que abrió el paquete. Pero sí estaba cediendo ante otra hambre: el hambre de compañía. Estaba absolutamente solo, posiblemente cercano a la muerte, y no podía soportar ese pensamiento. Jim se acercó al cristal y puso la mano abierta en él, con los dedos separados, como una solitaria estrella de mar. Y luego Victoria puso también la suya justo enfrente, olvidando lo que los separara, con las manos apretadas contra el cristal.

Jim sentía como una faja alrededor del pecho, y le apretaba. Una faja de hierro. Y lo aplastaba, le aplastaba los pulmones. Se le oscurecía la visión, pero mantuvo los ojos abiertos, sin apartar la mirada de Victoria. Pusieron las manos en el cristal, como intentando tocarse. Ahí estaban, dos seres humanos, extendiéndose la mano el uno al otro, pero destinados a no tocarse jamás.

Con su mano libre, Victoria buscó palpando el botón de conversación, lo encontró.

—Jim, tienes que aguantar. Ya oigo las sirenas. ¡Y casi están aquí!

Pero su cuerpo y su voluntad estaban a punto de separarse. Todavía no habían pasado los dos minutos, pero tenía que respirar. No había otra. Pero tal vez podría filtrarlo, reducirlo al mínimo.

Sin apartar los ojos de Victoria, Jim tiró del extremo de su camisa con la mano libre, y se presionó la nariz y la boca con fino paño de algodón egipcio. Tenía la intención de inhalar poco, pero, cuando comenzó, el hambre de aire era demasiado grande. Respiró con avidez, y la tela le tocaba la lengua mientras inhalaba.

Sintió ráfagas de veneno adentrándose en su interior, extendiéndose para envolver todos sus órganos. Parecía que le iba a explotar la cabeza.

Sin poder ya pensar con claridad, Jim dejó caer el trozo de camisa. Ya no importaba, ¿no? Era demasiado tarde. Demasiado.

Se fue tambaleando hacia atrás. Intentó agarrarse a su silla, sin éxito. Se cayó.

Horrorizada, Victoria comenzó a gritar. Vio a Jim convulsionar, los brazos y las piernas le daban tirones y sacudidas, y le borboteaba espuma de la boca.

Y entonces Jim Fate se quedó quieto. Sus ojos, todavía abiertos, miraban al mullido y rugoso techo azul.

Dos minutos más tarde, los primeros hombres de la unidad de sustancias peligrosas, totalmente vestidos de blanco, entraron arrollando por la puerta del estudio.

CAPÍTULO 2

Corte Federal Mark O. Hatfield

La fiscal federal Allison Pierce miró a los ciento cincuenta potenciales miembros del jurado reunidos en el piso dieciséis de la Corte Federal Mark O. Hatfield. Un caso tan prominente como este exigía un buen número de candidatos de dónde escoger.

Las sillas pronto se llenaron, obligando a docenas a mantenerse en pie. Algunos estaban apenas a unos pocos centímetros de la mesa de la fiscalía. Allison podía oler los cuerpos sin lavar y los dientes sin cepillar. Tragó con esfuerzo, reprimiendo la náusea que ahora la importunaba en los momentos más inesperados.

—¿Estás bien? —susurró Nicole Hedges, la agente especial del FBI [Oficina Federal de Investigación, por sus siglas en inglés].

Nicole estaba sentada al lado de Allison, en la mesa de la fiscalía. Sus enormes ojos oscuros nunca pasaban nada por alto.

—En estos días, si no tengo náusea, tengo un hambre voraz —le susurró Allison en respuesta—. A veces las dos al mismo tiempo.

—Tal vez el Club de la Triple Amenaza puede encontrar un lugar para reunirse donde sirvan helado y pepinillos.

El *club* era una broma entre ellas, compuesto solamente por tres amigas conectadas con autoridades judiciales y del orden público —Allison, Nicole y Cassidy Shaw, una reportera de casos criminales para la televisión— que eran devotas a la justicia, a la amistad y al chocolate. No necesariamente en ese orden.

El ayudante del tribunal les pidió a todos que se pusieran en pie y les tomó un juramento colectivo. Los candidatos a jurados llevaban mochilas, bolsos, abrigos, paraguas, agua embotellada, libros, revistas y —como esto es Portland, Oregón— el ocasional casco de ciclista. Había desde el anciano con audífonos enganchados a las patillas de las gafas hasta el joven que enseguida abrió un bloc de dibujo y garabateó un monstruo de ocho brazos. Unos llevaban trajes, mientras que otros parecían estar preparados para ir al gimnasio, pero en general se veían despabilados y razonablemente contentos.

Habría habido más espacio para que se sentaran los jurados potenciales, pero los bancos ya estaban ocupados por los periodistas que habían llegado antes de que el jurado entrara. Entre ellos había una mujer de unos cuarenta años sentada directamente detrás de la mesa de defensa. Llevaba sombra de ojos color azul turquesa, delineador color negro y un suéter de escote profundo: era la madre del acusado.

Después de que los que los afortunados que tenían asiento volvieran a sentarse, el Juez Fitzpatrick se presentó y le explicó al jurado que la acusada tenía que ser considerada inocente hasta tanto se demostrara su culpabilidad más allá de toda duda razonable, y que ella no tenía que hacer o decir nada para demostrar su inocencia. Correspondía únicamente, y aquí habló con tono solemne, a la fiscalía probar su caso. Aunque había oído esas mismas palabras muchas veces, y el juez debía de haberlas dicho en cientos de ocasiones en sus casi veinte años en el puesto, Allison estaba prestando atención. El juez Fitzpatrick siempre infundía mucho significado al pronunciar estas palabras.

Cuando terminó, le pidió a Allison que se presentara. Ella se puso de pie, mientras elevaba una oración, como siempre, pidiendo que se hiciera justicia. Luego miró a la atestada sala y trató de hacer contacto visual con todos. Era trabajo suyo establecer una relación desde este momento en adelante, de modo que cuando llegara el momento en que el jurado tuviera que deliberar, los miembros confiaran en lo que ella les había dicho.

«Soy Allison Hedges y represento a los Estados Unidos de América».

Allison notó sorpresa en el rostro de algunos de los candidatos a jurado cuando vieron que la joven de pelo negro recogido y traje de chaqueta azul era en realidad la fiscal federal. La gente siempre parecía esperar que un fiscal federal fuera un hombre con el pelo canoso.

Luego hizo un gesto hacia Nicole. «Cuento con la asistencia de Nicole Hedges, agente especial del FBI, como agente del caso».

Nicole tenía treinta y tres años, la misma edad que Allison, pero con su tersa piel oscura y su expresión intacta, podría aparentar cualquier edad entre veinticinco y cuarenta. Hoy, Nicole vestía su habitual pantalón oscuro y sandalias sin tacón.

El juez señaló entonces a la acusada, Bethany Maddox, ataviada hoy con un recatado vestido rosa y blanco que Allison juraría que otra persona había elegido por ella. La sala de tribunal se agitó cuando todo el mundo estiró el cuello o se puso de pie para conseguir verla. Bethany sonrió, dando la impresión de haberse olvidado de que ella era la enjuiciada. Su abogado defensor, Nate Condorelli, se levantó y se presentó, pero estaba claro que los potenciales miembros del jurado no estaban tan interesados en Nate como en su cliente.

Hoy era el primer paso para llevar ante la justicia a la pareja que los medios habían apodado como las *Bratz* Atracadoras, cortesía de sus labios carnosos, narices pequeñas, y su ropa barata y de mal gusto. ¿Por qué siempre a los medios de comunicación les gusta poner apodos a los ladrones de bancos? El Atracador Pies Planos, la Abuela Ladrona, el Atracador del Tobogán, el Ladrón Mocoso, el Atracador del Carrito de Supermercado, y la larga lista sigue y sigue.

Durante varias semanas después del crimen, el granuloso vídeo de vigilancia de la pareja había sido de los más emitidos no sólo en Portland, sino a escala nacional. El contraste entre las dos muchachas de diecinueve años (una rubia y otra morena, y ambas con gafas de sol, minifaldas y tacones altos) y las grandes pistolas negras que agitaban parecía más cómico que otra cosa. En la cinta de vigilancia, se las veía riéndose como pavas durante el atraco.

La semana anterior, Allison había escuchado a los padres de Bethany en *De la mano de Fate*, el programa radial de entrevistas. La madre había dicho a los oyentes que las jóvenes no eran delincuentes, sino más bien «niñas que habían elegido mal».

La madre de Bethany pareció sorprenderse cuando Jim Fate se rió.

El padre, que se había divorciado de la madre, parecía un poco más con los pies en el suelo, y Allison se había grabado una nota mental para considerar si llamarlo o no al estrado.

—Dios nos da el libre albedrío y es cosa nuestra lo que hacemos con él —le había dicho el padre a Jim Fate—. Todo adulto tiene que tomar decisiones y vivir con ellas, sean buenas, malas o indiferentes.

Las dos muchachas lo habían hecho por el dinero, desde luego, pero ahora parecían estar aun más encantadas con la fama que les había traído. Las chicas se jactaban ahora de contar con más de mil «amigos» cada una en su página de Facebook. Incluso, Allison había oído el rumor de que Bethany, la mitad rubia de la pareja y la que estaba hoy en juicio, iba a sacar pronto un CD de música hip-hop.

El desafío para Allison era conseguir un jurado que viera que lo que podía parecer como un delito sin víctimas —y con un monto de apenas tres mil dólares— merecía una buena temporada en la cárcel.

El ayudante del tribunal leyó en voz alta cincuenta nombres, y la congestión se alivió un poquito cuando los primeros candidatos se sentaron en las sillas giratorias negras de la tribuna del jurado y en las filas menos cómodas de los bancos reservados para ellos.

Ahora el juez dio paso a las preguntas de selección.

—¿Ha escuchado alguien algo sobre este caso? —preguntó.

Nadie esperaba que los jurados hubieran vivido en un limbo, pero el Juez Fitzpatrick despediría a los que afirmaran tener una opinión formada al respecto. Esa era una excusa fácil, si alguien quería salir del jurado.

Pero muchos no querían salir. Los servicios de noticias de veinticuatro horas y la proliferación de canales de cable y sitios de Internet hacían que cada vez más gente estuviera interesada en aprovechar su oportunidad de quince minutos de fama. Hasta la relación más indirecta con un caso de fama o infamia podía convertirte en famoso. O al menos una aparición en un *reality show* de tercera. La niñera de Britney o el guardaespaldas de Lindsay podrían aparecer junto a un miembro del jurado de las Bratz Atracadoras, todos contando historias «tras bastidores».

Los jurados escucharon las respuestas de sus compañeros, mirando atentos, aburridos o desorientados. Allison tomó nota de quienes parecieron los más desconectados. No quería en el jurado a nadie que no se involucrara. Como un jugador de póquer, buscaba señales o tics en la conducta de los candidatos. ¿Este nunca alzaba la vista? ¿Aquella parecía evasiva o demasiado entusiasmada? Allison también tomaba nota de las cosas que llevaban o vestían: una botella de Dr. Pepper, la revista *Cocina ligera*, una bolsa de mano de una tienda de productos naturales, el magazín de tecnología *Wired*, zapatos marrones con puntera blanca, una chaqueta negra moteada por la caspa. Combinando el cuestionario rellenado por los candidatos y las respuestas a estas preguntas, la información ayudaría a Allison a decidir a quién quería y a quién no en el jurado.

Elegir un jurado era un arte. Algunos abogados tenían reglas rígidas: nada de empleados de correos, de trabajadores sociales, ingenieros o varones jóvenes negros (aunque la última regla nadie la decía en voz alta, y se negaba ante cualquier sospecha). Allison creía en observar a cada persona como un todo, sopesando en cada candidato su edad, sexo, raza, ocupación y el lenguaje corporal.

Para este jurado, ella pensó que podría querer a las mujeres de mediana edad que hubieran trabajado duro para ganarse la vida y no sintieran mucha simpatía por esas jovencitas que literalmente se desternillaban de risa robando un banco. Casi igual de buenas serían las personas jóvenes que hubieran llegado a algo en la vida, centrándose en buenos títulos académicos o buenas posiciones en su carrera. Lo que Allison quería evitar era a los tipos mayores que podrían pensar en las muchachas como «hijas».

Barrrp ... barrrp ... barrrp.

Ante ese sonido, todos saltaron y levantaron la vista al techo, donde parpadeaban luces rojas.

—Parece que tenemos un simulacro de incendio, damas y caballeros —anunció el juez Fitzpatrick con calma—. Dado que se bloquean los ascensores como precaución, tendremos que usar las escaleras que están directamente a su izquierda conforme se sale de la sala —dijo. Su voz ya empezaba a no oírse entre la gente que se levantaba, quejándose y recogiendo sus cosas—. En cuanto termine el simulacro estamos convocados aquí y empezaremos donde lo hemos dejado.

—Qué raro —dijo Nicole, mientras recogía sus carpetas—, no me habían dicho que hoy hubiera un simulacro.

A Allison le dio un vuelco el estómago al pensar en lo de Seattle del mes pasado.

—Es posible que no sea un simulacro —dijo, agarrando a Nicole de la manga.

Al encaminarse a la salida, Allison y Nicole vieron que uno de los candidatos a jurado sentados en la fila de justo detrás de ellas, una anciana encorvada con bastón, tenía problemas para ponerse de pie. Allison y Nicole la ayudaron a levantarse y luego Allison la tomó del brazo.

—Déjeme ayudarla a bajar la escalera —dijo.

—No, yo me ocupo de ella, Allison —dijo Nicole—. Sigue adelante. Recuerda, ahora tienes que evacuar por dos.

Allison había estado tan ocupada concentrándose en la selección del jurado que prácticamente había logrado olvidar durante unas horas que estaba embarazada. Ya tenía once semanas. Apenas se le notaba cuando estaba vestida, pero se sujetaba la falda sólo gracias a una cinta de goma que rodeaba el botón, pasaba por el ojal y se enganchaba de vuelta en el botón.

—Gracias —dijo, pues no quería discutir. Al menos Nicole sabía que su hija no estaba por allí cerca. ¿Y si esto no era un simulacro?

Allison se apresuró por la acolchada puerta negra de doble hoja hacia la escalera.

CAPÍTULO 3

Canal 4 TV

Jugueteando con unos cuantos marcadores de colores, Eric Reyna, el responsable de la mesa de redacción del Canal 4, estaba de pie frente a la pizarra blanca en la reunión matinal de preparación de contenido. En torno a la mesa, se pasaron copias de las tres páginas de potenciales historias que Eric había recopilado. Estaban todos sentados en sus butacas de ruedas, todos excepto la nueva aprendiz, Jenna Banks. Ella estaba haciendo equilibrio sobre un balón de gimnasia azul brillante que, según decía, le ayudaba a fortalecer su «centro interior».

Cassidy Shaw, la reportera de casos criminales, ya estaba harta de la pelota, de cómo Jenna se balanceaba sobre ella, de cómo la rubia cascada de cabello se movía cuando lo hacía, y de cómo la diminuta falda se le subía por los esbeltos muslos. Pero no tenía sentido quejarse. Habría parecido vieja y *amargada*. En el mundillo de las noticias se daba la cruel realidad de que a los treinta y tres se la pudiera considerar, con todo derecho, vieja y amargada.

Eric se pasó la mano que tenía libre por su ralo pelo gris mientras los reporteros examinaban la lista. En su calidad de jefe de redacción, Eric era como el controlador aéreo de la sala de noticias. Llevaba el control de los investigadores, se encargaba del personal de noticias y producía el contenido del programa. Ponía en marcha las reuniones de preparación de contenido de la mañana y de la tarde, donde se decidía lo que se iba a emitir por la tarde y por la noche. Era más de diez años mayor que cualquiera de los presentes, pero, como nunca estaba ante la cámara, Eric no tenía que preocuparse por su barriga ni por su falta de carisma.

Aunque nadie conocía su rostro ni le pedía autógrafos, Eric le dejaba claro a Cassidy y a los demás compañeros que aparecían en pantalla que él se consideraba el verdadero cerebro que había tras las caras bonitas que pasaban tiempo ante las cámaras.

De la mano de Eric, el equipo decidió rápidamente qué historias cubrir. Habían llevado a juicio a una pareja de Portland acusada de permitir que unos menores bebieran en su fiesta de Nochebuena. Unos ecologistas se habían encadenado a la valla de la oficina central de una empresa a la que acusaban de usar productos químicos cancerígenos en sus latas de aluminio. Y el especialista en política de la cadena, Jeff Caldwell, andaba en busca de un reportaje sobre malas prácticas en el ayuntamiento.

—Está bien, chicos, durante los exámenes de audiencia estaremos con algún programa especial —dijo Eric, una vez ya planeado el día.

Febrero, igual que mayo, julio y noviembre, era mes de control de audiencia. En esas fechas, la empresa Nielsen medía la gente que estaba viendo cada programa de televisión. Esa información condicionaba los precios que pagaban los anunciantes. Cuanta más gente viese las noticias, más podía cobrar el Canal 4 por la publicidad en los cuatro meses siguientes. Durante el mes de control de audiencia, cada historia que apareciera en las noticias tenía que ser más grande, más fuerte, y con un puntito de locura.

—Mató a Lucille Ball, a Albert Einstein y a George C. Scott —dijo Cassidy con voz grave y sonora—. Y lo causa algo que usted probablemente tiene en su botiquín. ¿Corre peligro su vida? Véanos a las seis para saber más.

Todos se rieron. Excepto Eric, que siguió como si la compañera no hubiera hablado.

—Cassidy tendrá la sección especial sobre violencia doméstica que se emitirá justo antes del Día de San Valentín. Creo que habrá bastante reacción de los espectadores.

Todos miraron a Cassidy. Ella se puso derecha y sonrió. Entonces Jenna lo estropeó todo acariciándole la mano y abriendo la boca.

—Eres tan valiente —dijo, justo en el mismo tono que usaría para elogiar a un participante de los Juegos Paralímpicos.

—Además del segmento de Cassidy —siguió Eric—, pondremos un par de reportajes de investigación. En uno tendremos a alguien que se hace pasar por prostituta. Prepararemos una habitación de hotel y sorprenderemos a los clientes para que hablen un poco ante la cámara.

Cassidy apretó los labios. No le extrañaba que Eric hubiese seleccionado su segmento. Simplemente estaba tratando de suavizar el asunto para que después de un programa serio aceptara uno sórdido. Ya era bastante malo que la cadena no la hubiera nombrado copresentadora, algo que le habían insinuado sólo unas semanas antes. Ahora también querían que se pusiera unos *minishorts* y un par de botas de plástico y se reclinase en las ventanillas de los babosos mientras la filmaban. Aunque le gustaba lo de tener un aspecto sexy, eso era denigrante. No estaba tan desesperada. Se negaría y ya está. Y luego le pedirían y suplicarían, y tal vez accedería a alguna especie de trato. Como mínimo, unos cuantos días libres adicionales.

—Es tan sórdido —dijo Cassidy—. ¿Realmente tengo que hacerlo?

Eric sonrió con satisfacción como si hubiese estado esperando la respuesta.

—Nadie te lo ha pedido, Cassidy. Jenna ya ha accedido a hacer el papel y realizar el reportaje. Queremos que tú te ocupes de otro espacio de investigación. Vamos a enviarte a un balneario del Distrito Pearl. Nos han contado que hacen un mal uso del bótox.

Todo lo que Cassidy pudo hacer fue farfullar «¡Jenna!». Entonces se esfumó el desdén por esa historia. ¡Jenna! ¡Jenna! ¡Pero claro, ella era la de prácticas! ¡Tenía sólo veintidós años! De acuerdo, era bastante lista, pero uno tiene que trabajar duro y aprender antes de que le den tiempo en el aire, antes de que le sirvan una historia en bandeja.

Desde el otro extremo de la mesa, Jenna mostró a Cassidy una risa exagerada que dejaba ver todos sus blancos y brillantes dientes. Luego hundió tímidamente la cabeza en un hombro encogido, esbozando una disculpa.

Ya. Ni que Cassidy fuera tan estúpida como para creerse que Jenna no lo sabía de antemano.

Cassidy oyó cómo a mitad de la mesa, Brad Buffet disimulaba una risa. Brad era el presentador, el anterior y el futuro rey. Cassidy había tratado de destronarlo, o al menos compartir el poder, y él le había dejado claro que jamás perdonaría su traición.

¿Dónde estaba la equidad? Unas semanas antes, Cassidy le había dado al Canal 4 una historia sobre una muchacha muerta y un senador que puso sus índices de audiencia en la estratosfera de la noche a la mañana. Las cadenas de todo el país le habían hecho proposiciones. Ahora mismo podría estar dando noticias de primera a los espectadores en San Francisco o Boston. En cambio, se había quedado en Portland, con la promesa de que compartiría el puesto de presentador con Brad.

Desde luego, llegó a desempeñar el papel en un par de ocasiones, pero la promesa resultó ser falsa. En lugar de cumplirla, el director de la cadena le dijo:

—Vamos a traer a una chica nueva para acompañar a Brad. Una que fue Miss Connecticut. Sus pruebas fueron muy buenas.

—¡Pero me lo prometieron a mí, Jerry! —había protestado Cassidy.

—No lo prometimos. Dijimos que lo probaríamos —suspiró Jerry—. Y te hemos dado una oportunidad en el puesto de presentadora, pero la respuesta del horario nocturno no fue la que habíamos esperado. Lo intentamos, Cassidy, pero tengo que pensar en el bien de la cadena. Como informadora de sucesos, todos te adoran. Pero no tienes el mismo impacto como presentadora.

Y ahora, para rematar el golpe, Jenna se hacía con la historia que iba a servir de escaparate para su escultural figura. Y Cassidy se quedaba con el programa que haría que los espectadores la vieran como una vieja.

Cuando la reunión terminó, Cassidy se fue corriendo al baño. Después de asegurarse de estar sola, se miró en el espejo.

A pesar de que por fin había comenzado a dormir mejor, bajo la poco grata luz del fluorescente, su piel parecía algo amarillenta. Y el pelo, en cuyo corte y tinte se gastaba varios cientos de dólares cada pocas semanas, ¿qué parecía, sino paja? Con los dedos en las comisuras de los labios, las estiró hacia abajo. ¿Se le estaban formando líneas de marioneta? Luego se puso de lado y se colocó la mano en el estómago. Con la mano apretándolo, estaba plano, pero no tanto al soltarlo.

Fue en ese momento cundo entró Jenna, tan rápido que cuando Cassidy se apartó la mano de la barriga, podría decir que Jenna ya la había visto.

—¡Hola! —dijo Cassidy, ofreciéndole una risa falsa. Se fue rápidamente hacia la puerta con la mano extendida.

—¿Crees que me equivoco al aceptar esa historia? —preguntó Jenna— ¿De verdad piensas que es denigrante?

Algo se rompió dentro de Cassidy.

—¡Ya es bastante malo que lo hagas, así que no finjas que no era lo que querías desde el principio!

—Yo no sabía nada hasta que Eric me lo pidió —dijo Jenna abriendo mucho los ojos—. Perdona si crees que no soy una feminista de la vieja escuela, pero personalmente opino que puedes ser sexy y periodista a la vez.

—Desde luego es tu caso —dijo Cassidy.

Estaba claro que había subestimado a Jenna, que se las había ingeniado para llamarla vieja y fea sin usar esas palabras. Sin decir más, Cassidy abrió la puerta de los servicios.

Mientras regresaba por el pasillo, Eric alzó la vista desde el escáner de frecuencias de la policía. Era una cajita negra desde la que seguían las llamadas de policía, ambulancia, bomberos, y avisos públicos.

—¡Oye Cassidy! ¿No me contaste una vez que conoces a Jim Fate?

—Sí, de forma casual —reprimió un estremecimiento—. ¿Por qué?

—Porque el escáner dice que ha habido una especie de explosión en la KNWS. No está muy claro. Pero parece que alguien lo mató.

Cassidy se quedó completamente tiesa. *¿Jim? ¿Muerto?*

Entonces Brad habló a su espalda, provocándole un brinco.

—Lo que me sorprende es que hayan tardado tanto en hacerlo. ¿A cuántos habrá fastidiado en estos años?

Ni Eric ni Cassidy le contestaron.

—Cassidy —dijo Eric—, te encargo esta historia, teniendo en cuenta tu conexión personal. Te quiero con Andy en la KNWS ahora mismo.

Ella logró que le salieran algunas palabras de su repentinamente seca garganta.

—Desde luego. Pero dile a Andy que iremos en coches separados y nos encontraremos allí.

—Te quiero en esto enseguida —dijo Eric estrechando la mirada—. Voy a ponerlo en la banda de titulares de última hora. Así que no te entretengas, Cassidy. Quiero la cinta terminada para las noticias del mediodía. O mejor antes.

—Y la tendrás. No te preocupes.

Cassidy comenzó a alejarse. Tenía ya los dedos en el bolso, palpando en busca de la llave del apartamento de Jim.

CAPÍTULO 4

Corte Federal Mark O. Hatfield

Allison había sido una de las primeras en bajar la escalera. El hombre que iba delante de ella abrió la pesada puerta y cayó sobre ellos el ruido de docenas de sirenas, tan fuerte que se estremeció y se llevó las manos a los oídos. Parpadeó ante la pálida luz del sol y miró ese mundo tan radicalmente distinto del ordenado ambiente en la Corte Federal. Se paró en seco, pero una mano la empujó en el hombro. Dio un paso a un lado, para no bloquear la salida, y apoyó la espalda contra la fría pared de granito.

La gente corría en todas las direcciones. Atravesaban la calle sin importarles el tráfico. Los coches hacían sonar el claxon y se metían en los carriles de bicicleta y hasta en los de dirección contraria, en un vano esfuerzo por encontrar un camino expedito.

Caos.

—¡Circulen! ¡Muévanse, señores, circulen! ¡Váyanse del centro! —gritaba un policía con su megáfono, de pie en la esquina, pero sus palabras casi quedaban ahogadas por las sirenas—. Crucen por alguno de los puentes. ¡Salgan del centro de la ciudad!

Mirando más allá de él, Allison podía ver lo que imaginó que sería el origen del problema. Media manzana adelante había un enjambre de camiones de bomberos, coches de policía, ambulancias, agentes y bomberos. Pero lo que le heló la sangre fueron los hombres ataviados con trajes especiales blancos allí arremolinados, agitando unas varitas en el aire mientras comprobaban unas máquinas portátiles. Allison pensó en la reseña que había visto en el *Oregonian* sobre las víctimas del reciente ataque terrorista. ¿Aparecerían su foto y dos párrafos sobre su vida en el periódico de la semana próxima?

Había una sección de acera de un edificio de oficinas aislada con conos naranja y con cinta amarilla atada a los altos y delgados árboles de la calle. Y, en medio, una mujer alta de aspecto asiático estaba de pie en algo que parecía una piscinita infantil, gritando mientras más hombres de mono blanco y botas azules la rociaban con una manguera de alta presión. Tenía los ojos cerrados y se rodeaba la cabeza con los brazos. Y, mientras Allison miraba, la mujer se cayó.

Allison no sabía a dónde ir, simplemente para alejarse de las sirenas, de lo que le había pasado a aquella pobre mujer. Escapar antes de que se lo hicieran a ella también. Una mujer con una blusa azul turquesa pasó ante un sedán oscuro, y en el segundo siguiente estaba sobre el capó, con el cuerpo incrustado en el parabrisas. Allison gritó de horror, pero la mujer bajó del coche y comenzó a correr otra vez, cojeando, antes de que Allison pudiera ayudarle.

Un hombre mayor con un pesado gabán se giró justo delante de ella, con la respiración entrecortada. Se aferraba al cuello de piel de su abrigo

—¡Está en el aire! —gritaba— ¡Está en el aire! ¡Terroristas! ¡Sarín!

A Allison se le quedó el aliento atrapado en el pecho. ¡Sarín! ¿Cómo iba a afectarle a su bebé?

A su alrededor, docenas de personas trataban de carraspear, se tapaban la boca, se tambaleaban, tosían, e incluso caían al suelo. Allison se quedó de pie, petrificada, durante un segundo. ¿Debería tratar de ayudar a alguien? ¿Tal vez sacar a esa mujer de mediana edad sentada y jadeando en medio de la acera? ¿Pero a dónde? ¿Había algún lugar seguro? El detenerse a ayudar, ¿no conseguiría únicamente que la derribaran a ella también? *Dios mío*, oró, *ayúdame para saber qué hacer*.

El corazón le latía a toda velocidad. El aire olía a ácido. La boca le sabía a metal. Volvió a echar una mirada a la pobre mujer en aquella mini piscina azul. Allí seguía, y los hombres de blanco le estaban haciendo pedazos la ropa, metiendo todos los jirones en una bolsa de plástico roja con señales de peligro impresas.

Allison comprendió que tenía que salvarse. Ponerse a salvo ella y el bebé que llevaba dentro. Si no salía de allí inmediatamente, la vida de ambos corría peligro.

A su alrededor se veía cómo cada vez más la gente se tambaleaba, tosía y se caía al suelo. Había una mujer que avanzaba lentamente, tratando todavía de escapar. Los demás se habían rendido. Y en medio de la muchedumbre permanecía en pie una niña hispana, gritando. Allison vaciló. Nadie acudía en su ayuda. La pequeña estaba absolutamente sola. Y en un segundo podría derrumbarse en la acera, como tantos a su alrededor, enmudecida, con los ojos en blanco.

Allison corrió hacia ella, la agarró, la apretó contra sí y comenzó a correr.

Corrió todo lo que pudo.

CAPÍTULO 5

Complejo residencial Willamette

Jim tenía su apartamento en el vigésimo piso y ocupaba todo un piso, de modo que no sólo le daba vistas al río Willamette, sino también al centro urbano, que estaba a unas pocas manzanas. Cassidy estaba de pie, casi pegada al cristal, procurando no tocarlo. Procurando no tocar nada.

No habían pasado ni cinco minutos desde que Eric había transmitido las noticias, pero la ciudad ya estaba sumida en el caos. Todas las ambulancias, coches de policía y de bomberos de tres condados debían estar allí. Cassidy era consciente de que no había ningún modo de poder ir a buscar en coche a su operador de cámara. No había manera alguna de ir en coche a ninguna parte. Las calles estaban colapsadas con los autos, tanto que algunos conductores estaban yendo en sentido contrario; lo que fuera con tal de alejarse del centro, donde la KNWS tenía su estudio.

Cassidy pensó en Allison y Nicole. ¿Estarían en la corte hoy? No podía recordar si les tocaba. Trató de llamar a ambas, pero las líneas estaban saturadas. Le pidió al universo que las protegiera, y luego intentó abandonar la preocupación. No quería producir energía negativa.

Al encontrarse tan por encima del escenario sentía menos su impacto. Aquel apartamento tan espléndidamente decorado contribuía a la sensación de hallarse en otro tiempo y lugar. Un lugar tranquilo, rodeado de riqueza. Detrás de ella, una colosal lámpara de araña colgaba sobre una mesa de caoba para dieciséis comensales. Había alfombras orientales tejidas a mano repartidas sobre el reluciente parqué de roble rojo. La vivienda tenía hasta su propia biblioteca, donde, en estanterías que iban del suelo al techo, se ordenaban sus libros encuadernados en piel.

En la cocina de acero inoxidable, Cassidy apretó, valiéndose de una bayeta, el botón de la radio. Estaba sintonizada la KNWS. Pero no había noticias locales, estaba la información nacional. Eso tenía sentido si habían tenido que evacuar el edificio. Alguien podría haberle dado al interruptor de conexión nacional mientras salía. También con la bayeta, intentó sintonizar la KXL y la KEX, pero no parecían saber mucho más de lo que Eric sabía cuando la envió a la calle. Habían atentado con algo contra los estudios de la KNWS, con una especie de gas o tal vez una bomba, y había informaciones de que había resultado herido alguien de la emisora. Entonces, era posible que Jim no estuviera muerto.

Mientras escuchaba la radio, Cassidy encontró y tomó lo que había ido a buscar allí. ¿Cómo reaccionaría Jim si averiguara que había estado aquí? Bueno, ya se encargaría de eso cuando sucediera. Si sucedía.

Las únicas noticias nuevas eran que la policía estaba evacuando el centro de la ciudad. No necesitaba la radio para enterarse de eso. Podía verlo por la ventana.

Desde luego, Cassidy no iba a huir. No consigues una historia merecedora de premios corriendo en estampida con la manada. La logras si vas a donde nadie más quiere ir. Y eso significaba que tenía que desplazarse *al* centro, no huir. Se miró los tacones de diez centímetros. No eran idóneos para atravesar tantas cuadras.

Intentó llamar a Andy a su celular, pero volvió a salir la señal de línea ocupada. Por esa razón la cadena había invertido en radio teléfonos portátiles para sus empleados. Cassidy apretó el botón lateral.

—¿Andy? ¿Estás ahí? ¿Andy?

Apenas podía oírlo con tanto ruido de fondo. Sirenas, gritos, chillidos.

—¿Dónde estás? Pensaba que ya estarías aquí.

—Estoy a unos cinco minutos —dijo ella, un poco esquiva—. ¿Qué tenemos?

—Una especie de gas venenoso. Parece que lo han vertido a propósito.

Andy había tomado por costumbre llevar bebidas o café a todos los policías de la ciudad, de manera que siempre tenía información interna.

—Me dicen que se confirma una víctima mortal. Jim Fate, como decían en la cadena.

A Cassidy se le encogió el corazón. Costaba creerlo. Jim era el fuerte, el que les cantaba las cuarenta a los poderosos, el que no tenía miedo de hincar el diente donde hiciera falta y de morder fuerte cuando era necesario. A Jim le encanta —le encantaba, se corrigió Cassidy— ser un tío macho. Era su personalidad en el aire y fuera del aire. Él sentía que su trabajo era cuidar de cualquiera que fuese más débil, y demostrar que nadie era más fuerte. Podía tumbar a cualquier hombre bebiendo, a las mujeres las llamaba indefectiblemente «señoras», y siempre le abría la puerta del coche a Cassidy.

Y ahora ya no estaba.

—Tengo una toma de los tipos del mono blanco rociando a una mujer fuera de la KNWS. Nos vemos en la esquina de Salmon y Broadway. Tenemos que entrar en directo con esto ya.

Cassidy recorrió apresuradamente el apartamento, pasando la bayeta por cualquier parte donde pudiera haber tocado, no solamente hoy, sino las demás veces que había estado aquí. Se llevó una botella de agua, un par de Nikes azul y blancas, y un par de calcetines. Para ser varón, Jim tenía los pies pequeños.

Entonces pensó en algo más. En el cuarto de baño, abrió el botiquín que había encima del anaquel flotante de granito que sostenía un lavamanos. La botella de Somulex estaba casi llena. Jim ya no lo iba a necesitar.

Antes de abrir la puerta, Cassidy se puso unas enormes gafas de sol. En el ascensor, se calzó las Nikes de Jim. Y cuando las puertas se abrieron, salió corriendo.

CAPÍTULO 6
Corte Federal Mark O. Hatfield

—Esto no es un simulacro —dijo una voz desde el altavoz de la atestada escalera—. Por favor, salgan del edificio lo más rápido posible.

«Lo más rápido posible» no se podía aplicar a una mujer de setenta y tantos años que caminaba con bastón. Cada paso era un vía crucis lento y doloroso. Nic sintió que se le encogía el estómago. Estaban en el piso decimosexto de un edificio construido con afán de esplendor, lo que significaba que los techos eran excepcionalmente altos y, por tanto, las escaleras más largas.

—Siga sin mí, querida —dijo la veterana miembro del jurado, la señora Lofland—, no me pasará nada —añadió, con una sonrisa a Nic, marcando las ojeras de sus pálidos ojos azules.

—No la voy a dejar, señora.

Nic se arrimó todo lo que pudo a la anciana. El ancho de la escalera sólo dejaba espacio para que una tercera persona pasase junto a ellas. Y, apretujada, la gente las pasaba. No había pánico, todavía, pero todos estaban serios de verdad.

Nic tenía una mano bajo el brazo de la señora Lofland y la otra en su BlackBerry. Con el pulgar, mandó una nota a Leif Larson, preguntando si él sabía lo que pasaba. Leif, igual que Nic, era agente especial del FBI. Además era el... bueno, no se podía considerar su novio, pero era *algo especial* para ella. Algo más que un simple amigo. Eso a pesar de que ella todavía se resistía a la idea.

La respuesta de Leif tardó menos de un minuto. Nic miró fijamente en su pantalla, feliz de que fuera lo bastante pequeña para que ni siquiera el hombre apretujado tras ellas pudiera echarle un vistazo al mensaje.

Sal lo más pronto que puedas. Posible sarín a dos bloques de ahí.

¿Gas Sarín? Oh no. La Agencia de Seguridad Nacional le había explicado al FBI lo que habría pasado en Seattle si el falso empleado de limpieza hubiera logrado poner el gas en el sistema de ventilación, si no se le hubiese derramado sobre la alfombra. El tipo había muerto por su error, igual que otras cincuenta y dos personas en el edificio, así como los cinco primeros del grupo especial. Pero si hubiera tenido éxito, el número habría sido mucho más alto.

Hace ochenta años, se inventó en Alemania el gas sarín como insecticida. Pero los militares descubrieron que era aun más eficaz contra las personas. Ahora estaba clasificado como gas nervioso, lo peor de lo peor. Sumamente tóxico. Y extremadamente rápido en su efecto.

Además, el sarín es incoloro, insípido e inodoro. Si echas un poco en el abastecimiento municipal de aguas, matas a miles. Lo extiendes con un aerosol y es aun más eficaz. Sólo con dejarlo evaporarse sin más ya es bastante peligroso. En 1995, una secta apocalíptica japonesa mató a una docena de personas y afectó a cientos simplemente vertiendo recipientes que contenían sarín líquido en los vagones del metro de Tokio.

Seguridad Nacional dijo que, si el reciente ataque terrorista hubiera tenido éxito, el noventa y cinco por ciento de quienes estaban en el edificio habría muerto, la mayoría en pocos minutos. Y cuando se hubiese escapado por las torres de ventilación del tejado, habría bajado hasta el nivel del suelo, porque el sarín es más pesado que el aire. Y allí habría causado más víctimas todavía. Más de tres mil muertos en la primera media hora. Miles más como resultado de la exposición en su huida. El daño económico habría sido incalculable.

Todo por un ataque que habría costado diez minutos llevarlo a cabo.

Todavía estaban en la planta catorce. A ese ritmo, tardarían más de una hora en salir. Y la salida tampoco era garantía de estar a salvo, no si el gas estaba allí, invisible y mortal.

Nic quiso abandonar a la anciana y correr. Abrirse paso entre toda esa gente, contener el aliento una vez estuviera en el exterior, y no dejar de correr hasta estar varias calles más allá y en un lugar más alto.

¿Quién criaría a su hija de nueve años si algo le pasara? Nic sabía que era una estupidez no haber dejado testamento sobre eso, pero siempre se topaba con la misma pregunta. ¿En quién confiar para educar a Makayla? ¿En sus padres? Ellos eran casi tan viejos como la señora Lofland y se les empezaba a notar. ¿En sus hermanos? Ellos no siempre estaban de acuerdo con Nic.

Dieron la vuelta a una esquina de la escalinata. Ya había embotellamientos. Una mujer con exceso de peso, vestida con una túnica azul casera, se movía lentamente, bajando primero un pie y poniendo luego el otro sobre el mismo escalón. Nic quiso gritarle que se diera prisa, pero sabía que eso no haría más que provocar el pánico. La primera perjudicada sería la señora Lofland.

La gente se apretujaba más, sin hablar, concentrada en bajar. La escalera estaba ya por momentos colapsada, sin movimiento. Cuando Nic miró al otro extremo, vio docenas de manos agarradas a la barandilla.

La gente seguía intentando llamar con los teléfonos celulares, pero estaba claro que no servían. Algunos otros que tenían BlackBerrys se ofrecían para enviar correos electrónicos.

De repente, el brazo de la señora Lofland dio un tirón de la mano de Nic que la sujetaba, y la anciana cayó hacia delante. Nic la agarró bajo los hombros con las dos manos y tiró con fuerza para levantarla, haciendo caso omiso del dolor de la herida de bala todavía sin curar en su brazo derecho.

—Lo siento, querida. He tropezado.

Nic miró abajo. Alguna estúpida acababa de dejar un par de zapatos negros de tacón alto en la escalera, y la anciana había tropezado con él. Nic recogió uno y, unos pasos más tarde, el otro. Como no sabía qué hacer con ellos, se los metió en el bolso. Parecían caros. Tal vez, con un poco de suerte, serían de su número. Nic se dio cuenta de que se estaba mareando. El aire se sentía añejo y cerrado, inhalado y exhalado por docenas, quizás cientos, de personas delante de ellas. ¿Pero seguro que quería aspirar el aire fresco, sabiendo que tal vez llevaría el invisible olor de la muerte?

Los labios de la señora Lofland se movían. ¿Le dolía algo?

—¿Se encuentra bien? —preguntó Nic—. ¿Necesita descansar?

—No, querida, sólo estoy orando.

—No tiene que preocuparse. La voy a sacar de aquí, se lo prometo.

—No me preocupo por mí, querida. Si es mi hora, es mi hora. Estoy orando por ti y por los demás.

Normalmente, Nic habría tenido que reprimir una réplica. ¿Qué diferencia hay entre farfullar palabras para Dios o para uno mismo? Pero, por alguna razón, las palabras de la señora Lofland la hicieron sentirse mejor.

Pasaron junto a una silla de ruedas negra dejada en la escalera. ¿Dónde estaba su dueño? Nic miró hacia por delante hasta que captó a una mujer a la que llevaban lentamente cuatro hombres —uno joven, uno mayor, uno blanco y uno negro— todos juntos con el objetivo común de salvar a otro ser humano.

—Olvídese de mí —decía la mujer—. Siga sin mí. Los bomberos pueden ayudarme.

Nic no oyó sus respuestas, simplemente los vio sacudir la cabeza.

Acababan de llegar a las escaleras del noveno piso cuando se armó la de San Quintín. Alguien de los que estaba debajo de ellos debió de haber recibido el mismo mensaje que Nic.

—Es gas venenoso —gritó un hombre más abajo, con la voz descompuesta por el pánico—. ¡Están evacuando todo el centro de la ciudad!

En repuesta a sus palabras se oyeron gritos, chillidos y empujones. La multitud había estado empujando despacio hacia delante como un rebaño. Ahora era una estampida. Un hombre delante de Nic se cayó. Ella le extendió la mano, pero en un segundo ya no estaba, cayó rodando, pisoteado por la gente espantada. Una mujer a su espalda gritaba «¡no quiero morir aquí!» antes de abrirse paso a codazos junto a Nic.

Nic agarró la barandilla pasando los brazos por encima de la señora Lofland. El bastón ya no estaba, se había perdido en el caos. Se apretó a sí misma y a la anciana contra la pared mientras la muchedumbre enloquecida avanzaba en tropel. Pensó que, si estuviera sola, podría abrirse paso hasta la salida. Pero ¿y la señora Lofland? Acabaría aplastada. Si volvía a tropezar y caer, es posible que no fuera capaz de reincorporarla.

El tiempo se comenzó a sentirse más lento, de la misma manera que en otras ocasiones en las que Nic había enfrentado a la muerte. Veía las bocas abiertas de la gente, pero de alguna manera sus gritos estaban amortiguados. Tenía centrada toda su atención en la manera de mantener a las dos con vida.

Estaba claro que no iban a ser capaces de llegar a la salida. ¿Pero tan malo era eso? El mensaje de Leif había dicho que el gas sarín estaba a dos cuadras de allí. No aquí. Y si no había sarín en el edificio, entonces, paradójicamente, cuanto más abajo llegaran y más cerca estuvieran de esta enloquecida muchedumbre aterrorizada, más peligro corrían. El gas se vertería por las salidas de aire de la azotea y luego bajaría invisible hasta el nivel del suelo, justo adonde toda esa gente estaba intentando llegar.

¿Y si ellas dos se quedaran aquí, más alto de lo que el gas podría llegar? Se dio cuenta casi al instante del fallo de la idea. Los sistemas de climatización de la mayor parte de edificios expulsaban el aire viciado por la azotea y recogían el aire nuevo a nivel del suelo. De manera que, aunque lograsen retroceder a una planta superior, los conductos de arriba también podrían expeler esa muerte invisible. A no ser que...

Pensó en un plan. Todo lo que necesitaba hacer era regresar a uno de los pisos.

—¡Tenemos que regresar a uno de los pisos de arriba! —le gritó al oído a la señora Lofland—. Es la única manera —dijo, e imaginó más que vio cómo asentía la anciana.

Nic rodeó con su brazo derecho a la anciana y luego se desprendieron de la seguridad de la barandilla. Casi inmediatamente, la multitud las zarandeó a empujones. Con el codo izquierdo, Nic comenzó a crear un espacio donde no lo había. Consiguió algún progreso, pero la muchedumbre las empujaba inexorablemente dos pasos abajo, luego tres, cuatro. Ahora tenían por encima de ellas la escalera del octavo piso. Y no había modo alguno de subir contra la corriente.

Tenía que llegar al otro lado de la escalera antes de que las llevaran al séptimo piso. Cada vez que hacían perder el equilibrio a la señora Lofland, Nic la agarraba con todas sus fuerzas, colgándola del aire, hasta que la anciana lograba tocar el suelo con los pies.

Allí estaba. La puerta que comunicaba la escalera y el piso. La abrió de un tirón. Rápidamente, Nic hizo pasar a la señora Lofland por la puerta y la cerró.

Estaban en un típico espacio de oficinas, con mamparas azules impersonales, a la altura de la cabeza, formando como una madriguera de cubículos. La señora Lofland se apoyó contra uno de ellos. Estaba pálida.

—¿Acaso no tenemos que evacuar el edificio?

—No creo que sobreviviremos si seguimos tratando de bajar —dijo Nic. Los pensamientos le giraban en la cabeza. ¿Quedarse o marcharse? ¿Cuál era la mejor opción? ¿Y cuál era la opción que las podía matar?

—Lo que quieres decir es que no crees que yo sobreviva —dijo la anciana con sus perspicaces ojos azules.

—Eso es —admitió Nic—. Pero esa gente podría tener razón. Podría haber gas venenoso afuera. Si es el tipo de gas que yo creo, nos conviene *no* estar cerca del nivel del suelo. El gas pesa más que el aire —dijo y, una vez que concluyó, sacó su BlackBerry.

Leif le había enviado otro mensaje de texto, pero debía de haber estado demasiado distraída para notarlo.

¿Dónde estás?

Piso 7 demasiada gente para salir —volaron sus pulgares sobre el diminuto teclado.

Un segundo más tarde llegó su respuesta.

—*Voy x ti.*

Cuando volvió a mirar a la pantalla, la señora Lofland tenía la mirada en el techo. Más concretamente, en la rejilla cuadrada de ventilación del falso techo.

—¿Pero el edificio no trae el aire de afuera? —preguntó.

—Sí — dijo Nic, desenfundando su Glock—, y por eso voy a hacer esto.

CAPÍTULO 7

Centro de la ciudad de Portland

En el IFB de Cassidy —el auricular que habían modelado específicamente para su oído— se oyó la voz de Eric:

—¡Están en el aire!

Andy y ella estaban de pie sobre una acera, como dos islas en medio de una corriente humana de aguas bravas.

Cassidy respiró hondo. En un rincón de su mente controló el sabor del aire, su olor, y no notó nada fuera de lo normal. Al mismo tiempo, empezó a hablar:

—Les habla Cassidy Shaw —dijo, con tono templado—, retransmitiendo en directo para el Canal 4 desde el centro de la ciudad de Portland. Esta mañana estamos presenciando auténticas escenas de pánico.

En cualquier desastre, los medios de comunicación servían como canal de información. Se indicaba a las víctimas qué hacer, se presentaban los hechos al gran público, y se informaba a todos de lo que necesitaban y de cómo debían reaccionar.

Y, desde luego, los niveles de audiencia eran insuperables, lo que dejaba contentos a todos. Incluso aunque hubiese que suspender temporalmente la publicidad.

Cassidy se concentró en expresarse con tanta suavidad como si estuviese sentada detrás de su mesa de presentadora, y no como si estuviese observando cómo la ciudad se fundía a su alrededor. El 11 de septiembre, la población que había sintonizado sus televisores en busca de seguridad, habían escuchado a Mike Wallace explicar con tranquilidad lo que se sabía y lo que no; vieron cómo Peter Jennings, con sus mangas subidas y su porte impasible, hacía todo lo posible para informar durante las siguientes interminables horas. Cassidy no podría hacer menos, aunque viese a su lado el desgarro de aquella gente, corriendo en un pánico ciego, con sirenas ululando a su alrededor.

Como reportera, tienes que poner una pared entre la situación y tú. Tienes que señalar el quién, qué, cuándo, dónde, por qué y cómo, pero al mismo tiempo tienes que guardar una distancia, igual que un médico podría contar chistes en la sala de urgencias incluso mientras la sangre de un moribundo le empapa la bata. Era trabajo de Cassidy asegurarse de que la información que presentaba al menos sirviera de alguna ayuda a una ciudad aterrorizada.

—Hemos recibido información de que el epicentro de los hechos está en la KNWS, en la calle Salmon. Hay informes de que allí se ha producido algún tipo de escape de gas o posiblemente un vertido intencionado de gas venenoso, y tenemos datos que confirman al menos una víctima mortal. Las personas que hay en el centro de la ciudad se quejan de vértigos, dificultad para respirar y náuseas. Como pueden ver en sus pantallas, los equipos de ambulancias y los bomberos trabajan con toda la rapidez y el empeño posible, tratando de llegar hasta estas personas para ponerlas en las camillas y llevarlas al hospital. Es una situación realmente caótica. La gente trata desesperadamente de encontrar a sus amigos y compañeros.

Las imágenes a su alrededor eran penetrantes e imborrables, pero a la vez todo ofrecía un aspecto borroso. Cassidy estaba trabajando por instinto, confiando en organizar los pensamientos al abrir la boca y empezar a dejar salir las palabras.

—Justo donde me encuentro, puedo ver cinco ambulancias, así como innumerables camiones de bomberos y coches de policía. Suenan las sirenas y la gente sale corriendo a la calle, que está sumida en un completo atasco, dado que todo el mundo intenta seguir las instrucciones de la alcaldía y abandonar el centro. La gente deja atrás bolsos y pertenencias personales, limitándose a desalojar los edificios y alejarse de la zona lo más rápido posible. Hay personas llorando, otras gritando de pánico, algunos marcan como locos los números de sus teléfonos celulares, que ya no funcionan. Hay personas tosiendo, enmudecidas, y tropezando por el aturdimiento, pero sin heridas evidentes.

Irrumpió la voz de Brad, con un tono más agudo de lo normal. Los espectadores podrían atribuirlo al entusiasmo, pero Cassidy sabía lo que era: miedo.

—Cassidy, ¿seguro que no hay peligro para ti y la cámara por estar ahí?

Ella hizo ademán de respirar hondo otra vez, más hondo, y no era todo ademán. Todavía no se encendía ninguna alarma en su cerebro por la inhalación. El aire olía como siempre, no precisamente fresco.

—Hasta ahora, todo bien. Aún así, es aconsejable que todo el mundo se mantenga lejos del centro. Las principales carreteras de salida están colapsadas.

En su interior, Cassidy se sentía satisfecha de haber sido capaz de pronunciar la palabra *salida* cuando una parte de ella estaba clamando por darse media vuelta y salir de allí.

—¿Hay manera de saber si es un ataque terrorista, Cassidy? —dijo Brad.

—Podría ser, Brad. Sólo que no lo sabemos. Podría tratarse de un incidente aislado. Incluso podría ser una especie de accidente. De momento no tenemos claro cuál es la naturaleza exacta de lo que ha pasado. Ahora mismo, la policía y el personal de emergencias se concentran en poner a las personas a salvo.

Cassidy vio a alguien correr hacia ellos, esquivando los coches. Un policía. Andy se fijó en cómo Cassidy giraba la cabeza a la izquierda, y él apuntó con su cámara, adivinando que la toma iba a valer la pena.

—¡Ustedes no pueden estar aquí! —gritó el policía. Era joven, con la cara roja y sudorosa a pesar del frío.

Cassidy se irguió mostrando toda su estatura, y hubiera querido llevar todavía puestos sus tacones de diez centímetros en vez de las Nike de Jim.

—*Tenemos* que estar aquí —le contestó, con una voz que no toleraba réplica—. Esto es algo histórico. Mantenemos informadas a cientos de miles de personas.

El policía los miró fijamente un momento, sopesando la respuesta.

—Está bien —dijo y se marchó de prisa.

Andy le hizo un gesto con la cabeza a Cassidy, y ella supo que se había ganado su respeto.

Aun con la adrenalina bombeando en sus venas a toda máquina, Cassidy se contuvo para seguir hablando despacio y con claridad.

—Queremos explicar a nuestros espectadores algunas cosas que *no* deben hacer. Veremos si podemos ponerlas en sus pantallas.

»Ante todo, manténganse lejos del centro de la ciudad. Si van por la autopista I-5 rumbo al norte o al sur, les recomendaría tomar la I-205 y evitar el centro. Se está permitiendo el tránsito en algunas rutas de salida en la I-5, la I-405, y rondas exteriores. Hay personas que están abandonando sus autos sin más en medio de la vía, provocando una peor pesadilla en el tráfico.

»Además de las calles que sufren atascos, las comunicaciones por teléfono celular han colapsado y las líneas están sobrecargadas. Si no es por algo totalmente urgente, por favor no llame por teléfono».

Eric le había pasado un poco de información y Cassidy la retransmitía junto a la propia; también recibió datos de las fuentes de Andy.

—Tenemos información de que los hospitales se han visto invadidos por las personas que han estado expuestas a lo que quiera que sea esto. También hay heridos pisoteados y víctimas de pequeños accidentes de tráfico provocados por la huida de la gente del área. Si nos escuchan médicos o enfermeros, deberían presentarse en el hospital más cercano. Les mantendremos al tanto con más información conforme la tengamos. Les habla Cassidy Shaw, en directo desde el centro de Portland.

Cassidy relajó los hombros. Sabía que tenían que estar de vuelta en un minuto o dos, que tendría que seguir retransmitiendo hasta que los obligaran a marcharse o todo volviera a su cauce. En un segundo, podía encontrar a su alrededor alguien para entrevistar, pero por ahora se limitaba a dejar que el caos la invadiera. Se dio cuenta de que estaba temblando. Una calle más allá, ella vio a un hombre abriéndose paso entre la multitud, contra corriente. La única razón por la que lo eligió era porque él medía casi metro noventa y parecía puro músculo. La complexión y el cabello pelirrojo le resultaban familiares: era Leif Larson, el agente del FBI, el no sé qué de su amiga Nicole. ¿Novio, amigo, amigo con privilegios? Cassidy no lo sabía.

Ahora mismo parecía un hombre entregado a una misión, el guerrero vikingo por los cuatro costados.

CAPÍTULO 8

Corte Federal Mark O. Hatfield

—¿**P**ara qué necesita el arma? —preguntó la señora Lofland con voz tranquila. Nada hasta ahora parecía ponerla nerviosa: ni las preguntas del juez, ni la evacuación forzosa, ni el arma que empuñaba Nic.

—Este es el problema. Podría haber gas venenoso a nivel del suelo, porque es más pesado que el aire. Pero si nos quedamos aquí, como el sistema de ventilación del edificio aspira el aire nuevo del nivel de suelo, lo expulsará justo sobre nosotras. Así que aquí probablemente tampoco estemos a salvo. Creo que si pudiéramos romper una ventana, podríamos tomar aire no contaminado.

Nic fue hacia la ventana, que ocupaba desde el suelo al techo, y miró abajo. La acera estaba llena de gente presa del pánico. Le subió bilis hasta la garganta cuando vio que había personas tumbadas o a cuatro patas, ya vencidas. ¿Eran las mismas personas que bajaban las escaleras unos minutos antes?

Se concentró en el cristal de la ventana. Ahora que estaba lejos del caos, lejos del peligro inmediato de ser arrollada, tenía la sensación de pensar lento y turbio. Por fin, desenfundó el arma.

—No puedo hacerlo. Va contra la política del FBI disparar contra algo que no sea un sospechoso armado que signifique una amenaza inmediata. Y va también contra mi sentido común. Ahí abajo están las calles atestadas. La ventana desviaría la trayectoria de la bala, así que es difícil predecir dónde terminaría. No puedo arriesgarme a hacer daño a nadie más —dijo, y golpeó el cristal, lo que produjo un sonido pesado, hueco—. De todos modos, este cristal es demasiado grueso; creo que lo más probable es que no conseguiríamos más que un pequeño agujero y poner a otras personas en peligro.

La idea de retroceder a una planta superior parecía buena, pero ahora Nic la encontraba inútil.

—Si hubiera alguna manera de conseguir aire puro sin hacer daño a nadie —miró a su alrededor y se fijó en los escritorios que había detrás de ella. Grapadoras, teléfonos, portacintas, computadoras. Lo que necesitaba era algo pesado y puntiagudo—.Tal vez podríamos usar otra cosa para romper la ventana. Si comenzáramos en una esquina y la fuéramos debilitando, conseguiríamos algo —dijo, y presionó la mejilla contra el frío cristal. ¿No serían letales los fragmentos si cayeran sobre los peatones o los servicios de socorro? Desde una altura de siete plantas, era probable. El pensamiento la hundió en una ola de desesperación. No podían salir, pero quedarse podía ser igual de malo.

—A lo mejor no lo estás analizando desde la perspectiva adecuada, querida —interrumpió sus pensamientos la señora Lofland.

—¿Qué quiere decir? —Nic sintió una irracional sacudida de esperanza.

—Que tal vez lo que hace falta no es conseguir el aire fresco, sino dejar salir el aire malo.

En un destello, vio lo que la anciana quería decir.

—Podríamos buscar el termostato, ver si cierra el aire, o al menos lo reduce. Y poner algo en las rejillas.

—Las bolsas de plástico de las papeleras —asintió la señora Lofland—. Podríamos usarlas.

Nic miró y vio que debajo de cada escritorio había una papelera.

—Sí. Busque tijeras y algún tipo de cinta adhesiva más fuerte que la transparente. Yo buscaré el termostato.

Lo encontró en seguida. Sin hacer el menor caso a la nota de «no tocar» que tenía pegada, Nic lo desconectó. ¿Desconectar el calor desconectaría el renovador de aire? No tenía ni idea.

Al otro lado del espacio había una pequeña sala de conferencias. Resultaba espeluznante abrir la puerta y ver los papeles frente a cada asiento, la bandeja de rosquillas, las tazas de café abandonadas, los pasteles mordidos sobre las servilletas. Entonces alzó la vista. Sólo había dos rejillas de ventilación. Y ambas convenientemente localizadas justo encima de la mesa.

Nic pensó en todas las demás personas agolpadas en la escalera. ¿Las iba a dejar precipitarse hacia la muerte? ¿Debería volver y tratar de convencerlas para seguirla? Pero no había ninguna garantía que el regreso al edificio pudiera salvarlas. Su plan no se había probado ni demostrado aún. Y el espacio era demasiado pequeño para contener a más personas y a la vez proporcionar aire suficiente.

Nic volvió a la carga y vio que la señora Lofland había encontrado un rollo de cinta para conductos y unas tijeras. De nuevo en la sala de conferencias, Nic se subió a la mesa y pegó una capa doble de forro de las papeleras en cada ranura. Luego se quitó la chaqueta y la encajó, junto con algunas servilletas de papel, en el espacio debajo de la puerta.

La señora Lofland estaba sentada con los ojos cerrados y la mano apretada contra el pecho. La respiración se le oía leve y rápida.

—¿Se encuentra bien? —preguntó Nic—. ¿No debería poner los pies en alto?

La señora Lofland tenía la piel pálida, pero, cuando abrió los ojos, se veían más agudos que nunca.

—No me pasará nada, querida.

Cuando volvió a cerrar los ojos, Nic se dio cuenta de que esa no era realmente una respuesta. Y tal vez no iba a dársela.

Nic trató de reducir su propia respiración, con los ojos fijos en el sereno rostro de la mujer. ¿Se trataba de una ingenua negativa a afrontar los hechos, o esa calma que la señora Lofland mantenía en medio del caos era realmente un don?

—¿Está orando otra vez? —preguntó, para su propia sorpresa.

—Una parte de mí siempre está orando —respondió abriendo los ojos—. Pero sí. Pido a Dios por esas personas. Y por usted.

—Me parece que las dos estamos a salvo —dijo Nic.

—Eso no significa que no le pueda servir una oración —respondió la señora Lofland, con un deje travieso en la sonrisa. Luego volvió a cerrar los ojos.

Veinte minutos más tarde, Nic se disponía a echar mano a una rosquilla cuando aparecieron en la ventana de la sala de conferencias los ojos azules de Leif.

Se puso a dar saltos diciendo su nombre. Él trató de abrir la puerta, pero apenas la abrió dos dedos y la encontró atascada. La señora Lofland apartó su silla, se agachó y quitó la chaqueta enrollada de Nic.

—¿Es un lugar seguro? —preguntó Nic, que sentía cómo el corazón le latía en la garganta. Leif llevaba máscara.

En respuesta, él tiró de Nic y la atrajo a sus fuertes brazos.

Cuarenta cuadras. A esa distancia estaba el Centro Médico Buen Samaritano, y era el hospital más cercano. Pero Allison caminaría el día entero si fuera necesario. Caminaría hasta gastarse los pies. *Dios mío,* oró, *protege a estos dos preciosos inocentes. Y a todos los demás atrapados en esta pesadilla.*

Al principio medio corriendo, luego andando, llevó agarrado del cuello de su abrigo a la niña, que no dejaba de llorar. Cada una o dos cuadras, Allison se detenía y observaba a su alrededor, para ver si veía a alguien que estuviera buscando a un niño perdido. Vio a docenas de personas presas del pánico, pero a nadie que pareciese emparentado con la niña que llevaba agarrada. Pensó un momento en Nicole y los miembros del jurado. *Querido Dios, protégenos...* esto era parte de la bendición de la cena que su marido Marshall y ella solían orar, y que nunca había tenido tanto sentido para ella como ahora.

Allison empezaba a jadear en lugar de respirar, lo que la obligó a reducir la marcha y limitarse a ir a paso rápido. Durante un momento, se presionó una mano contra el vientre, reconectándose con aquel pequeño zumbido que llevaba varias semanas sufriendo, el sonido de la conexión. Seguía allí. Se cambió a la niña de cadera. La niña, con la cara empapada de lágrimas, estaba por fin tranquila. Su cabello negro le llegaba a los hombros, y tenía en las orejas unos diminutos pendientes brillantes. Su abrigo verde oscuro era tal vez demasiado grande para ella, y tenía los bordes de las mangas raídos.

—¿Cómo te llamas, cariño? —intentó Allison.

Los ojos oscuros de la muchacha la miraron fijamente, pero no dijo nada. ¿Estaría conmocionada? ¿O algo peor?

—Yo me llamo Allison. ¿Y tú?

Seguía con la mirada en blanco. ¿Cómo se diría en español? ¿Algo así como *ya-mo*?

—*Ya-mo* Allison —se atrevió Allison, señalándose el pecho, desplazándose todavía lo más rápido posible. Había logrado distanciarse diez calles del área crítica. Al menos aquí la mayoría de la gente estaba de pie—. *Yamo* Allison —repitió, luego giró el dedo para señalar a la niña y arqueó las cejas—: *¿Ya-mas?*

—Estela —contestó la niña. Al menos así sonaba. Ella también se acarició el pecho.

—Bien, Estela —dijo. Su ánimo se alivió un poco. Si al menos pudiera preguntarle a Estela dónde estaban sus padres. Si al menos la niña fuera bastante mayor como para acordarse de un número de teléfono o una dirección. O siquiera explicar si se sentía mal.

Cuando llegó al paso elevado sobre la autovía, se quedó boquiabierta. Hasta donde se podía ver, en la Interestatal 5 estaban los vehículos prácticamente tocándose. Se podía caminar pisando sobre los coches sin poner el pie en la carretera. Y estaban absolutamente inmóviles. Las ambulancias, los policías y los casos graves se abrían paso por el arcén, pero había ya puntos donde también estaban atascados.

Estaban a menos de un kilómetro del hospital, y Allison dio gracias desde lo más profundo por llevar puestas las zapatillas deportivas. Uno de los piececitos de Estela se apoyaba justo donde empezaba a notarse el progreso de su embarazo. Era un peso insignificante cuando empezó su loca carrera desde el centro. Ahora, a cada paso que daba le dolían la cadera y el hombro. La niña dejó caer la cabeza sobre el hombro de Allison. O estaba acostumbrada a los extraños, o estaba agotada, o —y esto era algo en lo que Allison no quería pensar demasiado— estaba demasiado enferma y ya no tenía fuerzas para preocuparse. Estaban ya en el noroeste de Portland, una parte de la ciudad que era más antigua y de calles mucho más estrechas. Estaba todo atascado, repleto de coches conducidos por personas presas del pánico, convencidas de que no tenían más que unos minutos si no querían morir. Los conductores de ambulancia hacían sonar varios tonos de sirena y hasta daban órdenes desde sus altavoces, pero no había ningún lugar al que pudiera moverse la gente.

Una ambulancia se subió sin más a la acera, provocando la desbandada de los peatones que tenía delante. No parecía que la acera tuviese suficiente anchura, pero la ambulancia fue raspando entre el edificio y los parquímetros con apenas dos dedos de margen a los lados, y luego tuvo que regresar a la calzada una calle más adelante.

Cuando Allison llegó al hospital, había pasado más de una hora desde que las alarmas interrumpieron el juicio. Pensar en las Bratz Atracadoras le parecía ahora absurdo e irreal. La realidad era avanzar a duras penas con el peso muerto de una niña anclada en su cadera. La realidad era ver a su alrededor las caras aterrorizadas y preguntándose si sobrevivirían.

Allison había imaginado que la sala de urgencias estaría atestada, pero lo que vio la dejó impresionada. Había docenas de personas de pie, sentadas y hasta tumbadas en el estacionamiento y junto a la acera. Unos pocos afortunados estaban en camillas. Algunos niños o jóvenes compartían un sitio entre dos. El resto estaba sentado o echado sobre sus abrigos o directamente sobre el asfalto. Unos tosían y gemían; otros estaban callados o hablaban bajito. Una señora bien vestida que estaba apoyada sobre una jardinera de ladrillo gritaba «¡Enfermera! ¡Enfermera!» una y otra vez, pero no parecía estar sintiéndose mal.

Entre ellos se movía un puñado de personas con uniforme sanitario y con ropa de calle, tomando el pulso, la tensión arterial, la temperatura. Los médicos y las enfermeras mostraban un aspecto tranquilo y determinado, y Allison se sintió un poco mejor sólo con mirarlos. Ellos se movían con celeridad, pero no parecía que les afectara el pánico. Y aunque la mayoría llevaba guantes de látex, no daba la impresión de que les preocupara la contaminación. Aquí no había máscaras ni monos blancos como de astronautas.

Y entonces Allison reconoció un rostro familiar. Sally Murdoch, una pediatra a la que en ocasiones consultaba sobre crímenes que procesaba. Llevaba una chaqueta negra de cuero abierta encima de la bata verde.

Allison esperó a que Sally se incorporara después de atender a una mujer de mediana edad.

—Sally, está niña y yo venimos de...

—¡Espere su turno! —gruñó un hombre con traje de ejecutivo, echándola para atrás.

Un día cualquiera, pensó, ese tipo le habría abierto la puerta al pasar, le habría cedido el paso al salir del ascensor, la habría saludado con una sonrisa al cruzarse en la acera. Pero este no era un día cualquiera.

Allison se percató de que había media docena de personas esperando en fila a Sally. Ella tenía que pensar en su bebé, y en Estela, pero no creyó que ese argumento convenciera a nadie allí. Sally le dirigió una especie de sonrisa y un encogimiento de hombros, y Allison se puso al final de la línea.

Sally habló con cada persona a su turno, con palabras que sonaban como un suave murmullo, poniéndoles el estetoscopio en el pecho, examinando sus ojos y gargantas, con una consoladora mano en sus hombros. El ejecutivo se tomó con estoicismo las noticias que ella le daba, pero la mujer que iba delante de Allison irrumpió en un llanto irregular. Allison sintió que el corazón le daba sacudidas. No quería imaginarse cuál había sido el mensaje de la doctora.

—¿Quién es? —dijo Sally, cuando le llegó el turno a Allison.

—Se llama Estela. Creo. Me la encontré en el centro, llorando. Me parece que no habla inglés. Y Sally, tengo que contarte que estábamos a sólo una manzana de donde ha ocurrido todo. Así que hemos estado expuestas. ¿Puedes ayudarnos? —preguntó—. Y después de dudarlo, se animó a añadir: —Y también debes saber que est... estoy embarazada.

Sally le echó una rápida mirada y le susurró:

—¡Buenas noticias, chica!

Luego tocó con cuidado la rodilla de Estela antes de meter el estetoscopio por dentro del abrigo de la muchacha. Estela estrechó sus brazos alrededor del cuello de Allison.

Sally escuchó atentamente y asintió con la cabeza. Tenían que ser malas noticias. Allison pareció sentir que se le rasgaba el corazón.

Pero luego Sally dijo:

—Esta niña está bien. Y sólo con mirarte puedo decir que tú también. Igual que toda esta gente, excepto los que fueron golpeados por un coche que intentaba abrirse paso o los que acabaron con un infarto por tanta tensión. Pero todos los demás están bien.

—¿No tienen nada?

—Nada —dijo Sally categórica.

—¿Cómo puedes decir eso? —protestó Allison—. Vengo del centro. Lo he visto todo. La gente se caía al suelo a nuestro alrededor, ahogándose y tosiendo. Y estábamos justo allí. Hemos respirado lo que mismo que ellos.

Un anciano tiró a Sally de la manga.

—Por favor, señorita, por favor, vengo del centro. Tiene que ayudarme.

Sally se giró y le señaló la fila. Allison vio lo fatigada que estaba.

—Espere ahí con los demás. Le atenderé en seguida —dijo, y se volvió de nuevo hacia Allison—. Hemos comprobado docenas de análisis de sangre, y todos han dado negativo. Todos los hospitales se han visto abrumados por esto, no sólo el Samaritano, y todos dicen lo mismo: nada.

—¿Qué? —Allison dio un paso atrás, Estela se asustó y comenzó a llorar—. No puede ser cierto. Vengo de allí. ¿Quieres decir que toda esta gente salió ilesa?

—En absoluto —suspiró Sally—. La gente estaba ya en alerta roja por el ataque terrorista del mes pasado. Cuando las personas ven alarmas contra incendios y ambulancias y equipos de la emergencia dando oxígeno a la gente que tienen delante, entran en un estado de hipervigilancia. Es el poder de sugestión. Lo mismo pasó en Tennessee hace unos años. Una maestra creyó que olía a gasolina. Se mareó, le costaba respirar y sentía náuseas. Evacuaron el aula y luego la escuela entera. Cuantas más ambulancias enviaban, más tenían que enviar. Más de cien personas acabaron en la sala de urgencias, donde admitieron a varias docenas.

—¿Y? —incitó Allison.

—Hicieron más y más pruebas —dijo Sally, encogiéndose de hombros—, pero nada. La mayoría de los que se sintieron enfermos afirmaban haber olido algo, pero todos relataron algo diferente: era amargo, era dulce, olía como a quemado. Lo mismo ha ocurrido hoy. La gente ha visto el equipo de amenaza biológica, ha oído no sé qué de un vertido químico, ha decidido que era otro ataque con gas sarín, y ha empezado a buscarse los síntomas. El aire no huele de todos modos muy bien en el centro, sobre todo cuando se añaden cientos de coches pululando y todo el mundo intenta seguir las instrucciones de la alcaldía para evacuar el centro. Esto es lo que se llama histeria colectiva. Y los que están sanos se convencen de que algo va mal.

—Pero yo estaba allí, Sally —dijo Allison, todavía con dificultad para creerle—. Yo estaba allí. Sucedió algo horrible.

—Algo horrible, sólo que no afectó a toda esa gente. Los de alarma biológica nos han contado que se vertió un poco de algún gas en la KNWS. Fue poco y en un espacio cerrado. Ha habido una víctima. Están tratando a un par de otras personas que estaban allí, pero sólo por precaución.

La KNWS. Eso activó una alarma en Allison.

—¿Quién era la víctima?

—Dicen que Jim Fate.

—¿Jim Fate? —exclamó Allison, perdiendo lo último que le quedaba de adrenalina—. Iba a encontrarme con él mañana. Él había estado recibiendo unas amenazas.

—Parece que eran más que amenazas —arqueó Sally las cejas—. Lo que me han dicho es que ha sido una suerte para nosotros que él decidiera no salir de su estudio, que es casi hermético. Gracias a eso —dijo señalando con el brazo a los cientos de personas—no ha ocurrido un verdadero desastre.

Allison miró más de cerca a los supuestos pacientes. Sally tenía razón. Nadie parecía estar tan mal.

—¿Por qué tienes a toda esta gente en el estacionamiento? ¿Por qué no están dentro?

—Lo hicimos así cuando pensamos que estaban realmente contaminados. No podíamos arriesgarnos a contagiar a todo el hospital. Ahora están ahí fuera sencillamente porque no tenemos espacio aquí. Y muchos de ellos no se van a ir. No nos creen cuando les decimos que están bien. Pero ninguna de las personas que hemos examinado tiene los ojos enrojecidos, las mucosas irritadas o dificultad respiratoria. Si hubiera sido un verdadero ataque de gas tóxico, tendríamos esos síntomas, por lo menos. Y nos enfrentaríamos a daños terribles. No tenemos suficiente material de protección: ni gafas ni mascarillas ni respiradores, aunque fuera sólo para nuestro personal. No tenemos suficientes antídotos de gas nervioso para toda esta gente. No tenemos suficiente de nada. Nadie lo tiene.

—¿Si hubiera sido real, qué habrías hecho? —preguntó Allison, cambiándose de brazo a Estela. Su pánico iba disminuyendo poco a poco.

—Prioridades de emergencia —dijo Sally sin rodeos—. En ese protocolo, no se da tratamiento a los más débiles ni enfermos, a los que probablemente tienen que morir. Nos concentramos en los que podemos salvar y elevamos una plegaria por los demás.

CAPÍTULO 10
Centro Médico El Buen Samaritano

Allison se había llevado a una niña. *Se había llevado a una niña.* En aquel momento, creía que le estaba salvando la vida a Estela. Pero ahora que sabía que no había habido ningún peligro, se sintió enferma al pensar en la familia de Estela. En algún lugar entre aquel caos, debían de estar buscando desesperadamente a su pequeña.

—¿Qué crees que debería hacer, Sally? —le preguntó a su amiga—. La pobre familia de esta niña debe de andar loca tratando de encontrarla. ¿Debería llevarla de vuelta al centro?

—No puedes volver allí —dijo Sally resoplando—. Siguen limpiando el área, sólo por si acaso. Incluso si pudieras llegar al centro, lo más probable es que la persona que acompañaba a la niña se haya ido, bien obligada a evacuar o llevada a un hospital. Podrías darle un paseo por el estacionamiento, a ver si reconoce a alguien. Pero si no, yo me la llevaría a casa y llamaría a Servicios Sociales. Voy a poner en una nota que tú la tienes, por si alguien pregunta por ella. ¿Cómo has dicho que se llama?

—Creo que Estela.

Al oír la palabra, la niña levantó la cabeza, y las dos mujeres sonrieron.

—Bien. Estela. Una niña sana de unos dos años y medio, por lo que parece. Dame tu dirección y número de teléfono por si alguien viene buscándola. Para esta tarde, ya habrán montado algún centro de información.

Allison se fue sorteando a las personas sentadas y recostadas en la acera, los parterres, el estacionamiento. Ahora que sabía que estaban bien, la escena no era ni mucho menos tan espantosa. Se veía a algunas personas con vendas y escayolas, pero desde luego nadie que pareciera estar muriéndose.

—¿Ves a alguien? ¿Reconoces a alguien? —preguntó, pero Estela no contestaba, ni siquiera parecía prestar atención. Lo más probable es que sólo hablara español. O tal vez era por el tono de voz de Allison. Se dio cuenta de que se dirigía a la niña como si fuera un adulto. Cualquier madre habla con naturalidad con su sonsonete, con sus balbuceos, pero a Allison ni se le ocurría cómo empezar. ¿Cómo iba a ser capaz de comportarse como una madre con el bebé que llevaba dentro? Tal vez debería limitarse a fingirlo y esperar que nadie se diera cuenta.

Al no hallar a nadie a quien Estela pareciera reconocer o que la reconociera a ella, Allison comenzó a caminar las treinta cuadras hasta su casa. Por el camino trató de llamar a la oficina, a Marshall, a Nicole y a Cassidy, pero las líneas seguían saturadas. Así que, en lugar de telefonear, oró, moviendo los labios en silencio. Oró por Estela y su familia. Pidió a Dios por la gente del estacionamiento y la del centro. Por Nicole y por el jurado a quien estaba ayudando, y por Cassidy. Por que todos los empleados de los servicios de emergencia estuviesen a salvo. Por todos los investigadores, para que pudieran llegar al fondo del asunto. Y por los amigos y familiares que Jim Fate había dejado.

Caminaba a paso lento con la mirada abajo, con su mente en algún otro lugar, con el peso muerto de Estela sobre su cadera, cuando oyó un grito.

—¡Allison! ¡Allison!

La voz se oía desgastada, como si llevara un rato gritando.

Ella alzó la vista. Dos esquinas más allá, Marshall comenzó a correr hacia ella. Nunca lo había visto correr tan rápido, al menos no con zapatos de vestir y traje. Se detuvo casi derrapando cuando vio a Estela, pero de todos modos rodeó a Allison con sus brazos, en un torpe abrazo de lado. Estela, despertada, soltó un débil gruñido de protesta.

—Te he estado buscando por todas partes —dijo Marshall, recuperando el aliento. Se apartó un poco para mirarla. Su mandíbula se veía firme, sus ojos decididos, pero Allison se percataba del más débil temblor en su voz.

—He estado intentando llamarte una y otra vez. Fui al centro, pero la policía no me dejó pasar las barreras. Pero había tal desbarajuste que al final me metí. Pero no te encontré —contó, pasándose una mano por el pelo, que ya se le levantaba como si hubiera repetido el mismo gesto un montón de veces ese día—. Dios mío, Allison, no podía encontrarte por ninguna parte.

Las lágrimas le llenaron los ojos, las lágrimas que llevaba todo el día conteniendo.

—Marshall, yo...

Él la abrazó con fuerza, al menos con tanta fuerza como le permitía la presencia de Estela, y ella sollozó contra su pecho.

—Vamos en coche al hospital —soplaron sus palabras el pelo de Allison—, o al menos lo más cerca que podamos y luego caminando. Me han dicho que están atestados. Tenemos que hacerte pruebas. A ti y al bebé y... bueno, ¿y quién es esta?

—En realidad, acabo de estar en el Buen Samaritano —dijo Allison apartándose un poco—. Me han dicho que estoy bien, que el bebé está bien, y que —dijo, acariciando el hombro de la niña— también Estela está bien.

Marshall se inclinó hacia la niña. Ella le mostró una tímida sonrisa antes de girar la cabeza y hundirla contra el pecho de Allison.

—La encontré en los alrededores del Palacio de Justicia cuando estaban evacuando el centro. Debía de ir acompañada de alguien, pero no pude ver a nadie, sólo a esta pobre niña gritando solita. En ese momento todavía pensábamos que el aire estaba envenenado, así que la recogí y la llevé conmigo al Buen Samaritano.

—¿Qué quieres decir con que «todavía pensábamos que el aire estaba envenenado»? ¿Es que no lo está? —dijo Marshall levantando la cabeza.

Allison le contó rápidamente lo que le había explicado Sally.

Se le descargó un poco la tensión de los hombros.

—Gracias a Dios. Esto ha sumido a la ciudad en el caos, pero podría haber sido mucho peor —dijo, y extendió los brazos—. Tráela, déjame llevarla el resto del camino.

Estela abrió mucho los ojos. Agarró a Allison con tanta fuerza que se le pusieron los meñiques blancos.

—Supongo que no está lista —observó Allison. Los tres emprendieron el camino a casa.

Cuando Marshall abrió la puerta de la calle, la mirada de Allison fue a parar a una nota garabateada con marcador y pegada en la pared de la entrada. *Allison, quédate aquí. Te estoy buscando. Te amo.*

Las lágrimas le hicieron un nudo en la garganta. Marshall había salido a buscarla, aun a riesgo de resultar él mismo herido. Volvieron a golpearla como una ola las experiencias de las horas anteriores, el terror y el miedo que no se había permitido sentir. Estaba en casa; sana; no estaba muerta, ni siquiera enferma. Ella, Marshall y el bebé —y Estela— todos estaban a salvo.

CAPÍTULO 11

Apartamentos Riverside

Cassidy entró en su apartamento y se fue directo al dormitorio. *De oca a oca, y a la cama porque me toca*, pensó mientras, más que acostarse, caía sobre la cama deshecha. Lo máximo que pudo hacer fue reunir fuerzas para sacarse los zapatos. Bueno, en realidad las deportivas de Jim, pero él no estaba en posición de pedir su devolución. Ella no se había molestado en cambiárselas, sabiendo que Andy tomaría los planos de modo que no se le vieran los pies.

Todo el día, mientras informaba del caos en el centro, Cassidy había tenido muchas ganas de estar en casa, sola, sin nada alrededor, sólo el silencio. Y los apartamentos Riverside eran tranquilos. Los constructores habían hecho su trabajo en pleno auge del boom inmobiliario, cuando las propiedades se revalorizaban un quince por ciento anual. Todos querían uno. Montaron sorteos para escoger a quién se le concedía comprar, y Cassidy se sintió muy afortunada cuando salió su número. Vació su fondo de pensiones, ya imaginándose la clase de rentabilidad que iba a conseguir. Sólo un imbécil se aferraría a las acciones seguras cuando había tanto dinero por hacer en los bienes inmuebles.

Seis meses más tarde, los precios cayeron estrepitosamente. Más o menos la mitad de los apartamentos de su edificio se quedaron vacíos, comprados por los especuladores que habían pensado poder sacarles un beneficio rápido. Muchos inversionistas habían terminado por deshacerse de la deuda, devolviendo los inmuebles al banco. Por eso, el edificio estaba a menudo extrañamente silencioso.

Ahora que por fin estaba sola, Cassidy se dio cuenta de que había un serio problema con estar sola. No había nada que la evadiera de lo que había pasado durante el día.

Cuando cerró los ojos, veía a la gente correr por delante de ella, oía los gritos y las sirenas. Era casi como una alucinación, podía ver muy claramente a las personas. Un anciano de sombrero negro se echó las manos a la garganta y se cayó de rodillas. Una joven con media docena de *piercings* de plata le pidió a Cassidy que le dijera si iban a morir todos. Un muchacho en monopatín salió corriendo a la calle, y antes de que ella pudiera ni siquiera avisarle, lo golpeó un enorme remolque de un Oldsmobile.

Se le abrieron los ojos de golpe. *No son reales*, se dijo. *Olvídalos y duérmete.* Pero cuando lo intentó, le vinieron nuevos horrores. Era como si su cerebro, sometido a demasiada exigencia, trajese nuevos problemas para mantener el flujo de adrenalina.

Pese a lo agotada que estaba, no había manera de que pudiera dormir esta noche. No sin ayuda. Con un suspiro, se levantó y fue hasta el bolso. Sin tener que encender la luz, encontró el frasco de Somulex de Jim y sacó una pastilla. En la cocina, se sirvió un vaso de vino para tragársela.

—A tu salud, Jim —susurró, levantando el vaso un palmo en el aire—. Descansa en paz —brindó y luego, con gesto experto, se metió el Somulex en la boca y la engulló con un sólo trago de aquel vino fuerte y con cuerpo.

Cassidy nunca había sido buena para dormir, pero los acontecimientos de los últimos meses habían agudizado su problema hasta el punto en que a veces pasaba una noche entera insomne. Eso comenzó cuando su antiguo novio, Rick, se volvió celoso y luego violento. Al cabo de un tiempo, dejó de sentirse segura durmiendo al lado de él. E incluso cuando ya no estaba, le preocupaba que pudiera despertarla borracho, amenazándola por teléfono, o incluso que viniera a su apartamento en medio de la noche. Las cosas todavía empeoraron cuando ella, Allison y Nicole se enfrentaron a una sospechosa de asesinato; enfrentamiento que acabó con la asesina muerta en el suelo y Nic con una bala en el hombro. Cuando Cassidy cerraba los ojos por la noche, todavía veía la sangre.

Después de aquellos disparos, se convirtió en una insomne de ultramaratón, despierta durante no menos de cuarenta y cinco horas de una vez. Las noches se hicieron infinitas. Paseaba por el apartamento, veía la tele, hojeaba revistas, escuchaba la radio y navegaba por Internet. Siempre que trataba de dormir, sus pensamientos se desbocaban. Pensaba en Rick y en el daño que él le había hecho. En sus padres y cómo los echaba de menos. Pensaba en historias que quería cubrir, y que no tenía. Pensaba también en Jenna, que era justo lo que Cassidy una vez fue. Ahora Cassidy era diez años mayor que la nueva de la cadena, y estaba segura de que se notaba.

Y siempre, siempre, Cassidy hacía cálculos. Si pudiera dormirse en los diez minutos siguientes, tendría cinco horas de sueño. Pero poco después tenía que contar de nuevo. Lo máximo que podía conseguir eran cuatro horas, o tres. La preocupación por no dormir no la dejaba dormir. Cuando el cálculo bajaba a dos horas, gimoteaba, golpeando la almohada, pidiendo alivio al universo.

Cassidy intentó todos los remedios de las revistas femeninas. *Acuéstate cada noche a la misma hora.* Los que sugerían eso está claro que no trabajaban en el mundo de las noticias 24/7. *Prueba con un vaso de leche caliente.* Lo intentó hasta hartarse, sin efecto. Melatonina, valeriana, kava kava, Tylenol PM. Seguía tumbada con la vista en el techo. A veces un par de copas de vino ayudaba durante un rato, pero se despertaba al cabo de una hora y ya no podía recuperar el sueño.

Una noche, durante la cena, se lamentó ante Jim:

—No puedo dormir. A veces me paso la noche entera despierta.

—Tienes que ir al médico para que te recete una de estas —dijo Jim sacándose un frasco de los pantalones.

—¿Qué es?

—Somulex —respondió y se echó una píldora blanca y ovalada en la palma—. Toma. Pruébala esta noche a ver si te ayuda.

Y las probó *todos los días*.

Esa noche, en cuanto su cabeza dio con la almohada, la respiración de Cassidy se ralentizó y suavizó. Dormía profundamente, casi sin sueños. No recordaba haber dormido así desde que era niña.

Y los demás lo notaron ya tras la primera noche.

—Pareces distinta —dijo Jenna al día siguiente, dirigiéndole una mirada larga y escrutadora—. ¿Te has hecho algo en el pelo?

Esa tarde, Cassidy llamó a su doctor y consiguió su propia receta.

—No puedo dormir —le dijo—. Estoy muy estresada después de todo lo que ha pasado. ¿Por favor, sería tan amable de extenderme una receta de Somulex?

Así de fácil. Cassidy consiguió veinte píldoras. La etiqueta decía que eran para «el insomnio ocasional». Al principio, partía las pastillas por la mitad y sólo se las tomaba los domingos por la noche, los días más duros.

Pero si había indicios de que al día siguiente tendría una gran historia, o si tenía algún acto o reunión importante después del trabajo y tenía que presentarse con buen aspecto, ahí estaban las píldoras para ayudarla. Por teléfono, el médico había mascullado no sé qué sobre que podrían ser adictivas, pero Cassidy decidió que era mejor pagar el precio de una pequeña adicción para estar bien descansada y despierta. Mejor estar atractiva que fea y agotada.

No pasó mucho tiempo hasta que tuvo que tomarse una píldora cada noche. Si intentaba pasar sin ella, se quedaba con los ojos de par en par. Se pasaba el tiempo tumbada y mirando los dígitos luminosos verdes del despertador avanzando lentamente a las tres de la madrugada, las cuatro, las cinco. Al final tenía que ceder y tomarse la pastilla, aunque sólo fuera para dormir un par de horas hasta que sonara la alarma. Y algunas noches necesitó más de una.

Lo que debía ser un suministro de Somulex para todo el mes se acabó en tres semanas. Cuando el médico no quería volvérselas a recetar tan pronto, Cassidy se buscaba otro y le hacía recetárselas en otra farmacia.

Algo sobre lo que su doctor la había hablado muy en serio era el peligro de mezclar Somulex con el alcohol.

—Si combina los dos, pueden actuar como depresores del sistema nervioso. Puede que hasta el punto de que su cuerpo se olvide de respirar.

Cassidy prestó atención a su advertencia durante un breve tiempo. Pero trabajaba tan duro. Necesitaba relajarse. Y lo único que la relajaba era una copa o dos de vino.

Algún día lo dejaría. Cuando se le calmara la vida.

Ahora Cassidy estaba de pie en la cocina y se sentía estremecida. Había desafiado a la muerte, pero también había estado en el apartamento de un muerto y había ido a casa calzada con los zapatos del difunto. Hacía cinco minutos que se había tomado la píldora de un muerto.

Y no la ayudaba. Si tuviera un interruptor detrás de la cabeza, lo apagaría y se quedaría en blanco, una maravilla.

En vez de eso se tomó otra píldora.

Cassidy nunca había sido amante de darse baños en la bañera. Con su intensa personalidad tipo A, tenía que ser una chica de tomar duchas. Pero ahora recordó las velas que Rick le había comprado cuando la cortejaba, y la cara espuma de baño. Cassidy entró en el cuarto de baño y abrió el grifo hasta que el agua alcanzara casi el borde de la bañera, encendió las velas, tomó la copa de vino y se metió en el agua. Unos minutos más tarde, comenzó a sentir en brazos y piernas la familiar sensación de derretimiento. El Somulex estaba por fin en marcha.

CAPÍTULO 12

Residencia de los Pierce

Allison descolgó el teléfono para llamar a Servicios Sociales, pero en lugar de la señal de línea sólo obtenía el tono intermitente de ocupado. Otra vez. Las líneas telefónicas seguían colapsadas, las cadenas de radio y televisión animaban a no usar el teléfono a no ser que fuera una emergencia. Tenía a Estela en su regazo, y el inútil teléfono en la mano.

—Supongo que nos toca a nosotros cuidar de ella, al menos de momento —le dijo a Marshall.

—Bueno, no es tan difícil, ¿no, cariño? —contestó él, poniéndose en cuclillas—. A que sí, cosita bonita. Bonita y lista. Sólo con mirar cómo te brillan los ojos sé que eres lista.

Estela lo miró, con cara seria, con los labios apretados como un capullo de rosa, como si estuviera esperando algo.

—Prueba hablarle en español —dijo Allison—. Tú lo hablas más que yo.

—Lo que no significa mucho —dijo él.

Luego miró a Estela.

—¡Hola! Me llamo Marshall —dijo.

Le acercó la mano, con el dedo extendido.

Para sorpresa suya, la niña se estremeció, luego giró la cabeza y comenzó a llorar suavemente, con un sonido repetitivo y cansado. Allison atrajo a la niña a su pecho y le acarició la espalda.

—Parece que me tiene miedo —Marshall se levantó y se apartó un poco.

—Ah, no lo creo —dijo Allison, pero una parte de ella temía que él estaba en lo cierto. Tal vez no tenía miedo de Marshall, sino de otro hombre. Algún hombre de su vida. Ese pensamiento le encogió el corazón. ¿Le habría hecho alguien daño a Estela? ¿Le habrían hablado de mala manera?

—Creo que ha tenido un día demasiado largo, y tú eres un extraño más que se le presenta —continuó—, la giró hacia ella y se la apretó más contra el pecho, con la idea de que la pequeña pudiese sentir los latidos de su corazón. Tal vez, después de todo, sí que podía pensar como una madre.

—¿Crees que tiene hambre? —preguntó Marshall. Luego dirigió su mirada a Estela, con cuidado de no acercarse.

—¿Comida? —dijo en español y miró a Allison—. Creo que es eso. No recuerdo cómo se dice tener hambre en español, pero creo que entiende *comida*. ¿Comida, Estela?

Estela se relamió los labios.

—Me parece que has captado su interés —dijo, al ver su lengüecita rosada. Pero en seguida sintió un pequeño estremecimiento.

—¿Qué tenemos en casa para dar de comer a una niña, Marshall?

Les gustaba cocinar, de modo que tenían el refrigerador bien abastecido de artículos como alcaparras, aceitunas griegas en vinagre y pimientos rojos asados. ¿Y qué solía comer Estela? ¿Tenían alguna tortilla de maíz en casa? ¿O frijoles refritos? ¿Y si lo que quería era un cereal de frutas?

El inicial sentimiento de confianza de Allison se evaporaba. ¿No había reglas sobre lo que se da de comer a los pequeños, como nada de uvas o perritos calientes o caramelos duros, para que no se ahoguen? ¿Y qué pasa con las alergias?

—Mejor no darle crema de cacahuete —dijo—, ni frutas secas de ninguna clase. ¿Y leche? ¿Crees que la leche le sentará bien? —preguntó, y miró a Estela.

—¿Leche? —se aventuró.

Estela parecía interesada. Así que un vaso de leche. Allison se preguntaba si tendrían algún vaso de plástico.

—Creo que tenemos una caja de macarrones precocinados —dijo Marshall—. A todos los niños les gustan los macarrones con queso, ¿no?

Terminaron comiendo todos macarrones con queso, aunque Marshall no pudo resistirse a gratinar todo un bloque de queso cheddar Tillamook en la sartén.

Antes de dar el primer bocado, él bendijo la mesa.

—Dios mío, gracias por mantenernos a todos a salvo hoy. Gracias por traer a Estela y Allison, y ayúdanos a llevar a Estela con su familia. Y ayuda a esta ciudad a recuperar la normalidad, y a que se resuelva este atentado. Amado Dios, guárdanos.

—Amén —dijo Allison, y luego sirvió la pasta en los tres platos.

En lugar de un asiento con alzador, Estela estaba sentada sobre las guías telefónicas. Sólo había consentido en dejar el regazo de Allison cuando pusieron las dos sillas juntas.

—Nicole y yo teníamos que encontrarnos con Jim Fate mañana. Estaba recibiendo amenazas de muerte.

—Parece que eran más que amenazas —dijo Marshall— ¿Pudo contar de quién venían?

—No contó mucho que digamos —suspiró Allison—. Y ahora es demasiado tarde para preguntar.

—¿Crees que es un atentado terrorista?

—¿Quién sabe? —contestó encogiéndose de hombros—. Jim Fate se había especializado en ganarse enemigos. Podría ser algo personal, algo político, o algo entre medio.

Estela comió bien, pero todavía se mostraba extrañamente tranquila, saltando al menor ruido inesperado. Al final, la cabeza de la niña comenzó a inclinarse. Tenía los ojos a media asta. No eran aún las siete, pero Estela estaba claramente lista para la cama.

Allison trató de llamar de nuevo a Servicios Sociales. Se sorprendió cuando consiguió señal de línea y luego otra vez cuando el teléfono comenzó a sonar. Un tono, otro tono. Estaba a punto de colgar cuando una mujer contestó con obvia contrariedad.

Allison explicó rápidamente lo que había pasado. Podía oír el suspiro de la asistente social por la línea.

—No puedo localizar a la mayor parte de mi personal. Y, aunque pudiera, no estoy segura de poder encontrar una casa de acogida para la niña en este momento. La Cruz Roja está trabajando en un sitio web para el reencuentro de familiares, pero no está listo aún —dijo y, mientras hablaba, sonaban de fondo más teléfonos—. Mire, tengo que ponerla en espera un momento.

La mujer regresó al teléfono cinco minutos más tarde.

—¿Por qué no toma nota de la información que tengo sobre Estela? —preguntó Allison—. Mañana estarán mejor las cosas y esta noche podemos cuidarla aquí. Y siempre podría llamarnos si tiene noticias de su familia.

—Estupendo —dijo la asistente, y por su tono Allison podría decir que ya se estaba encargando de los siguientes problemas que tenía delante.

—Tal vez yo debería dormir en el cuarto de invitados y ustedes dos en nuestra cama —dijo Marshall cuando Allison colgó—. No podemos dejarla sola, y parece que yo la pongo nerviosa.

—Cariño, ¿estás seguro? La cama de invitados no es muy cómoda.

—Claro que sí —dijo pasándose la mano por el pelo—. Hace unas horas, pensaba que no volvería a verte. Dormir en la cama de invitados es una compensación mínima por tenerte sana y a salvo.

Los preparativos para irse a la cama presentaban más retos. Por suerte, Estela sabía ir sola al baño. ¿Debía Allison tratar de bañarla o cambiarla de ropa? Tenía que admitir que ella misma miraría con recelo a cualquier extraño que desnudase o bañase a su futuro hijo. Puso a Estela sobre el borde de la bañera y se contentó con quitarle calcetines y zapatos.

Con una manopla caliente, mojada, Allison se arrodilló y le limpió cara, manos y pies, balbuceando cucamonas que ahora sonaban más naturales que horas antes. Cuando Marshall llamó a la puerta, Allison estaba maravillada ante los dedos del pie de Estela, diminutos, perfectos.

—Cuesta imaginarse que en seis meses tendremos nuestros propios deditos de pie con que embelesarnos —dijo Marshall con voz ronca, como si el día lo estuviera alcanzando.

Allison se sintió agotada, por los kilómetros que había caminado y por los rastros del miedo que se había cernido sobre ella durante todo ese tiempo.

—No sé si estoy lista —dijo cerrando los ojos, sintiendo de golpe todo el peso del día entero. Consciente a medias del gesto, se puso la mano en el vientre.

—No creo que nadie esté nunca listo —dijo Marshall, con su cálida mano sobre el hombro de ella—. Tendremos que ir haciéndonos cargo paso a paso, y confiar en que Dios nos dará la sabiduría que necesitamos.

Allison llevó a Estela a la cama y la acomodó en el lado de Marshall. La niña cerró los ojos, respiraba ya más despacio. Pero cuando Allison se dio la vuelta para levantarse, la niña abrió los ojos y se sentó llorando en español. La única palabra que Allison entendió fue «*mami*»

Abandonando de mala gana la idea de una ducha, se puso el pijama y se metió en la cama. Y cinco minutos más tarde estaban las dos dormidas.

En medio de la noche, Allison se despertó de una pesadilla en la que la gente estaba otra vez cayéndose en la acera, pero esta vez le borboteaba sangre de rojo intenso de los labios. Se encontró a oscuras y oyendo a Estela repetir: «Mami, Mami, Mami». Su fina voz sonaba triste y desesperada, y eso hizo que a Allison se le rompiera el corazón.

Estiró el brazo y encendió la luz de la cama.

—Sssh, cariño. Estoy aquí. Yo voy a cuidar de ti.

Pero Estela seguía gimiendo, sin mirarla a ella, sin más ganas de fingir que esta extraña era su madre.

—*Mami. Mami.*

Pasó un buen rato hasta que pudieron dormirse.

—**A**mado Dios —empezó Berenice Hedges y Nic cerró obedientemente los ojos, que se le querían salir ante la vista de los platos llenos de comida. No creía que le conviniese enfadar a su madre. Sobre todo cuando tenía hambre.

Además, tenían muchas razones para dar gracias. La madre apretó la mano de Nic, que hizo lo mismo con la de su hija. Oyó la risa tonta de Makayla al completar el círculo tomando la mano de su abuelo.

Nic estaba viva. La señora Lofland estaba viva, cuando fácilmente podrían haber muerto aplastadas por el gentío en la escalera. La familia de Nic estaba bien, como lo estaban casi todos los habitantes de la ciudad de Portland. Y ahora mismo, mientras esperaba a que Mami terminase la oración, Nic podía oler la sopera de salsa de nata que tenía justo bajo la nariz, el apetitoso aroma de ternera, ajo y salsa. Estaba viva y tenía hambre, y estaba a punto de disfrutar de una comida deliciosa.

Y luego estaba Leif. Nic le había permitido abrazarla esa tarde. Sólo durante un momento. Pero ella se había permitido relajarse recostada contra su amplio pecho, había puesto la cabeza bajo su barbilla, y había sentido que parte de la insoportable tensión del día abandonaba su cuerpo.

—Amén —dijo Mami. Al mismo tiempo, la mano de Makayla salió disparada hacia la bandeja repleta de las patatas que se habían asado junto a la carne.

—Discúlpate —advirtió Nic, mientras Makayla amontonaba patatas en su plato.

Su hija le mostró una impenitente sonrisa abierta. Se le balancearon las trenzas al estirarse por un panecillo.

—Entonces ¿se quedará Makayla con nosotros un poco? —preguntó el padre de Nic. Lloyd Hedges era un hombre alto, delgado, con ojos grandes que se veían aun más grandes por su estrecha cara.

—Me temo que sí. Están formando un grupo especial para ver qué fue lo que pasó exactamente —dijo Nic tratando de ocultar su orgullo por la noticia siguiente—. Me han nombrado la agente del caso.

Había presionado para ello, advirtiendo a John Drood, el agente especial responsable, que Jim Fate había acudido a ella y a Allison justo antes de que lo mataran.

—Enhorabuena —dijo Berenice—. Creo —añadió, consciente de las muchas horas que implicaban ese nombramiento.

—¿Por qué no puedo quedarme en casa sola en vez de venir aquí después de la escuela? —dijo Makayla—. Tengo casi diez años. Y todos me echan al menos doce.

Makayla ya le llegaba a Nic por encima de la nariz. Tenía otro rasgo llamativo: sus insólitos ojos verdes. Hasta los extraños lo comentaban y a veces preguntaban de dónde le venían.

Por mucho que intentara hacer creer que Makayla lo tenía todo de su madre, había veces en que la verdad le daba una bofetada en la cara. Los ojos verdes, la altura, el matiz más pálido de su piel... todo eso venía del padre.

Pero Nic se había jurado que Makayla nunca, jamás lo sabría.

Ni conocería a su padre.

—No importa lo que aparentas —negó Nic con la cabeza—. Lo que importa es los años que tienes en realidad. Y en este estado hay que tener doce antes de poder quedarse sola en casa. Además, en las dos semanas que vienen habrá días en que no llegue a casa antes de medianoche. Tu abuela te dará de comer, y se asegurará de que te cepillas los dientes y haces tus tareas.

—Y de que hagas tus oraciones antes de irte a la cama —añadió Mami, mirando a Nic con intención.

Nic no reaccionó a la indirecta. Durante toda la cena permaneció bastante callada, con la mente recordando todo lo que había pasado durante el día. ¿De verdad era esa misma mañana la del principio del juicio a las Bratz Atracadoras? Parecía que hiciese ya una semana.

Reconstruyó mentalmente su descenso por la escalera con la señora Lofland, y luego en el Palacio de Justicia. Volvió a ver más tarde a la señora Lofland a salvo en un taxi, y le pagó la tarifa, pese a las protestas de la anciana. Luego regresó con Leif a la oficina del FBI. Había sido un raro día soleado, de los que hacen pensar que la primavera está ya a la vuelta de la esquina. Así de cruel podía ser febrero.

Pero mientras caminaban por las calles casi vacías, pasando coches abandonados y hasta un carrito de bebé, Nic sólo tenía ojos para Leif.

—¿Has escuchado alguna vez su programa? —preguntó Leif.

—¿*De la mano de Fate*? La verdad es que no. Demasiado partidista para mí. Siempre se las apañaba para tener la última palabra. No hay que hablar mal de los muertos, pero la última vez que lo escuché, decía que las empresas de alimentación ya se controlaban bien a sí mismas porque no les interesaba matar a sus clientes. Y que los abogados del gobierno usaban la táctica de *Chicken Little* para asustar a los consumidores. Pues oye, me asustan. Tengo una niña que criar. La crema de cacahuete es casi la mitad de la dieta de Makayla. Y que una empresa de esas tenga ratas, moho y toda clase de porquerías no es algo en lo que me guste pensar. Eso hace que necesitemos un estado paternalista —concluyó, y vio que Leif le sonreía— ¿Qué pasa?

Él sacudió la cabeza, parecía divertido.

—Es que me parece que nunca te había visto así de irritada por algo.

—Y no me gusta estarlo. Si voy a escuchar la radio, prefiero escuchar interferencias antes que cosas que me suben la tensión. Pero no te preocupes. El hecho de que quiera que el gobierno vigile los alimentos no significa que yo no haga bien lo que me toca.

—Tranquila —dijo Leif con expresión seria—. Todos saben que cuando se le da un caso a Nicole Hedges, más vale dejarle sitio, porque irá a resolverlo como si fuera una venganza personal.

De vuelta en la oficina, Nic se había sumergido inmediatamente en una serie de reuniones, llamadas y búsquedas en bases de datos, actividades tan rutinarias que la despegaron un poco de los acontecimientos previos.

Ahora le estaba hablando su padre:

—Cariño, estás que te caes. ¿Quieres dormir aquí esta noche?

—Gracias, papá, pero me voy a casa. Mañana tengo que ponerme en marcha temprano. Traeré algo de ropa para Makayla de camino a la oficina.

—Por favor, ¿puedo ir contigo y luego me traes por la mañana? —pidió su hija—. Tengo que buscar unos libros y mi *Game Boy*.

—Apúntamelo en una lista.

—Pero se me olvidarán cosas que necesito. Por favor.

—Está bien, cariño —cedió Nic, demasiado cansada para discutir—. Pero no te quejes si te despierto muy temprano.

Ayudó a su madre a llevar los platos a la cocina. Lo meterían todo en los Tupperware, que papá se zamparía más tarde esa noche. Nic envidiaba la capacidad de su padre para comer lo que le diera la gana en grandes cantidades y sin engordar un kilo. La única razón por la que Nic no estaba como un globo terráqueo era porque se pasaba las horas del almuerzo en el gimnasio y practicaba los fines de semana con un instructor de boxeo tailandés.

Se estaba dando la vuelta para entrar al comedor cuando Mami le puso una mano en el brazo.

—Hay algo que tienes que saber. Makayla ha estado haciendo preguntas sobre su padre hoy.

Un lento dedo helado le recorrió el espinazo.

—¿Qué le has dicho?

—Que no tenemos contacto con él. Y ella nos tiene a ti, a mí, a tu padre y a tus hermanos, y que eso debería ser suficiente.

—Tendrá que serlo —dijo Nic— ¿Verdad?

—Oraré para que tengas sabiduría —dijo Mami.

Nic se mordió el labio para reprimir una réplica. Diez años atrás, ella había suplicado en su desesperación que Dios la ayudara, ¿y qué había hecho él? Nada.

Con la esperanza de que Makayla comprendiese que no era este el momento de hacer preguntas difíciles, Nic tomó a su hija y condujo los tres kilómetros hasta casa.

Lo primero que hacía después de cerrar la puerta era desabrocharse la pistolera y poner su Glock en la caja de seguridad del arma. Como todo agente del FBI, Nic llevaba su Glock si salía a cenar, al supermercado o a la función de fin de tercer curso de su hija. El FBI exigía que sus agentes estuviesen listos para cumplir con su deber en cualquier momento.

Cuando Makayla era más pequeña, el arma la fascinaba. Nic le había dicho que podría pedir que se la enseñara siempre que quisiera, pero sólo en la casa y únicamente estando las dos solas. Y nunca jamás debía tocarla. Ahora Makayla tomaba el arma como si nada, igual que si fueran las llaves del coche de su madre.

Aturdida de agotamiento, Nic ayudó a Makayla a recoger sus cosas (incluyendo su osito Fred, que Makayla fingía que no le importaba si se lo llevaba o no), y luego se preparó para irse a la cama. Nic tenía que levantarse a las cinco para que le diera tiempo para dejar a Makayla y llegar al Condado de Clackamas para presenciar la autopsia.

Dos horas más tarde, seguía agitada y dando vueltas en la cama. Las preguntas le atravesaban la mente. ¿Por qué habían matado a Jim Fate? ¿Cómo iba a reaccionar si Makayla empezaba a hacer preguntas? ¿Qué habría pasado con su hija si Nic hubiera muerto en la escalera? Y Leif, ¿qué iba a hacer Nic en cuanto a él?

Por alguna razón, Nic pensó en la señora Lofland, en el movimiento de sus labios elevando una oración por los demás, y se sintió un poquito más tranquila.

CAPÍTULO 14

Residencia de los Pierce
Miércoles, 8 de febrero

Allison se despertó, pero no abrió los ojos. No se sentía descansada en absoluto. ¿Por qué le dolían tanto los hombros y las caderas? ¿Estaba enferma? ¿Y qué era esa débil respiración a su lado? ¿Se había levantado Marshall y el gato le había quitado el sitio?

Entonces se acordó. Recordó los kilómetros de caminata con una niña en brazos, tratando de salir del terror del centro de la ciudad. Se le abrieron los ojos. Y allí estaba Estela, acostada junto a Allison, de frente, mirándola con sus enormes ojos negros.

Cuando Allison abrió los ojos, la niña sonrió.

Cuando estiraba el brazo para abrazarla, Allison vaciló. Esta no era su hija. Su bebé estaba creciendo en su vientre. Esta niña tenía su propia madre en algún sitio, una madre que debía de estar desesperada buscándola. Entonces Allison se contentó con acariciarle el pelo.

Un delicioso aroma impregnaba el aire. Panqueques.

—¿*Comida*? —se atrevió a decir en español, recordando cómo lo decía Marshall la noche anterior—. ¿*Comida*, Estela?

Como premio, la niña asintió y volvió a sonreír.

Mientras llevaba a Estela a la cocina tomada de la mano, Allison verificaba el teléfono con la otra. Tenía mensajes de texto de Nicole y Cassidy, diciendo que estaban bien y preguntando cómo estaba ella. Resultaba demasiado complicado explicar lo que había pasado, así que se limitó a teclear una respuesta:

Bien. XO. Luego hablamos.

En la cocina, Marshall vertía la masa en el sartén; a su lado tenía un montón de panqueques recién hechos. Extendió la mano y le estrechó el hombro.

—¿Cómo has dormido? —preguntó.

—Seguramente más o menos como tú —respondió él encogiéndose de hombros—. Escuché cómo lloraba por su madre en medio de la noche.

Los dos miraron a Estela, que ahora parecía haber olvidado los miedos de la noche. *Niños*, pensó Allison, *viven el aquí y el ahora.*

Justo cuando llenaba de leche la taza de Estela, sonó el teléfono. Marshall contestó. Lo que fuera que escuchase le hizo arrugar la frente. Sin pensarlo, Allison apretó a Estela por el hombro, sin darse cuenta de ello hasta que la niña soltó un quejido asustado.

—Es una asistente social de Protección de Menores —dijo y le pasó el teléfono.

—Soy Allison Pierce —dijo ella, después de tragar saliva.

—Hola, Allison. Soy Joyce Bernstein. Siento que nuestro personal no fuera capaz de ayudarla anoche. Esto era una locura. Ahora que las cosas se están calmando, estamos despabilándonos para agilizar las cosas por aquí. Vamos a enviar a alguien a recoger a su niña en unos veinte minutos. Gracias por su paciencia.

—No hay problema —dijo Allison, manteniendo la voz estable. Era ilógico, pero le dolía pensar en devolver a Estela—. ¿Así que han encontrado a sus padres?

—Todavía no. Pero no es la única niña que está sin su familia. Esto ha sido un caos. No sólo hemos acabado teniendo media docena de niños que estaban totalmente solos, sino que se evacuaron guarderías del centro. Y con los teléfonos prácticamente inutilizables, nadie podía ponerse en contacto con nadie. Ahora es cuando estamos empezando a arreglar las cosas.

Parecía importante tener a Estela alimentada y presentable antes de que llegara la asistente. Sintiendo que su mundo estaba a punto de cambiar, la niña se agarró a Allison, negándose a sentarse en la guía telefónica que le había servido de alzador la noche anterior. Allison terminó dándole de comer sobre su regazo. Luego le limpió la cara y las manos con una toallita húmeda y trató con cuidado de cepillarle el pelo enredado. Sólo entonces cayó en la cuenta de su propio aspecto. Fue enseguida a cambiarse el pijama.

Demasiado pronto, se oyó llamar a la puerta. Marshall respondió, Allison vacilaba. Se dijo que eran las hormonas las que lo hacían tan difícil. Entregar a Estela a las autoridades sería el modo más rápido de reunir a esta niña con su familia.

Al ver a aquella desconocida de mediana edad con suéter rojo y amplia sonrisa, Estela comenzó a llorar. Hundió la cabeza contra el pecho de Allison, agarrándose a la blusa con sus manitas. Allison la besó en la coronilla, aspiró su dulce olor y luego, con cuidado, empezó a soltarse de sus deditos.

—Van a encontrar a tu mami, Estela. *Mami.*

Sus ojos negros estaban llenos de confusión y dolor. Aunque se lo hubiera explicado en español, Allison sentía que Estela era demasiado pequeña para entender por qué su mundo se daba la vuelta otra vez. Cuando consiguió soltarse de su manita, Allison se preparó por si se ponía Estela a llorar y patalear. Pero, cuando se la entregó a la asistente social, Estela la miró más bien con apagada desesperación. Era como si se hubiera resignado para siempre a perder a las personas a las que necesitaba.

Allison logró mantener la entereza hasta que la trabajadora social aseguró a Estela en un asiento del coche y salió de delante de su casa.

Una vez volvió a entrar en casa, dejó que llegaran las lágrimas.

CAPÍTULO 15

Apartamentos Riverside

Seis horas después de haberse tragado dos Somulex con un vaso de vino, Cassidy despertó con un sobresalto. Era de día. Se sentía aterida, temblando con tanta fuerza que podía oír cómo le castañeteaban los dientes. ¿Dónde estaba? A su alrededor había velas encendidas, y ella estaba desnuda en una bañera de agua fría, cuyas burbujas hacía mucho que se habían disipado.

Con los ojos llenos de lagañas, miró el reloj. Había estado metida en el agua, fría, básicamente desvanecida, la mayor parte de la noche. ¿Y si hubiese resbalado y se hubiese hundido? Cassidy se levantó de un salto, apagó las velas y agarró una toalla, jurando no volver a hacer jamás algo tan estúpido.

En la cocina, se bebió una, dos, tres tazas de café, tratando de quitarse el aturdimiento que le cargaba los párpados. Tenía el cuerpo dolorido de estar medio sentada en el agua fría. Puso la radio. Sintonizó la KNWS, pero, para su sorpresa, lo que oyó no era la conexión con la emisora nacional.

Quien hablaba era Victoria Hanawa. La copresentadora de Jim. Cassidy pensó en lo que Jim le había dicho sobre Victoria. ¿Cuánto de verdad había en ello? ¿Qué tanto había planeado para lograr que Cassidy hiciera lo que él quería? Jim no estaba exento de oscurecer la verdad ni de ignorar los hechos que no encajaban con sus teorías.

Cassidy tenía una hipótesis sobre las personas que se pasaban toda su vida laboral entreteniendo al público. Actores. Cómicos. La gente de la televisión y la radio. En el fondo, eran algo inseguros. No importa cuántos oyentes o espectadores tuvieran, nunca era bastante. Igual que el filósofo que se pregunta si el ruido que hace un árbol cayéndose en un bosque es real si nadie lo escucha, así los que se ganan la vida como actores —y Cassidy se incluía entre ellos— se preguntan si sus vidas tienen sentido una vez se apagan las cámaras o los micrófonos.

Por eso tenía perfecto sentido que Victoria estuviera procesando el horror que acababa de presenciar hablando de ello a una ansiosa audiencia.

—¡Hola! Kim de Portland —dijo—. Estás en el aire con Victoria Hanawa, y por supuesto estamos hablando de la trágica, trágica muerte ayer de Jim Fate, con quien tuve el honor de trabajar hasta el último momento. Kim, ¿qué recuerdos sobre Jim te gustaría comentar?

—¡Es que no puedo creer que se haya ido! —se oyó la voz de una mujer, ronca de la emoción, próxima a la histeria.

—¿Es casi imposible de creer, verdad? —se quebrantó la voz de la propia Victoria—. Sólo hace veinticuatro horas estábamos hablando de nuestros proyectos de fin de semana. Y ahora él ya no está —dijo y soltó un irregular suspiro—. ¿Hay alguna historia sobre Jim que te gustaría compartir, Kim?

—Es... es todo en general. Él decía las cosas por nosotros ¿sabes? El tío. No le daba miedo señalar lo que estaba mal en este mundo. ¿Quién va a hacer eso ahora?

—Jim ha dejado un hueco que costará mucho llenar —coincidió Victoria—. Pase lo que pase, nada será igual.

—Tú estuviste presente, ¿verdad, Victoria? ¿Estabas ahí cuando pasó?

—Las autoridades me han pedido que no diga nada sobre cómo murió Jim. Se están esforzando en llevar ante los tribunales a su asesino. No quieren que yo revele cualquier pista de lo que ellos ya tienen. Pero déjame decirte sólo una cosa: quienquiera que haya sido, no tuvo el valor de mirar a Jim a los ojos. Quienquiera que fuese el que mató a Jim, es un cobarde de la peor calaña.

Victoria reforzó la voz.

—Pero si él o ella se ha creído que matando a Jim van a conseguir silenciar su voz o sus pensamientos, se ha equivocado. Recogeremos su bandera y la llevaremos adelante. No pueden hacerle callar tan fácilmente. Jim sigue vivo en cada uno de nosotros.

Uno tras otro, los oyentes intervenían para expresar su acuerdo con Victoria o para añadir a lo dicho por ella.

—Jim no tenía parangón y era así porque siempre estaba enardecido —dijo Maribel, de San Francisco—. Era un hombre apasionado. Creía de verdad en todo lo que decía.

—Corrí en las elecciones del ayuntamiento gracias a Jim Fate —dijo Zach, de Spokane—. Él me inspiró para dejar de quejarme del gobierno, e ir y hacer algo al respecto.

—Estoy segura de que Jim se sentiría orgulloso de oír eso —dijo Victoria—. Es la clase de legado que él nos deja, y que todos podemos hacer perdurar. Y ahora vamos con Phil, de Tigard. Phil, ¿cuál es tu reacción al asesinato de Jim?

—No le dije esto al tipo que contestó la llamada, pero no lo lamento.

—¿Qué?

—Que no lamento que esté muerto. El Fate ese era un engreído. Lo que pasa es que disfrutaba captando la atención de la gente, y hacía lo que fuera para conseguirlo. Si estuviera vivo ahora mismo, estaría disfrutando con esto. Se estaría relamiendo. Ese era su objetivo, conseguir que todo el mundo hablara de Jim Fate. Pues bien, ¿sabes qué? Dentro de seis meses nadie se acordará siquiera de su nombre. No era más que... que la moda de la temporada. Sólo que en vez de la temporada lo era del día. Un simple bocón al que le gustaba irritar a todo el mundo.

—¿Pero supongo que no piensas que merecía morir, no? —preguntó la locutora y, ante la ausencia de respuesta, apuntó—: ¿O sí?

—Al final alguien se ocupó de él. Ya era tiempo.

Cassidy miró fijamente a la radio, incrédula. Jim siempre hablaba de la gente que lo odiaba. Pero ella se lo había tomado como el odio a los impuestos o a quien te interrumpe el tráfico. No se dicen esas cosas en serio. Desde luego, uno se queja a sus amigos, maldice entre dientes, o incluso envía un correo electrónico asqueroso que gana el premio al Tonto de Turno, pero no va más allá. No te confundes y decides que algo así es razón para que alguien merezca morir.

Estaba segura de que las autoridades se pondrían en contacto con Phil de Tigard, o quienquiera que fuese en realidad. Pero en sus entrañas Cassidy sabía que este tipo resultaría no ser nadie, nada. Simplemente alguien culpable de lo mismo de lo que acusaba a Jim Fate: irritar a los demás.

Cassidy se llevó la radio al cuarto de baño mientras trataba de arreglarse para no parecer tanto una zombi. Uno a uno, los oyentes expresaban su estupor por la muerte de Jim, su incredulidad de que hubiera sido asesinado, sus recuerdos de programas pasados y sus teorías sobre quién estaba detrás de todo. Muchas hipótesis. Cassidy prestó especial atención a estos, porque ella estaba elaborando sus propias teorías. Unos mascullaban con tono misterioso sobre el gobierno, otros sobre los rivales de otras cadenas, otros sobre un «ellos» genérico, e incluso hasta extraterrestres.

Un hombre dijo que pensaba que el congresista Glover, que había sido un objetivo constante de los ataques de Fate las últimas semanas, debía de haber contratado a un asesino para «quitarlo de en medio». Otro señaló a la familia de Brooke Gardner. La joven madre que se había suicidado el verano anterior, después de que Fate la atosigara cruelmente con preguntas sobre el paradero de su bebé desaparecido. Cassidy conocía mucho sobre el caso porque ella lo había cubierto también. El pensamiento la hizo detenerse. Si habían apuntado a Jim por su cobertura de aquella historia, ¿podría ser ella el siguiente objetivo?

Cassidy pensó en ello y luego meneó la cabeza. Se estaba dejando dominar por la paranoia. De todos modos, si alguien podía saber si tenía razones para preocuparse, eran Nicole y Allison. Fuera un caso de terrorismo o no, ellas estaban metidas en el asunto. Les envió un rápido mensaje de texto, sugiriendo que se fijasen mejor en Glover y los Gardner.

Pero Cassidy oyó aún otra teoría, una que pareció dejar a Victoria estupefacta.

—Creo que fue usted —le dijo Cynthia, de Vancouver, a Victoria—. Al final se encargó usted de él. Lo aplastó como la sabandija que era.

—¿Yo? —se quebró la voz de Victoria.

—Todos les hemos oído pelear en el aire. Hemos visto cómo la trataba. Nunca la dejaba meter baza. Bueno, la felicito por plantarle cara al final.

CAPÍTULO 16

Oficina local del FBI, Portland

Nic se pasó la primera mitad de la mañana en la autopsia de Jim Fate. La cabina de observación estaba abarrotada de representantes de un revoltijo de siglas de agentes de la ley locales, estatales y nacionales, así como agencias de salud pública.

Incluso aunque el aire del estudio de Jim había dado negativo en gas sarín, los inspectores no querían correr ningún riesgo. El patólogo forense y su ayudante llevaban trajes Tyvek amarillos y cascos blancos con sus tubos de aire enrollados sobre la espalda. Los cascos los hacían parecer astronautas. Llevaban también delantales de goma, los zapatos cubiertos y guantes pesados. A pesar de todas esas capas, trabajaban lo más rápido posible, porque el CDC les había advertido que el sarín podía atravesar el caucho y ser absorbido por la piel. Para reducir al mínimo el riesgo, habían comenzado por lavar el cadáver de Jim Fate —que mostraba un aspecto pálido y vulnerable, tristemente humano— con una solución del cinco por ciento de hipoclorito.

Desde luego, lavar el cuerpo significaba que había también una posibilidad de eliminar pruebas de cabellos, fibras, sustancias químicas y otras evidencias. Pero el FBI conservaba el paquete en el que había sido enviado el veneno. Tras poner en la balanza riesgo y resultados, ganó la seguridad.

En cuanto se realizó la autopsia, Nic regresó a la oficina local del FBI para encabezar la primera reunión del grupo especial organizado a toda prisa. La sala de conferencias estaba abarrotada. Para dar una idea de la seriedad con que se tomaban este ataque, el alto mando del FBI había enviado personal especializado de Quántico y de la oficina central para asistir y evaluar la situación. Los oficiales superiores de Seguridad Nacional estaban también disponibles. De momento, las personas de afuera seguían el procedimiento de mirar y esperar. Si no era sarín, tomarían el vuelo de regreso a Washington. Si lo era, entonces ya estarían sobre el terreno para ponerse manos a la obra.

La mayor parte de los miembros del equipo de levantamiento de pruebas del FBI de Portland estaba también en la reunión, incluyendo a Leif, que era el líder de ERA, Equipo de Reacción Ambiental. También estaban los representantes de las fuerzas del orden local y regional, el Departamento de Salud de Oregón, Correos y otros. A Nic le alegró mucho ver allí a Allison, lo que significaba que la habían nombrado fiscal principal, y que iban a trabajar juntas. Captando la mirada de Nic, Allison le ofreció una risa tan sutil que a cualquier observador le habría parecido un simple parpadeo. Para las dos, este caso podría ser el punto culminante —o el declive— de sus carreras.

Todo el mundo tenía una pregunta en mente. ¿Era un acto de terrorismo o estaban ante un simple homicidio?

Nic comenzó exponiendo a aquel círculo de caras atentas las conclusiones de la autopsia.

—Lamentablemente, los resultados inmediatos de la autopsia no han sido concluyentes. Algunas pruebas indican sarín, pero otras no. Por ejemplo, los primeros servicios de emergencias informaron que Fate tenía el rostro seco. El gas sarín altera sensiblemente todos los sistemas de manera que los pone en funcionamiento constante; por tanto, los ojos y la nariz le debían chorrear literalmente, además de que tendría que haber soltado babas. Pero no hay indicios de nada de eso.

—¿No ha pensado que tal vez Fate hubiese muerto tan rápido que sus lagrimales no tuvieron tiempo para reaccionar? —preguntó el agente especial Heath Robinson.

Era una pregunta acertada, pero venía con doble filo. Heath le había pedido varias veces que salieran juntos, y hasta había tratado de besarla en una fiesta de Nochebuena. En su momento Nic le había dicho, sinceramente, que no estaba para citas. Desde entonces le habían llegado ecos de los rumores que decían que era lesbiana, que odiaba a los hombres, o las dos cosas. Estaba segura de que Heath lo había difundido.

—Desde luego, es una posibilidad —dijo Nic sin alterarse—. Esa es una parte de las pruebas. La otra es que Tony (Tony Sardella, el médico forense) —explicó ella pensando en los de fuera— dice que el cadáver tenía miosis, es decir, que las pupilas estaban como puntas de alfiler. Eso concuerda con el gas sarín. Lamentablemente, también es compatible con la mayoría de los venenos. Y los pulmones estaban congestionados, lo que también podría señalar al sarín como a otra docena de causas. Algo que ha sorprendido a Tony ha sido no encontrar —explicaba Nic sin consultar sus apuntes— lividez aguda post mórtem.

La lividez son las manchas violáceas de la piel que se ven en la parte de un cadáver que toca el suelo, adonde se va la sangre.

—Dice que si se hubiese tratado de sarín, la lividez debería haber sido mucho más rosada, pero las manchas eran del típico color morado. Pero tampoco es concluyente. Esperamos los resultados de los primeros análisis toxicológicos, que deberían llegar en cualquier momento. No hubo tiempo para que le entrara nada en la orina, así que sólo están analizando la sangre.

Nic comenzaba a pensar que la causa de la muerte no se iba a averiguar con escalpelos y sobre la mesa de autopsias, sino con microscopios en un laboratorio.

—Algo que sí sabemos es que el aire del estudio dio negativo al gas sarín. Pero esa prueba se hizo más de una hora después de retirar el cuerpo.

Es probable que Fate inhalase la mayor parte de la dosis y el resto se hubiera dispersado cuando los primeros equipos de emergencia llegaron y abrieron la puerta del estudio.

—¿Y su compañera? Victoria —preguntó Allison consultando sus apuntes—. Victoria Hanawa. La vi fuera del estudio, los de amenazas biológicas la estaban rociando.

—El hospital la retuvo unas horas por precaución, pero todas las pruebas dieron negativo —dijo Nic y miró al extremo de la mesa—. En cuanto al paquete y su contenido, Karl, ¿algún rastro de sarín?

—Las pruebas iniciales dieron negativo —negó con la cabeza—, pero estamos trabajando con un sistema más sofisticado.

—¿Cuál era el mecanismo de liberación del gas? —preguntó Nic.

—Una granada de humo modificada —dijo Karl levantando un papel impreso en el que se veía un cilindro negro con un lazo de cable como gatillo—. Estaba en uno de esos sobres que se abren tirando de una cinta roja. El final de la cinta estaba atado al gatillo del recipiente del gas. Cuando Fate tiró de ella y abrió el paquete, el contenido del recipiente le fue directamente a la cara.

Nic pensó que por fin tenían un hilo que seguir.

—Y bien, ¿quién usa esos dispositivos? ¿Militares, policías? ¿Podemos seguir el rastro?

Karl tenía un rostro arrugado y caído que le hacía parecer un perro sabueso. El agotamiento y la frustración contribuían a aumentar el parecido. Hizo una mueca de negación.

—Eso fue lo que pensé también. Pero resulta que las granadas de humo también se usan en el *paintball* de cierto nivel. Se pueden conseguir fácilmente en Internet. Algunos vendedores sólo las venden a profesionales previamente comprobados. Pero por cada uno de esos, hay una docena de sitios que simplemente piden al comprador que pulse sobre la casilla que dice que es mayor de edad.

—¿Y las marcas del frasco? Número de lote, fabricante, ¿no hay nada de eso? —preguntó Dwayne Flannery, un oficial de la policía de Portland.

—Hay algunos números en el frasco —dijo Karl—, y tratamos de seguir la pista, pero lo que parece es que la mayor parte de estas cosas las venden como excedentes que cambian de manos docenas de veces. O las venden en partidas grandes que se dividen y se venden individualmente. He hablado con un par de vendedores. Su cuidado de los registros parece deliberadamente vago, como si al no mantener el rastro de los clientes, se lavan las manos en cuanto a lo que puedan hacer con la mercancía —dijo Karl, e hizo el gesto de medir un espacio con las manos.

El frasco era bastante pequeño, de la misma longitud que un libro de bolsillo. Por eso los embalaron juntos, para que nadie que manipulase el paquete sospechara nada.

—Y luego está el propio libro —dijo Owen Simmons, un *sheriff* del condado de Multnomah—. ¿Se acuerdan de la película *Talk Radio*? Estaba basada en un caso verídico, y más tarde sacaron un libro, *Talk Show*. Es el libro que le enviaron a Fate. Había un presentador de un programa de esos en que intervienen los oyentes, en Denver, Alan Berg. Unos neonazis lo mataron a tiros en la puerta de su casa a principios de los ochenta. ¿Será un indicio de que debemos buscar entre grupos de la ultraderecha como La Orden?

—Sólo que Fate era bastante de derechas —dijo Heath—. A lo mejor la extrema izquierda ha querido ponerse a la par de los otros. Está claro que los fastidiaba bastante.

—O podría tratarse simplemente de un tipo solo, que trata de despistarnos introduciendo ese libro —dijo Leif—. ¿No han escuchado su programa? Es posible que las palabras de Fate todos los días enfureciesen tanto a alguien como para pensar en matarlo. Incluso se burlaba de los oyentes que le amenazaban. Tenía una sección a la que llamaba el Tonto de Turno. Tal vez uno de los aludidos perdió la razón.

—Estamos empezando a seguir la pista de los ganadores del TdT —dijo Nic—, si se les puede llamar ganadores. Por desgracia, los registros de la cadena donde figura su identidad real están incompletos. Y en muchos casos eran anónimos, lo que resulta aun más indignante —dijo y se volvió hacia a Rod Emerick, otro agente especial del FBI—. ¿Qué hay de las huellas dactilares?

—Nada en el frasco ni en el libro. El sobre tenía una docena de huellas. Estamos tomando las huellas de todos los de la emisora de radio, así como del mensajero y de los empleados de correos. Pero está claro que quienquiera que lo preparó se puso guantes. A no ser que tengamos mucha suerte, yo diría que no vamos a sacar nada del SAIHD.

El SAIHD, el Sistema Automatizado de Identificación de Huellas Dactilares, era el sistema que usaba el FBI para investigar huellas e historiales criminales a nivel nacional. Era la base de datos biométrica más grande en el mundo, con huellas de más de cincuenta y cinco millones de delincuentes.

—También hemos recuperado un trocito de algo que podría ser fibra de tapicería. Si tenemos suerte, podemos conseguir una pista en BDIFTA.

La BDIFTA, la Base de Datos de Identificación de Fibra de Tapicería de Automóviles, estaba todavía en fase de desarrollo a cargo de la división de laboratorio del FBI. Una vez que se analizaba una fibra de alfombra, era posible buscar por el tipo de fibra, el color o las características microscópicas para ver si había una pista. Servía *si* pertenecía a un vehículo. No había ninguna base de datos comparable para fibras de alfombra, eran demasiadas. En ese caso, el único medio de identificación era encontrar la procedencia sospechada y comparar.

—¿Y usted qué me dice, Sam? —preguntó Nic al representante de Correos— ¿Qué ha podido averiguar sobre el matasellos?

Cuando Sam Quinn habló, le temblaba un poco la voz. Se ruborizó. Estaba claro que esta reunión era una de las cosas más apasionantes que le habían pasado.

—El matasellos estaba deteriorado por el agua, pero parece que provenía del distrito postal de Nueva York donde se encuentra la editorial. El franqueo está compuesto de tres sellos que se timbraron como parte de un diseño continuado con el matasellos. Curiosamente, ese diseño de matasellos se conoce entre los coleccionistas como «el asesino» —dijo, con una sonrisita que parecía forzada.

Nadie más sonrió.

—Esto significa que la granada de gas podría haber sido enviada desde Nueva York, posiblemente desde el despacho de correos de la editorial. O alguien podría haber interceptado el paquete, quitar el contenido original y substituirlo. La editorial usa distintos sellos y sobres, así que no pueden indicarnos si era suyo o no. Nos han contado que desde luego no hacen envíos de *Talk Radio,* un título que ni siquiera ellos publicaron y que tiene más de una década. Pero parece que puede costarles bastante averiguar si han hecho algún envío reciente a Fate.

—¿Y la etiqueta de la dirección, Jun? —preguntó Leif a Jun Sakimato, su especialista en papelería—. ¿Venía de una impresora a color?

La mayoría del público general no estaba al tanto, pero muchas de las impresoras láser a color hacían más que imprimir simples invitaciones a fiestas y diagramas de barras con códigos de colores. De manera secreta, también imprimían el número de serie de la impresora y el código de fabricante en cada documento que producían. Más o menos en cada pulgada de la página aparecían puntos amarillos de tamaño milimétrico, dentro de las palabras impresas. Aunque al principio se hacía para atrapar a los falsificadores, las marcas ocultas también habían ayudado a Jun a resolver un caso de secuestro ese mismo año.

—No hemos tenido tanta suerte —se encogió Jun de hombros—. Era una impresora en blanco y negro. Pero no estoy seguro de que la etiqueta fuera de la editorial. Podría ser una imitación. Los bordes están un poco borrosos. Eso podría deberse a una decoloración, a manipulación o a exposición a los elementos. O podría ser una falsificación. No sería difícil escanear su logo.

Parecían estar ante un callejón sin salida tras otro. ¿*Estaban* ante un caso de terrorismo? Se preguntaba Nic. Tuvo una sensación en el estómago como si estuviera de pie al borde de un acantilado y mirando las afiladas rocas debajo. Primero Seattle, luego Portland, ¿cuándo iba a terminar? ¿O es que era el principio del fin?

Se quitó de la cabeza esos pensamientos tan serios. Esto *tenía que* ser diferente del ataque terrorista en el norte. De hecho, ya había diferencias. En Seattle los asesinos habían elegido un edificio de oficinas, no personas particulares. En Portland, estaba claro que el objetivo era Fate, como evidenciaba su nombre en la etiqueta de destinatario. En Seattle, el asesino —un hombre todavía no identificado de Oriente Medio— había sido tan torpe que había muerto con sus víctimas. Pero el asesino de Fate podría haber estado a más de mil kilómetros cuando expiró su víctima. En Seattle no hubo ninguna advertencia. Sin embargo, Jim Fate había recibido amenazas tan inquietantes que hasta había pedido ayuda. La ayuda para la que ella y Allison habían llegado demasiado tarde.

El teléfono vibró en la cintura de Nic. Ella miró la pantalla. Tony Sardella.

—Perdónenme —dijo y luego se levantó y dio unos pasos hasta una esquina de la sala. Bien podía haberlo puesto en manos libres, porque todos guardaron un silencio sepulcral mientras ella hablaba—. ¿Sí?

—Nicole. Tenemos los resultados de la TMIE inicial [Técnica Múltiple de Inmunoensayo de Enzimas].

—¿Y?

—Negativo en gas sarín.

—¿Y si no era sarín, qué era? —preguntó, y podía sentir la aguda atención de los que tenía detrás.

—Eso no lo sé. Lo más probable, una especie de opiáceo. He pedido análisis de sangre para tratar de averiguar la cantidad y la calidad de lo que fuera. Podría ser morfina u otra cosa. Pero, por ahora, todo lo que puedo decirte es que fuera lo que fuera lo que mató a Fate, no era sarín. Lamentablemente, los paramédicos lo atiborraron del antídoto incorrecto. Si le hubieran dado naloxona mientras aún era posible la reanimación, podrían haberlo salvado.

—¿Cuánto tiempo se tardará en identificar exactamente lo que era?

—Estas pruebas llevan su tiempo —suspiró Tony, y Nic oyó su agotamiento—. Aunque le demos absoluta prioridad, tardará una semana o dos. Tal vez más. Uno no puede acelerar una reacción química.

—Manténgame informada —dijo Nic. Después de colgar se dio la vuelta hacia las atentas miradas y les dio las noticias. Pudo notar el alivio en el círculo de los presentes. Uno de los tipos de la oficina central ya preparaba la cartera y la chaqueta.

—John querrá dar una rueda de prensa enseguida —dijo Leif.

—Hay que dejarle saber al público que Jim Fate parece haber sido el único objetivo y que no fue gas sarín, y que lo más probable tampoco es terrorismo.

A John Drood, el agente especial al mando, le faltaban menos de seis meses para llegar al límite de la norma del FBI que obligaba a los agentes a retirarse a los cincuenta y siete años. El solo hecho de pensar en su retiro ya le estaba causando problemas. Una rueda de prensa era algo que le venía de perlas, al permitirle una vez más ser el foco de la atención pública mientras tranquilizaba a los habitantes de Portland diciéndoles que no había razón para preocuparse.

No obstante, Nic se preguntaba si era así realmente.

CAPÍTULO 17
Canal 4 TV

Cassidy condujo hasta el trabajo con un ojo cerrado. Parecía el único modo de poder enfocar la vista. Seguía reviviendo su despertar en la bañera, con las manos flotando como estrellas de mar.

El día anterior se le presentaba como una terrible pesadilla. El de hoy le parecía como irreal. Jim no podía estar muerto, ¿verdad? Y todos los proyectos de los que había hablado habían muerto con él.

—Contrólate, Cass —se dijo en voz alta. Una vez cruzara por las puertas de la cadena, tenía que empezar con buen pie. Los acontecimientos del día anterior habrían dado lugar a montones de historias hoy. Ella había sido la informadora de la tragedia. Pero no era su especialidad, ni la de ningún otro. Hoy tenía que volver a ser la reportera de sucesos. Y estaba claro cuál iba a ser el suceso número uno en la mente de todo el mundo: el asesinato de Jim Fate.

Trabajar en las noticias de televisión implicaba que tenías que poder dar una noticia a los pocos segundos. Cassidy se sentía hoy como si necesitara más bien unas dos horas. No bastaba con escribir una buena historia. Tenías que ser capaz de mirar fijamente a la cámara y convencer a la gente de que sabías de lo que hablabas. No podías estar amedrentada, nerviosa, torpe o lenta. No podías rebuscar las palabras ni perder el hilo de pensamiento. El día antes había podido con ello, pero hoy parecía estar demasiado fuera de su alcance.

La última persona a la que Cassidy quería ver esta mañana era a Jenna. Así que, por supuesto, fue a la novata a la primera que vio cuando entró a la estación.

Jenna parecía haberse pasado la primera parte del día saltando y cantando por las praderas. Sus mejillas bronceadas tenían un brillo atractivo. Su larga melena le caía hacia atrás como una cascada rubia. Y su cara sin arrugas, pensó Cassidy ácidamente, parecía prácticamente regada por el rocío.

—Estamos todos tan orgullosos de ti, Cass —rompió Jenna—. ¿Te encuentras bien?

—Estoy bien —dijo, y sintió la lengua pastosa.

—¿Seguro que el aire de donde estabas ayer no tenía nada malo? Pareces, mmm, parece como si no te encontraras bien.

Cassidy se fue deprisa a los baños. Mirándose al espejo, consideró con horror lo que veía. Se le debió haber resbalado la mano cuando se pasó el delineador de ojos. En el lado izquierdo, la raya era delgada y perfecta. En el derecho, era tan gruesa que el ojo se parecía a uno de Amy Winehouse. Amy Winehouse de camino a rehabilitación.

El pensamiento de la rehabilitación fue para Cassidy como un cortocircuito. Nunca había hecho nada tan loco como dormirse en la bañera. Pero hubo dos o tres ocasiones en que desapareció en medio de la noche un paquete entero de galletas o queso y ella no tenía recuerdo alguno de lo ocurrido, salvo las pistas de migas en su cama y un paquete arrugado en la papelera.

¿Debió haber tomado más en serio las advertencias de su médico? ¿Hacía el Somulex más daño que bien? Pero el mero pensamiento de pasar sin él, de tener que acostarse por la noche sabiendo que no iba a dormir, le producía un sudor frío en las manos y le encogía el estómago. Tenía que tomar Somulex. *Tenía* que hacerlo.

Además, el día anterior había sido uno de los más duros de su vida. Se merecía hacer un poco la haragana. ¿Qué más daba que le temblaran las manos mientras se maquillaba? ¿Qué más daba que no lo hubiera notado? Antes de ponerse frente a la cámara, tenía de todos modos que recomponerse la cara para la tele de alta definición. Sacó del monedero un paquete de pañitos limpiadores de maquillaje y se limpió los ojos. Luego corrió por el pasillo hasta la reunión de contenidos de la mañana.

Fue la última en entrar a la sala de reuniones. En cuanto atravesó el umbral, todos se pusieron en pie y empezaron a aplaudir. Aun sabiendo que era para ella, tuvo que reprimir el impulso de mirar alrededor para ver a quién estaban aplaudiendo en realidad. Jenna daba saltitos como una animadora de escuela superior, Jeff Caldwell parecía prácticamente estar llorando, y Anne Forster, que cubría las noticias de negocios, aplaudía tan fuerte que debían de dolerle las manos. Hasta Brad aplaudía, aunque su sonrisa parecía la de alguien a quien hubieran enganchado los extremos de la boca y hubiesen tirado de ellos.

—¡Magnífico trabajo ayer, Cassidy! —dijo Eric—. ¡Andy y tú hicieron un gran trabajo! Ninguna otra cadena tenía tomas en vivo de la escena. Nadie más tenía a sus reporteros dispuestos a arriesgar sus vidas al límite para transmitir la historia desde su origen. Pero allí estabas e hiciste el trabajo. Y si tenía que ocurrir algo así, ¡al menos pasó durante el mes de índices de audiencia! —dijo y, mientras los presentes se recostaban en sus butacas, y Jenna sobre su pelota, siguió—: Añadiremos la toma en todas nuestras promociones para las noticias. «Canal 4. Noticias en Acción: ¡Cuando se nos necesita!»

—Necesitamos conversar y explorar ideas para las historias de seguimiento —dijo recogiendo su rotulador de pizarra—. Excepto los deportes y el tiempo, todo lo de hoy se va a relacionar a lo ocurrido ayer. ¿Qué podríamos cubrir?

—La pregunta clave, por supuesto —dijo Brad— es qué fue exactamente lo que ocurrió ayer. ¿Fue terrorismo o algo más personal?

Eric escribió «¿Terrorismo?» en púrpura.

—También podríamos plantear la historia como un toque de advertencia —dijo Anne—. Si este ataque hubiera tenido más alcance, ¿habría estado Portland preparada?

«¿Advertencia?» fue a parar a la pizarra, en verde.

Jenna había levantado la mano, ella sola. Cuándo Eric la señaló con la barbilla, dijo:

—Estaba pensando que tal vez podríamos, o sea, hacer como unas historias personales sobre la gente que resultó atropellada por los coches.

«Personales», en rojo, fue lo siguiente en la pizarra, sin el signo de interrogación. Luego escribió «Jim Fate» en púrpura y lo rodeó con un círculo.

—Ya que conocías a Jim Fate personalmente, Cassidy, ¿por qué no trabajas en su trasfondo personal y de paso, en lo que puedas averiguar sobre quién podría quererlo muerto y por qué?

—Bueno, *eso* podría ser una miniserie —dijo Brad, y pareció sorprenderse de que nadie se riera.

En el interior de la KNWS reinaba un misterioso silencio. Se veía por todas partes el testimonio mudo de que la gente había huido presa del pánico. Había tazas de café volcadas sobre charcos que se secaban poco a poco, papeles dispersos junto a la mesa de la recepcionista y un bolso tirado en medio de un vestíbulo. Nic, Leif, Karl y Rod —todos miembros del ERA— estaban allí para reunir las pruebas que pudieran. En el breve trayecto hacia la emisora, Nic se había sorprendido de oír la emisión de la KNWS, y más todavía de que estuviera Victoria Hanawa al micrófono. No se permitía a nadie entrar o salir del estudio hasta haberlo examinado, así que la emisora debía de haber encontrado una alternativa para sus emisiones.

Leif consultó sus apuntes. Los demás le siguieron mientras pasaba el mostrador de recepción y giró en el pasillo a la derecha. Cuanto más se adentraban en las instalaciones, más sorprendida estaba de lo baratas que parecían las oficinas de la emisora. La zona para visitas estaba decorada con canapés de cuero, madera pulida y un jarrón con flores de invernadero. Pero una vez pasaron de la parte visible al público, parecía como si se hubiesen gastado el dinero mínimo para meter al número máximo de trabajadores en el sitio. La mayor parte de la planta era una madriguera de cubículos separados el uno del otro con mamparas a la altura del hombro.

Leif los condujo por un pasillo estrecho con paredes mal cuidadas y apenas espacio para dos personas, luego giró a la izquierda hacia un segundo
vestíbulo. A su derecha había una serie de puertas cerradas con luces rojas
apagadas y el letrero «En el aire».

Leif señaló una puerta cerca del final. Estaba entornada, y por el res-
quicio Nic podía ver un pequeño cuarto separado por una mampara de
cristal y detrás la puerta del estudio de radio. En el suelo de ambos cuartos
había desparramados restos de envoltorios de medicamentos y de jerin-
guillas empleadas en las desesperadas tentativas de los equipos de emergencia por salvar a Fate de un veneno que resultó no ser el que pensaban.
Nic se preguntó cómo se sentirían cuando se enteraran de que una dosis
simple de naloxona podría haber servido.

—Este es el estudio en el que estaba Fate cuando murió —dijo Leif—.
Su oficina está en el pasillo un par de puertas más adelante. Nic, por qué
no te encargas con Rod de esto, y Karl y yo nos ocuparemos del estudio.

Con la mano en la perilla, Nic se detuvo un momento para mirar la
caricatura pegada en la puerta de la oficina de Fate. Como casi todas las
caricaturas, esta destacaba una cabeza gigantesca en un cuerpo diminuto.
El rasgo más exagerado era la mano derecha, que sostenía un micrófono.
Literalmente, la mano de Fate. En opinión de Nic, uno tiene en su mano
su propio destino. Cada cual debe asumir la responsabilidad de lo que ha
hecho o dejado de hacer, e incluso de lo que le ocurra.

Marcando un fuerte contraste con los diminutos cubículos del resto
de empleados, la oficina de Fate reflejaba el carácter descomunal de la personalidad de su dueño. Un cuadro de un águila imperial colgaba al lado de
una enorme bandera americana. Ante su butaca, un escritorio de madera
de cerezo y un aparador. Sobre el escritorio había docenas de premios
enmarcados y de fotografías firmadas en las que se veía a Fate con varias
personalidades famosas. Se podía ver también un diorama que mostraba
una gorra de camuflaje que pregonaba la Segunda Enmienda.

—Estupendo —dijo Rod mientras se dirigía a la computadora.

Era una de las nuevas y costosas Mac que Nic sólo podría permitirse mirar en Internet. Cuando tocó la barra de espacio, la pantalla cobró vida. Estaba tentada a teclear en ella, pero, últimamente, el laboratorio forense de informática les había estado advirtiendo sobre códigos de encriptación y software destructivo. Así que se limitó a cerrarlo. Mientras ella se sentaba ante el escritorio de Fate, Rod desconectó la computadora, la guardó en la bolsa rosa antiestática que se habían traído y le pusieron una etiqueta provisional de prueba. Cuando terminaran, uno de ellos llevaría la computadora al otro lado del río y lo entregaría al laboratorio, donde se le asignaría un código de barras. Había que mantener intacta la cadena de custodia de pruebas —de la matriz a la tumba— dejando bien documentado quién tomó qué, cuándo y por qué. Cualquier rotura en la cadena podría convertirse en una grieta lo bastante grande como para dejar a un asesino en la calle.

Era un poco extraño sentarse en aquella butaca de cuero. La última persona que lo hizo debía de haber sido Jim Fate. La almohadilla estaba un poco comprimida conforme a la forma de su cuerpo, más grande. Nic levantó los ojos a las innumerables fotos y premios. ¿Cómo sería eso de ser Jim Fate? Todas estas pruebas de éxito, ¿le tranquilizaban? ¿Le inspiraban? ¿O le pinchaban para procurar más? ¿Había disfrutado viendo la impresión que dejaba en sus visitas o ese muro de ostentación de premios era más bien para sus propios ojos, por su propia necesidad?

Con su mano debidamente cubierta con guantes, Nic abrió el cajón superior del escritorio. En él encontró una cantidad normal de efectivo, clips, bolígrafos. Fate parecía preferir los de bola, negros y de punta fina. Había unos cuantos folletos de una empresa de inversión en oro donde se veía a Fate sonriendo abiertamente y anunciando la empresa, «Patrocinador exclusivo de metales preciosos para *De la mano de Fate*». Un poco más atrás estaba lo bueno. Una memoria USB que Nic le pasó a Rod para que lo guardara en su bolsa y lo etiquetara para el laboratorio informático

forense. Había también una tarjeta de presentación de una muy reconoci-
da ejecutiva que leía en el dorso «¡Llámame!» escrito a mano.

Encontró un recibo de tarjeta de crédito de una tienda llamada Oh
Baby. Podría no significar nada o significarlo todo, desde un regalo para la
fiesta de bienvenida del bebé de un colega hasta un hijo fruto de un amor
secreto. Nic lo dejó a un lado para continuar con ello después.

Una tarjeta llave del lujoso Hotel Heathman hacía que la segunda posibilidad no fuera tan improbable. Se la enseñó a Rod, que estaba registrando
metódicamente la librería.

—¿Una especie de trofeo? —especuló Rod—. ¿Una noche para
recordar?

Nic no contestó. Estaba mirando una hoja que acababa de sacar del
cajón. La habían arrancado de una revista comercial llamada *Talkers*; en
sus titulares se podía leer «Jim Fate marca la pauta entre los locutores».
Habían mutilado la foto de Fate poniendo X en sus ojos. De la boca le colgaba una lengua de caricatura. Y alrededor del cuello le habían dibujado
una soga. Quienquiera que lo hubiera hecho se había tomado su tiempo
para hacerlo parecer tridimensional, matizando bien la rugosidad de la
cuerda. Enganchada a la hoja había una nota impresa: «Más vale que te
calles. Vas a pagar por lo que has hecho».

Nic se lo enseñó a Rod.

—Allison Pierce y yo teníamos una cita con Fate para el día después
de su muerte. Quería hablar de algún tipo de amenazas que había estado
recibiendo. Tal vez se refería a esto.

—¿O a esto? —replicó Rod. Se acercó a ella y le pasó otra hoja de periódico con una nota de la parte de atrás del cajón.

Nic se había olvidado de esta historia en particular, que había sido muy
comentada durante unas semanas el verano pasado. Alguien había garabateado un mensaje furioso en el recorte, con trazos tan gruesos que costaba
leer el artículo de debajo.

Madre suicida no sabía nada sobre la desaparición de su bebé

Dos semanas después de que Brooke Gardner se suicidara, después del agobiante interrogatorio al que la sometió un locutor radial acerca de la desaparición de su hijo de 18 meses, el niño ha sido encontrado vivo. Las autoridades descubrieron al niño, Brandon Gardner-Tippets, en la casa de su tía abuela paterna, Tami Tippets. Las autoridades dicen que el niño está en perfecto estado y que su tía abuela se lo llevó sin conocimiento de la madre. Tami Tippets ha sido acusada de intrusión en la custodia y podría también enfrentarse a cargos de secuestro.

En la tarde del 30 de junio, Brooke Gardner llamó a las autoridades para informar que su hijo había desaparecido de su cuna. Gardner estaba divorciada del padre de Brandon, Jason Tippets, y tenía la custodia de su hijo. El divorcio ha sido descrito como poco amistoso.

Aunque se dijo que Jason Tippets había pasado inicialmente la prueba de polígrafo, lo que descartaba su participación, ahora las autoridades dicen que están investigando si sabía que su tía se había llevado a Brandon.

Nancy Gardner, la madre de Brooke Gardner, dijo: «Se lo dijimos a la policía y al FBI y a todo el que nos escuchara, y también lo dijo Brooke, les dijimos que ella no tuvo nada que ver con la desaparición de Brandon. Pero nadie quiso escuchar. Brooke quería hacer algo para encontrar a su bebé. Pero en vez de ayudarla, actuaron como si ella fuera la culpable. Ya no comía ni dormía, estaba enferma de la angustia. Y al final ya no pudo más».

Brooke Gardner se suicidó tomando una sobredosis de somníferos dos horas después de un interrogatorio en directo en el programa de radio de Jim Fate. Sus padres afirman que han presentado una demanda contra él, afirmando que su hija llegó al suicidio por culpa de las acosadoras preguntas del locutor. Acusan a Fate de engañar a su hija haciéndole creer que la entrevistarían sobre su hijo desaparecido, como ayuda para encontrar al bebé. La entrevista, emitida en el programa De la mano de Fate, fue más bien un interrogatorio encerrona, en el que Fate acribilló a la joven de veintiún años con preguntas sobre por qué no se había

sometido al polígrafo como su ex marido. Los demandantes reclaman
daños y prejuicios.

Alguien había garabateado en el recorte con marcador grueso, oscuro: «Tú mataste a Brooke. Ahora te toca morir».

CAPÍTULO 19
Corte Federal Mark O. Hatfield

Era imprescindible que Allison se mantuviera ocupada. Que alejara su mente de Estela. Que no pensara más en sus ojos negros y su tímida sonrisa, y en el sentimiento que le produjo el dejar ir aquellos deditos. La investigación de la muerte de Fate le brindaba la oportunidad de sumergirse en el trabajo.

Lo primero que Allison hizo cuando llegó a la oficina después de entregar a Estela fue ir directamente a su jefe.

—Dan, tienes que saber que la semana pasada, Jim Fate nos pidió a la agente especial Hedges y mí que nos encontráramos con él. Nos dijo que estaba recibiendo amenazas.

—¿Qué tipo de amenazas? —dijo Dan con los ojos muy abiertos—. Era un hombre pulcro y delicado que siempre consideraba con cautela las ramificaciones políticas de cualquier acción. También se le podía persuadir de vez en cuando para asumir algún riesgo.

—Fate no fue más específico. No quiso hablar de ello por teléfono. Estaba nervioso. Ni siquiera quería que fuéramos a la KNWS ni nos encontráramos en alguna de nuestras oficinas. Íbamos a vernos mañana en un Starbucks —dijo Allison y se inclinó hacia su jefe—. Quiero ser la fiscal especial asignada en este caso.

Al ser fiscal federal, Allison se ocupaba de crímenes federales, o de delitos con una conexión entre estados. En el caso de Jim Fate, eso cubriría todas las amenazas hechas vía Internet, teléfono o correo nacional. Y si el asesinato de Fate había sido un acto terrorista, del extranjero o nacional, también se consideraba federal.

Dan juntó las yemas de ambas manos, luego dio palmaditas con los dedos índice.

—Pero Chuck trabajó en el caso Los Siete de Portland Siete —dijo. Los Siete de Portland era un grupo de jóvenes musulmanes estadounidenses que había tratado de viajar a Afganistán poco después del 9/11 para ayudar a los talibanes—. Él tiene más experiencia en casos de terrorismo.

—Pero aquí podría no haber conexión internacional. Tal vez no haya ni siquiera vinculación con el terrorismo. Fate ha fastidiado a mucha gente a lo largo de los años.

Terrorismo o no, era con toda seguridad un caso importante. Los grandes casos daban también mucho renombre a sus fiscales, y eso podría redundar en una cantidad igualmente grande de dólares si algún día decidían pasarse al otro lado y hacerse abogados defensores. Y aunque se quedaran en sus puestos, los ascensos resultantes también podían ser grandes. Y además, significaban una buena publicidad si alguna vez decidían correr para el puesto de fiscal del distrito.

Sin embargo, no era por eso por lo que Allison quería este caso. Seguía pensando en que Fate había acudido pidiéndole ayuda y ella no había sido capaz de encontrar un hueco en su agenda para él. Si hubiera cancelado alguna otra reunión o hubiera planteado un encuentro por la tarde, ¿estaría vivo ahora? Lo menos que podía hacer era encontrar al asesino.

—¿Y el juicio de las Bratz Atracadoras? ¿Justo estabas empezándolo cuando ocurrió todo esto?

—Esta mañana recibí un correo de voz diciendo que el abogado de la muchacha ha solicitado que se anule el juicio.

—¿Con qué fundamento? —preguntó Dan levantando una ceja.

—Presunta manipulación del jurado —dijo Allison moviendo la cabeza—. Condorelli dice que tiene a una jurado potencial dispuesta a jurar que oyó a otros dos miembros del jurado comentando durante el desalojo que tenían que reunirse para hacer un trato sobre el libro cuando el juicio hubiera terminado. Desde luego, es todo falso, pero eso implica que el juicio se va a posponer al menos hasta que reúnan al jurado —dijo y se inclinó hacia él—. Nuestra prioridad tiene que ser encontrar al asesino de Jim Fate. Este país está fundado sobre el principio de la libertad de expresión. Y tengo el presentimiento de que fuera cual fuera la razón que hubiera detrás de esto, quien lo hizo quería cerrarle la boca a Jim.

Durante un minuto, Dan no dijo nada. Se limitó a seguir uniendo y separando las yemas de ambas manos. Finalmente miró a Allison.

—Está bien, el caso es tuyo.

Allison se pasó la primera mitad de la mañana reuniéndose con el grupo especial en la oficina del FBI en Portland. Se alegró de ver que Nicole había sido asignada como agente del caso. Sabía que las dos se asegurarían de llegar hasta el fondo. Aunque todos los presentes en la reunión tenían el mismo objetivo, también traían sus egos. Personal y profesionalmente, querían verse a ellos y a las siglas que representaban relacionados con un resultado de éxito. Pero Nicole los mantenía a todos a raya. Allison disfrutaba viéndola ocupar el primer plano en la dirección de la reunión, e informando a todos que no era gas sarín.

Después de su reunión con el grupo especial, Allison volvió a la Corte federal e inició el caso de gran jurado de acusación por el asesinato de Jim Fate. Como la investigación estaba a penas en su fase inicial, esto sólo la ponía formalmente en marcha.

Este gran jurado de acusación era la rama investigadora de Allison. Incluso cuando no estaba en sesión, ella podía emitir en su nombre una orden de registro o una citación. Los miembros de ese gran jurado nunca sabían lo que ella podía pedirles investigar: cualquier cosa desde un asesinato a sueldo hasta crímenes ideológicos o racistas contra una mezquita local, o hasta hombres que iban por Internet tratando de engatusar a adolescentes.

—Buenas tardes —dijo Allison a los veintitrés ciudadanos particulares que constituían el gran jurado de acusación, y recibió sonrisas y gestos de saludo a cambio. Era uno de los dos grandes jurados de Oregón que funcionaba en cualquier momento necesario. Estos miembros del jurado de acusación estaban en el decimocuarto de los dieciocho meses en que podían trabajar juntos, así que habían tenido tiempo para trabar amistad entre ellos; y con Allison. El año anterior había celebrado cumpleaños con ellos y había intercambiado exclamaciones ante las fotos de sus bebés y sus mascotas.

—Hoy vamos a abrir el caso de Jim Fate, el locutor radial que fue asesinado ayer. Junto con el FBI, hemos comenzado la investigación. Haré un informe con las conclusiones en cuanto estén disponibles.

Al oír el nombre de Jim Fate, hubo gestos de reconocimiento. Los miembros del jurado de acusación no tenían prohibido ver los medios de comunicación, lo que significaba que a menudo tenían una cierta familiaridad con cualquier caso que hubiesen visto en los titulares. Jim Fate, desde luego, era en sí mismo una categoría. Como consecuencia de lo ocurrido hacía sólo un día, hasta la gente que nunca escuchaba esos programas conocía ahora su nombre. No obstante, ahora que los jurados sabían que iban a tratar su muerte, intentarían mantenerse al margen de las nuevas noticias sobre el asunto.

Aunque un gran jurado de acusación podía ocuparse de docenas de casos en el transcurso de un año, nunca se ocupaba de uno hasta el final. Ellos sólo se ocupaban de investigar varios casos criminales y de acusar formalmente a un sospechoso. En algunos casos, votaban por no procesar. Dado que no se les pedía determinar culpabilidad o inocencia, sólo decidir si un caso debía archivarse o no, las normas del jurado de acusación eran menos rígidas que las del jurado de un juicio. Los de los juicios no podían condenar sin estar convencidos más allá de toda duda razonable, pero un jurado de acusación podía procesar basándose sólo en una causa probable. Y este jurado ni siquiera tenía que ser unánime: bastaba con que dieciocho de los veintitrés estuvieran de acuerdo. Corría el viejo chiste entre los abogados defensores de que se tardaba lo mismo en persuadir a un gran jurado de acusación que en hacerse un bocadillo. Sin embargo, un hecho que no se conocía mucho era que los fiscales a veces abogaban para que el jurado no acusara.

—Aunque no era gas sarín —les dijo Allison—, aún podría ser terrorismo. Tal vez alguien que quería evitar que Jim Fate difundiera su opinión sobre algo.

—Querrá decir sus opiniones —dijo Gus, un dueño de ferretería jubilado—. Ese tipo opinaba sobre muchas cosas.

—¡Um! Me recuerda a alguien que conocemos —dijo un jurado a su espalda. Los demás se rieron. Incluyendo a Gus. Hasta Allison tuvo que reprimir una sonrisa.

Tras poner en marcha al gran jurado de acusación, Allison regresó caminando a la oficina local del FBI de Portland, una docena de cuadras más allá. Todavía le dolían los pies del día anterior. No tenía hambre, pero se compró un bocadillo en un carrito de venta ambulante. No importaba que tuviera hambre o no, tenía que pensar en el bebé.

Por todas partes había señales del pánico que se había apoderado de Portland el día antes. Vio media docena de bufandas que habían acabado enganchadas en árboles de la calle, un vaso de café de acero inoxidable abandonado sobre un alféizar, sombreros extraviados que habían ido a parar a las señales de estacionamiento. Los habitantes de Portland eran, en general, gente honesta. Allison pensó en Estela, que era más importante que cualquier bufanda, taza o sombrero. Seguramente, a estas horas, Servicios Sociales ya la habría llevado con su familia. Lo más probable es que Estela estuviera ahora abrazando a su *mamá*, con todos sus miedos calmados. Allison quiso llamar a la asistente, pero se dijo que ya estarían al cuidado de la niña. Estela ya no era su problema. Jim, en cambio, sí lo era.

Cuando Nicole se acercó para acompañarla en su caminata, Allison la recibió dándole un abrazo a su amiga. Lo más sorprendente fue que Nicole le devolvió inmediatamente el abrazo.

—Acaba de llamar Cassidy —dijo Nicole—. Quiere que cenemos las tres juntas esta noche.

—¿Esta noche? —dijo Allison, negando con la cabeza sin considerarlo siquiera—. Lo único que quiero es llegar a casa. Ir a casa y acostarme.

—Lo mismo digo. Pero Cassidy ha insistido bastante. Ya hizo una reservación en el McCormick & Schmick's Harborside. Ya sabes, Jim Fate le pidió a ella que lo pusiera en contacto con nosotras. Tenemos que averiguar lo que sabe de las amenazas y de su posible autor.

—¿No puede esperar? —preguntó Allison. A pesar de haberlo dicho, comprendía que no. Tenían que saber lo más posible y cuanto antes sobre lo que le había pasado a Jim, y el por qué. Suspiró.

—Bien, al menos podremos comer algo rico y con chocolate.

—En eso estoy contigo —dijo Nicole.

Mientras regresaban al lugar de trabajo, llamó a Cassidy a su celular y acordaron en verse a las siete.

El cubículo de Nicole tenía montones de papeles en pilas a punto de caerse, con más carpetas apiladas en el suelo. Allison quitó un montón de ellos del asiento para visitas, y luego no supo dónde ponerlos.

—Ah, déjalos aquí —dijo Nicole impaciente. Los colocó en ángulo y los puso sobre un montón ya existente.

—*He* estado pensado en un aspecto positivo para este caso —dijo Allison cuando se sentó.

—¿Lo hay? —dijo Nicole frotándose los ojos—. Me gustaría oírlo.

—Por lo general, cuando trabajamos un caso de asesinato, cuesta figurarse quién estaría lo bastante furioso para matar a alguien. No vamos a tener ese problema con Jim Fate.

—Sí, probablemente sería más fácil encontrar a quién *no* ha fastidiado —dijo Nicole reprimiendo un bostezo—. Hemos encontrado dos amenazas en su escritorio —le dio a Allison dos papeles—. El del dibujo de la soga es de un artículo de revista que mencionaba una serie de polémicas que Jim abordó.

Allison miró la segunda hoja y sintió una punzada al acordarse de aquel triste caso.

—Tú mataste a Brooke. Ahora te toca morir —leyó en voz alta—. Bueno, está bastante claro. Como dijo Cassidy, tenemos que investigar a la familia y a los amigos de Brooke Gardner. Y teniendo en cuenta ese horrible anuncio que se ha estado emitiendo sin parar, también a Quentin Glover. Y es posible que esto no sea más que el principio. He pedido las transcripciones de los seis últimos meses del programa, a ver si encontramos a otras personas que pudieran estar resentidas con él.

—Puedes escucharlos todos en Internet —dijo Nicole—. Ya lo verifiqué.

—Sí, pero tendría que hacerlo en tiempo real. Es muy difícil saltar hacia delante con una grabación. En el papel, es mucho más fácil saltarse las partes que no aportan nada.

—¿Tienes idea —dijo Nicole con una mueca en la cara— de a cuánta gente podríamos acabar teniendo que investigar? El asesino podría ser un particular o el dueño de un negocio o un político al que Fate sacudió en el aire. Eso ya representa un grupo bastante grande. Y ahora añádele a los que podrían haber tenido problemas con su éxito, como rivales, admiradores obsesionados, colegas, alguien al que le hubiera trepado por encima.

—Y están todos los sospechosos habituales: familia, amigos, amantes y enemigos —dijo Allison—. Como un punto de partida con Jim, y con cada sospechoso de su asesinato, el FBI investigaría lo básico: la agenda telefónica en busca de números y direcciones, registros de servicios públicos para averiguar quién pagaba las cuentas y con qué frecuencia, en Tráfico para obtener los datos del permiso de conducir y de las matrículas, así como los directorios del Centro de Información Nacional de Crímenes para comprobar previas condenas. Con un círculo de sospechosos tan amplio, sólo esto ya significaría una cantidad de trabajo increíble —y añadió—: Y además está el premio TdT de Fate. Apostaría a que ese premio haría echar chispas a más de uno.

—Sí, visto ahora parece que tal vez no fuera una buena idea burlarse de los que más enojados estaban con él —se reprimió Nicole otro bostezo—. Para mañana, vamos a hacer un reconocimiento en las tres salas de conferencias de la emisora. Creo que tú y yo nos ocuparemos de las personas que trabajaban más estrechamente con él. Tengo dos equipos para ocuparse del resto.

—Parece que no has podido dormir nada —dijo Allison con tono comprensivo—. Tal vez deberíamos dejar la cena con Cassidy para otra noche.

—No. Tenemos que hablar con ella. Y sí, estoy bastante cansada. Es por todo lo que pasó ayer. Tú puedes entenderlo. Todos los que bajábamos por aquella escalera empezábamos a creer que íbamos a morir, y no era agradable. Al final traté de refugiarme en una sala con la señora Lofland, ya sabes, la ancianita del fondo del jurado, en el séptimo piso del Palacio de Justicia. Leif fue quien nos encontró y nos dijo que todo estaba bien. Me alegré tanto de verle que hasta le di un abrazo.

—¿De verdad? —dijo, manteniendo su tono neutro. Nicole raras veces hablaba de su vida privada, y Allison no quiso espantarla pareciendo demasiado interesada.

Allison, Nicole y Cassidy habían estudiado en la misma escuela secundaria, pero no habían sido íntimas amigas ni habían mantenido el contacto. Cuando se reencontraron en el décimo aniversario de su graduación, Nicole tenía una hija, Makayla. Nunca mencionó nada sobre el padre; y Nicole nunca había salido con nadie. Allison se imaginó que el padre no era un asunto grato.

—No debería animarle —negó Nicole con la cabeza—. Mi vida es demasiado complicada. No hay sitio en ella para un hombre. He tratado de dejárselo claro, pero Leif dice que él es feliz siendo simplemente amigos. Pero tú sabes que cuando un tipo dice eso, no lo piensa de verdad.

—Bueno, supongo que hay dos posibilidades. Si Leif realmente *es* feliz así, entonces no tienes problema. Pero imagina que tienes razón —se aventuró Allison. Esperaba no estar presionando a Nic demasiado—, digamos que no lo piensa de verdad. Leif es un buen hombre y un buen agente. Y sólo podría ser bueno para ti también.

Siempre era un placer trabajar con Leif. Había una consistencia en él que transmitía calma. Y estaba claro que a esos ojos azules suyos no se les escapaba nada.

—Pero no necesito un hombre —contestó Nicole—. No necesito a nadie.

CAPÍTULO 20

Complejo residencial Willamette

Mientras Nic pensaba en los posibles sospechosos con Allison, le sonó el celular. Ante el sonido de la voz de Leif en su oído, diciéndole que ya tenían una orden de registro para el apartamento de Fate, se le sonrojaron las mejillas. Su cuerpo estaba demasiado entusiasmado para traicionarla.

Después de prometer a Allison que la llamaría si aparecía algo importante en la búsqueda, Nic se unió al resto del ERA en el estacionamiento del FBI.

En el edificio de apartamentos de Fate, se reunieron con el administrador del edificio y tomaron el ascensor hasta la vigésima planta.

Leif soltó un largo silbido de exclamación cuando el administrador abrió la puerta del apartamento.

—Creo que me equivoqué de profesión.

Nic sintió cómo se le formaba una sonrisa en los labios, y la deshizo inmediatamente. No quería que nadie en el equipo se imaginase nada sobre sus sentimientos.

La sala de estar de Fate ocupaba toda la anchura del edificio. La pared que daba hacia el río era toda ventanas. Nic echó un vistazo. Podía ver media docena de los puentes de Portland, así como las aguas oscuras y grises del Willamette.

El equipo dio un rápido recorrido. Era bonito, aunque no del gusto de Nic. Parecía el típico lugar del viejo blanco y rico, todo con cuero, maderas oscuras brillantes y alfombras orientales. Como una concesión a los tiempos modernos, la sala de estar albergaba también un caro equipo de sonido y un enorme televisor de pantalla plana. La cocina tenía un aire de nitidez. Todo era de acero inoxidable brillante, hasta las encimeras, y tan limpio que se podría hacer en ellas una operación quirúrgica, usando algunos de los exclusivos cuchillos Wüsthof.

Rod abrió el refrigerador y Nic echó un vistazo por encima de su hombro. En la puerta había alcaparras, pepinillos, cebollas de cóctel y salsa picante tailandesa. En las bandejas había tres limones, botellas de agua con gas y tónica, cinco cajas de comida de llevar, y una pinta de leche y nata sospechosamente hinchada.

El congelador estaba igualmente vacío, sin más que una botella de vodka Grey Goose, varios cartones de comidas congeladas de Whole Foods, y media docena de bolsas de café en grano *Jamaican Blue*.

—Me sorprende que no tenga esos granos de café que excretan los suricatos o como quiera que se llamen—dijo Heath—. Se supone que son los mejores del mundo. Dicen que aportan un aroma único —dijo relamiéndose.

Nic mantuvo el gesto impasible.

Leif les asignó sus tareas y se dividieron. Él se encargó del dormitorio, a menudo la zona cero de cualquier investigación, el santuario íntimo, donde se ocultaban los mejores secretos. Nic se ocupó de la oficina de Fate, Heath del comedor y las salas de estar, Karl de la biblioteca y Rod del cuarto de baño.

Al entrar en la oficina de Fate, Nic embaló la computadora para mandarla al laboratorio informático forense. En el escritorio había dos micrófonos y un par de juegos de auriculares que tuvo que desconectar de la computadora.

Después echó una mirada al archivo de roble de tres gavetas, pero no vio nada que llamara su atención. Declaraciones de renta, recortes sobre él, manuales de productos, extractos de cuenta. Ni tarjetas ni fotos. Ni cartas amorosas ni mensajes de odio, pero en estos tiempos lo más lógico era que ambos tipos de mensajes estuviesen en la computadora. Cualquier cosa que pareciera susceptible a un examen más a fondo fue a parar a cajas archivadoras para ser revisadas con más atención.

Nic pensó en algo y miró las paredes. Estaban decoradas con un par de fotografías artísticas grandes, una era un primer plano de unas cortezas desprendidas y la otra una puesta del sol que teñía el océano de rosa. Pero lo que había captado su atención era lo que faltaba. No había placas conmemorativas ni trofeos. No había marcas —aparte de que todas sus posesiones eran de lo mejor— del éxito de Fate.

En el escritorio, Nic dio con su tesoro. Entró en el dormitorio para enseñárselo a Leif, que estaba buscando debajo de un cajón a ver si tenía algo pegado en el fondo.

Mientras esperaba que se incorporase, se fijó en la marcada forma de V de su espalda. Incluso a través de la chaqueta, podía ver la forma de sus hombros. Para quitárselo de la cabeza, se fijó en el libro que había boca abajo en la mesita de noche. Trataba de la Guerra Civil. Cuando Jim Fate dejó aquel libro allí, no sabía que jamás iba a retomar su lectura. Un día ella misma podría estar ocupada en sus cosas, postergando tareas a medias con la intención de retomarlas, y luego ya dejaría de estar entre nosotros. Y, en opinión de Nic, te mueres y ya está. Fate no era un alma que pudiera ir al cielo o al infierno. No era ahora un espíritu ni se había reencarnado como una libélula o un perro. Sencillamente ya no estaba.

No era agradable mirar a los ojos esa realidad, así que Nic se alegró cuando Leif le interrumpió.

—¿Qué encontraste? —dijo al ponerse de pie.

—Mira —contestó Nic enseñándole el sobre que había encontrado en el cajón del escritorio de Fate. El contenido y el sobre habían sido impresos en computadora. Echaba de menos los tiempos en que cada máquina de escribir dejaba sus propias señales exclusivas en una hoja de papel, pero esos días ya venían quedando lejos, incluso antes de que ella entrara en el FBI.

Leif sacó la hoja y la leyó en voz alta.

—Sé dónde vives. Sé cómo eres. Vas a pagar por lo que has hecho —pronunció Leif y miró más de cerca el sobre—. Y quien le envió esto le hizo ver que iba en serio. Porque este sobre fue enviado a la dirección de su casa —dijo y lo metió en una bolsa de pruebas, y Nic se regresó para terminar su trabajo en el despacho.

Cuando terminaron la búsqueda, Leif reunió al ERA para un rápido resumen de lo que habían encontrado. No era mucho. Leif había descubierto el pendiente de una mujer debajo de la cama. Plata remachada, parecía hecho a mano, no fabricado en serie. Tenía forma como de letra china.

Rod puso voz a un pensamiento que acababa de iluminarse en la mente de Nic.

—¿Podría ser japonés?

—¿Estás pensando en Victoria Hanawa? —dijo Leif—. Voy a preguntar a Jun si sabe qué idioma es.

—A lo mejor esta es una de esas cosas que la gente se tatúa creyendo que significa *sabiduría* en chino y resulta que en realidad significa *idiota* —comentó Heath riéndose.

—¿Y la sala de estar y el comedor? —preguntó Leif—. ¿Han encontrado algo allí?

—Solamente decenas de miles de dólares en aparatos, todos de primera clase. Tenía unos doscientos DVD. Nada de porno. Lo que quieras, desde las viejas películas de John Wayne a las últimas de suspense. En casi todas el protagonista es un tipo enfrentado a los malos luchando por la justicia.

Era una perspectiva muy interesante, lo que le recordó a Nic que hasta Heath tenía de vez en cuando algo útil que decir.

—No había nada demasiado interesante en el cuarto de baño —dijo Rod—. Las únicas medicinas tienen sus recetas. Parece ser que Fate tenía hipertensión y colesterol. Ah, y en uno de los cajones he encontrado una caja de condones. Faltan algunos.

—Montones de libros, pero eso es todo —dijo Karl.

—Todo este lugar —dijo Leif con el ceño fruncido— dice más por lo que no tiene que por lo que tiene. No hay fotos de familia ni de amigos. No hay postales. Y todo está muy limpio. Es como si estuviera listo para una sesión de fotos de una revista. Parece demasiado... impersonal.

—Y solitario —dijo Nic en voz baja, y Leif la miró sorprendido. Ella misma se sorprendió de escucharse.

—Tal vez este era el sitio al que venía para retirarse del mundo —dijo Karl.

—Tal vez —asintió Nic. Pero una parte de ella se preguntaba si Jim no se sentía más «en casa» cuando se sentaba ante el micro y miraba las luces indicadoras de llamada, sabiendo que tenía a miles de personas pendientes de cada una de sus palabras.

Cuando el equipo salió, encontraron en el vestíbulo a una señora mayor con el pelo teñido de morado oscuro. Toda su vestimenta tenía distintos tonos de lavanda, violeta y magenta. La mujer los miró con interés.

—Hola, oficiales. ¿Están aquí por lo de mi difunto vecino, el señor Fate?

—Sí, señora —dijo Leif.

—Quería comentarles que yo vi algo la mañana en que mataron al señor Fate. O mejor dicho, vi a alguien.

—¿A quién vio usted?

La señora hizo una pausa, obviamente disfrutando de haber captado toda la atención del equipo.

—Vi a una mujer saliendo de su apartamento.

—¿Y salió con él? —dijo Leif agudizando la voz.

—Él había salido cuatro horas antes. Esa joven se parecía a una de esas estrellas de cine que salen en la prensa amarilla. Esas que fingen no querer que nadie las reconozca.

—¿Qué quiere decir?

—Tenía un abrigo negro, pelo rubio y gafas de sol grandes, negras. ¿Quién lleva gafas de sol en Oregón en febrero? Y en el interior, menos.

—¿La había visto usted antes? —preguntó Nic.

Negó con la cabeza, pero luego vaciló.

—Bueno, puede que sí. Había algo en ella que me resultaba familiar. Sé que no la he visto en este edificio antes. Pero me parece que la *he* visto en alguna parte. Tal vez en la iglesia, en el supermercado o en el Club Atlético Multnomah.

—¿La reconocería usted si la viera otra vez? —preguntó Leif.

—Puede ser.

—Nos dice que no la había visto salir del apartamento de Jim antes —dijo Nic, pensando en los preservativos y en el pendiente de mujer—. ¿Pero ha visto a otras mujeres salir de aquí otras veces?

—Unas cuantas —les dijo con una mirada recatada—. No tantas como se podría suponer.

Nic pensó en la compañera medio japonesa Victoria Hanawa.

—¿Y todas eran rubias? ¿Todas blancas?

—El señor Fate —dijo la vecina de Jim negando con la cabeza— tenía gustos eclécticos.

CAPÍTULO 21

Restaurante McCormick & Schmick's Harborside

Mientras esperaban mesa, Allison pasaba —sin transición— del hambre a las náuseas, un trayecto que su embarazo había acortado bastante. Tragando saliva, se puso la mano contra los labios.

—Toma —dijo Cassidy poniendo algo en la otra mano de Allison—. Prueba esto.

Era una barra salpicada de trocitos de nueces y chocolate. Le rugía el estómago, pero no estaba segura.

—¿No es un poco impropio comerte algo que no te han servido aquí?

—Chica —negó Nicole con un gesto—, puedes morirte de hambre antes de que consigamos que nos atiendan en este sitio —comentó con una mueca dirigida a Cassidy—. ¿Te lo has sacado de tu bolsita mágica?

Cassidy levantó su enorme bolso negro de cuero.

—Ya sabes. Si alguna vez acabo en una isla desierta, no me pasará nada mientras tenga mi bolso.

Siempre hacían bromas sobre la capacidad del bolso de Cassidy para encontrar lo que hiciera falta: alfileres, juego de costura, maquillaje, comida, billetes de autobús, tarjetas de felicitaciones y, desde luego, más comida. A Allison no le extrañaría si hubiera en él una tienda de campaña y un equipo de radioaficionado.

Mientras, con disimulo, le quitaba el envoltorio a la barra de granola, examinó el lugar. Había cinco personas ancladas a la barra, riendo, gritando, coqueteando, y, por lo que parecía, bebiendo bastante. Estaban todos mareados. Sólo un día antes, había muchas personas convencidas de que iban a morir. Pero sólo había una docena de hospitalizados, con daños a causa del pánico de la gente.

Y ahora Portland, después de escapar por los pelos de la catástrofe, ya está lista para la juerga.

Mientras recordaba la mucha gente que se había desplomado alrededor suyo en la calle el día anterior, Allison sintió una ola de alivio sobre ella. *Gracias, Señor, por cuidarnos*. Ofreció una abierta sonrisa a sus dos amigas.

—¿Qué? —gritó Cassidy por encima del ruido.

—No es nada —dijo Allison mientras Nicole se inclinaba para enterarse—. Sólo que estoy contenta de que estemos todas bien.

Quince años antes, las tres se habían graduado de Catlin Gabel, una de las escuelas privadas y exclusivas de Portland. Entonces apenas se conocían, aunque sabían la una de la otra. Nicole se había destacado por ser una de los menos de media docena de estudiantes afroamericanos de la escuela. Cassidy había sido animadora. Y Allison había pertenecido varias veces al cuadro de honor y había capitaneado el equipo de debate.

En su encuentro de aniversario de graduación, su interés común por el crimen —Cassidy informando de ellos, Nicole combatiéndolos y Allison llevándolos a los tribunales— las acercó. Cuando enviaron a Nicole a la oficina de Portland, Allison sugirió que se encontraran para cenar, y de ahí surgió una amistad en torno al postre que compartieron: un pastel de chocolate llamado La Triple Amenaza. En su honor, el trío adoptó el nombre de Club de La Triple Amenaza. Y siempre que se reunían para hablar de sus trabajos y de sus vidas privadas, ponían en el orden del día compartir el postre más tentador de todo el menú.

—¡Por el Club de La Triple Amenaza! —dijo Cassidy, levantando su gin tonic.

Nicole repitió sus palabras, tocando con su copa de vino tinto los vasos de las compañeras.

—¡Larga vida al Club! —añadió Allison tocando las copas con su vaso de zumo de naranja. Cuando devolvía el vaso a su sitio, Allison echó un vistazo al televisor de encima de la barra—. No puedo creer que no hayan retirado ese anuncio —dijo señalando. Las otras dos se giraron para mirar.

El anuncio de propaganda política empezaba con un vídeo, desde un sólo ángulo, en el que salía Quentin Glover hablando con la boca llena, con un perrito caliente a medio comer en la mano. Decaído y desaliñado, estaba claro que no sabía que lo estaban filmando. Mientras gesticulaba hablando con alguien que no se veía, se le cayó un trozo de comida de la boca.

Pero no era la imagen la que hacía a Allison pensar que tendrían que haber retirado el anuncio. Eran las palabras superpuestas, las que había oído tantas veces en las últimas semanas que hasta podría recitarlas de memoria. El anunciante decía: «El locutor radial Jim Fate fue padrino de Quentin Glover. Ahora, hasta Fate dice que no deberíamos reelegir a Quentin Glover».

La ruidosa barra se calmó cuando se escuchó la voz de Jim Fate, grabada de uno de sus programas y con tono indignado: «Quentin Glover ha sido acusado con cargos por haber mentido acerca de los cientos de miles de dólares en regalos que recibió de una empresa. Algunos de los bienes que presuntamente recibió son un coche y una casa en Sunriver. Ahora, estimados oyentes, ustedes saben que me cuesta creer que un tipo que estaba engañando a su esposa sea cien por ciento honrado».

Aparecieron en pantalla las palabras *miles de dólares en regalos, bienes* y *engañando a su esposa.*

—No digo que nuestros congresistas tengan que ser perfectos —continuó la voz del difunto—, porque yo mismo tengo debilidades. Pero nuestra norma es que el hecho de que seas popular no significa que puedas librarte de la comisión de delitos graves. Y si esta semana es perjurio, y la próxima es robo, y la semana siguiente es darle una paliza a alguien, un día América bien puede terminar siendo un mal país como Irak, donde la corrupción no tiene límites.

Salió en pantalla un hombre de aspecto malhumorado. Llevaba el atuendo tradicional de Oriente Medio: chilaba blanca; la cabeza cubierta con el típico tocado blanco sujeto con un cordón negro. Levantaba en una mano una ametralladora. En la otra tenía un fajo de billetes.

Sólo dos días antes, el anuncio, pagado por un grupo llamado Limpiemos la Política de Oregón, habría sido molesto o divertido, dependiendo de las inclinaciones políticas de uno y de cuántas veces lo hubieras ya visto. Ahora, la gente murmuró y meneó la cabeza al oír la voz de Jim. Las tres mujeres se miraron entre ellas, y Allison sabía que compartían el mismo pensamiento: ¿exactamente hasta dónde llegaría el enfado del tal Quentin Glover por ese anuncio publicitario?

En ese mismo momento llegó la camarera con una sonrisa.

—Lamento la tardanza, jóvenes. Su mesa ya está lista.

—Ha valido la pena esperar —dijo Allison mientras se acomodaba al lado de la ventana que daba al río. Las mesas, puestas en hileras, ofrecían todas una vista del río, pero las del lado de la ventana eran las mejores.

Después de pedir sus platos, las tres amigas sacaron cuadernos y bolígrafos. Normalmente, cuando se encontraban, lo hacían como amigas, pero el trabajo pasaba a ser enseguida tema de conversación. Sin embargo, esta era una reunión de trabajo que tenía lugar durante una cena.

—Empecemos desde el principio —dijo Nicole y se volvió hacia Cassidy—. Allison y yo tenemos que estar al tanto de todo lo que sabes de Jim Fate. Leif sacó esta foto suya de la emisora. Vamos a usarla como imagen de referencia. ¿Era su aspecto actual? —dijo poniendo una foto en la mesa. Por lo general trataban con fotos más naturales, no con la ampliación de una foto de estudio de fotografía.

—Está un poco pasada —dijo Cassidy recogiéndola y examinándola críticamente—. En los últimos años se ha hecho unos arreglillos. Bótox, algún tratamiento facial. La mayor parte de estas viejas cicatrices de acné ya no estaban. Aunque no sé por qué se molestó Jim en quitárselas. Le hacían varonil.

—Así que lo conocías bastante bien —observó Nicole. Se apoyó la copa de vino contra su mejilla, tapándole en parte su boca. En el instituto, Nic tenía los dientes bastante sobresalidos. Algunos de los chicos más crueles la habían apodado Mula Francis. En algún momento durante los años que no se vieron, se corrigió los dientes. Con su piel morena, lisa y sus ojos ligeramente rasgados, siempre fue guapa. Ahora era hermosa. De todos modos, los viejos hábitos nunca mueren.

—Ya sabes —se encogió de hombros Cassidy y dejó la foto—. Portland es una ciudad grande a pequeña escala, así que nos cruzamos —dijo y se corrigió—, nuestros caminos se cruzaban muchas veces.

—¿Dónde se cruzaban? —preguntó Allison.

—En ruedas de prensa, cenas benéficas, esas cosas.

La camarera les sirvió una cesta de pan y recipientes con aceite de oliva y vinagre balsámico. Cassidy puso aceite y vinagre en un platito blanco.

—Trabajamos en los medios, a pesar de estar en términos opuestos —dijo Cassidy mientras mojaba una rebanada de pan en la mezcla—. ¿Es cierto que se negó a salir del estudio cuando supo que había estado expuesto al gas?

—Eso hemos oído —contestó Allison—. Él se quedó dentro para que los demás no fueran expuestos.

—Murió como un héroe. Eso le habría gustado —comentó Cassidy, con ojos que le brillaban por las lágrimas, pero esbozó una sonrisa—, salvo por la parte en la que muere. ¿Habría sobrevivido de haber abierto la puerta?

—No —negó Nicole con la cabeza—. En la autopsia de esta mañana han dicho que habría necesitado una dosis inmediata de un antídoto al opiáceo. Y tal vez ni siquiera eso lo habría salvado.

Las perfectamente acicaladas cejas de Cassidy se juntaron. Tenía los ojos de un color azul verdoso, gracias, según sabía Allison, a los lentes de contacto.

—Eso es lo que no entiendo. He estado en la rueda de prensa que ofreció John Drood esta tarde. ¿Entonces no era gas sarín?

—No —dijo Nicole—. Los resultados de la autopsia indican una especie de opiáceo. No lo sabremos cuál en algún tiempo.

—¿Qué es lo que *sí* sabes? —preguntó Cassidy. A veces Allison y Nicole le daban informaciones que no podría encontrar en ninguna otra parte, permitiéndole algo de ventaja entre sus colegas. A cambio, Cassidy les traía de vez en cuando resultados de sus investigaciones.

—Hoy nos enteramos de algo realmente interesante —dijo Nicole—, pero no puedes comentarlo en el aire. Todavía no. Una vecina nos dijo que vio a una mujer rubia salir del apartamento de Jim ayer, y eso fue probablemente *después* de que Jim estaba ya muerto.

—¿De veras? —ensanchó Cassidy los ojos—. ¿Tienes idea de quién era?

Allison se preguntaba si sería celosa.

—Ese es el asunto. No había indicios de que viviera con nadie —dijo Nicole—. ¿Sabes si estaba saliendo con alguien?

—Acuérdate —dijo Cassidy encogiéndose de hombros— de que estamos hablando de un tipo que inició su propio servicio *online* de citas para conservadores: ¡Deja que Fate te consiga una cita! Jim salió con todas las mujeres guapas y solteras de Portland con las que se lo propuso.

—Pues eso te incluye a ti— dijo Nicole como quien no quiere la cosa.

A Allison le estremeció que fuera tan directa, pero ella había tenido el mismo pensamiento.

—No he dicho eso —enrojeció Cassidy y alejó la mirada—. Además, sus relaciones no eran nada serio. Jim sale, salía, con muchas.

—¿Por ejemplo con su copresentadora, Victoria Hanawa? —preguntó Allison—. ¿Crees que ella tuviera una relación con Jim?

—¿Te refieres a salir juntos? —preguntó Cassidy—. Claro. Dos o tres veces. ¿Pero que Victoria fuera su novia? No. Jim siempre decía que le gustaba mantener la vida profesional separada de la vida privada. Desde luego, eso lo decía el mismo que siempre usaba su nombre para conseguir una buena mesa en un restaurante.

—Pero, ¿cómo era Jim en realidad? —preguntó Allison—. Sobre todo fuera del aire.

—Listo —dijo Cassidy alzando la vista, recordando—. Inteligente. Tenía la astucia de la calle y la sabiduría de los libros. Algunos de sus admiradores lo llamaban El Más Grande. Él hacía como que no le gustaba. Jim es encantador cuando quiere y gruñón cuando no. Como casi todos los que trabajan en los medios de comunicación, él mismo puede ser un chisme. Le gusta, le gustaba, el poder. Le gustaba poner a la gente a hacer cosas por él —prosiguió Cassidy con su descripción que iba hacia adelante y hacia atrás entre el pasado y presente, como si reviviera a Jim—. Quisquilloso. Le gustaba todo ordenado. También es el típico macho. Es un hombre que nunca se echaría atrás. Nunca.

Al concluir Cassidy, Allison miró a Nicole. Compartían el mismo pensamiento: Cassidy conocía a Jim mucho mejor de lo que había admitido.

—¿Y por qué querría alguien matarlo? —preguntó Allison—. Tenemos que ver si era algo personal o terrorismo doméstico. Los ataques de ántrax fueron contra los medios de comunicación y el gobierno, así que hay un precedente.

—Ni siquiera pienso en los tipos como Jim Fate como si formaran parte de la prensa —dijo Nicole—. En realidad no dan las noticias, cuentan sus opiniones.

—En el caso del ántrax, la primera víctima mortal era redactor fotográfico de un tabloide de supermercado —indicó Allison—, no era ningún Tom Brokaw. Fue después cuando enviaron ántrax a las ABC, CBS y NBC. Cassidy, Jim te dijo que estaba recibiendo amenazas. Yo hablé con él, Nicole y yo habíamos concertado una reunión para el día después del de su muerte, pero no me quiso dar ningún detalle. Tenemos que saber lo que te contó.

Dejaron de hablar un minuto mientras la camarera les traía la comida: un filete al estilo Nueva York para Cassidy, salmón real para Allison, y trucha alpina para Nicole.

—Nunca me contó de quién creía que procedían, ni siquiera en qué consistían —dijo Cassidy después de que la camarera se marchó—. Tan sólo me contó que recibía amenazas y me pidió los números de teléfono de ustedes.

—¿Sabes cómo le llegaban? —preguntó Nicole—. ¿Por correo, se las dejaban en la emisora, por teléfono...?

—Por correo electrónico, creo. Y por correo normal. Pero sobre todo por correo electrónico —respondió Cassidy mientras cortaba un pedazo de su filete. Lo había pedido poco cocido, y Allison apartaba su mirada de los jugos que se mezclaban en el plato. Algunos días sentía que tenía muchas ganas de carne casi sin asar; pero otros le desagradaba sólo pensarlo.

—¿Trató Jim de averiguar la IP de procedencia? —dijo Nicole.

—¿La IP? —dijo Cassidy tomando el último pedazo del pan de la cesta y usándolo para rebañar los jugos de su filete—. Es lo que indica qué ordenador estás usando, ¿no?

—Las direcciones IP son las que nos permitieron capturar a aquel enfermo pervertido que chateaba conmigo cuando yo trabajaba en *Imágenes Inocentes* —explicó Nicole.

Imágenes Inocentes era un programa de la brigada contra delitos cibernéticos del FBI, que se encargaba de dar con los depredadores de Internet. Nicole había pasado muchas horas fingiendo ser una niña de trece años. Como es obvio, el trabajo de Nicole en Imágenes Inocentes no parecía haber hecho mejorar su opinión de los hombres. Allison no sabía qué había pasado en tantos años desde la escuela secundaria, pero Nicole era ahora cautelosa, hasta despectiva, con casi todos los hombres. Sólo Leif parecía resquebrajar esa dura coraza.

—Cada vez que entras en un sitio web, la dirección de IP de tu ordenador queda registrada en sus servidores —dijo Nicole.

—Así que, una vez conseguida la dirección —dijo Cassidy—, puedes saber quién ha enviado algo, ¿no?

—Para la mayor parte de los tipos que rastreamos en Imágenes Inocentes, sí. No eran demasiado sofisticados. Pero a veces no es tan sencillo. Digamos que hay un ordenador en un negocio. Ese negocio puede compartir un puñado de direcciones IP, lo que dificulta vincular un correo electrónico con una sola persona. También se puede ir a una biblioteca o a un cibercafé y enviar los correos electrónicos desde allí. Y si quieres ponerlo difícil, hay unas aplicaciones que se llaman servidores proxy anónimos con los que puedes ocultar tu dirección.

—¿No es eso ilegal? —preguntó Cassidy, arqueando una ceja.

—No, por desgracia, no lo es —dijo Nicole, y tomó un sorbo de vino—. Pero, con una citación, podemos conseguir la información del servidor proxy. Normalmente.

La camarera vino a la mesa cuando Allison tomaba su último bocado de salmón rebosado en mantequilla.

—¿Alguien va querer postre?

—Desde luego —contestó Allison con una sonrisa—. Queremos su famoso mousse de chocolate. Con tres cucharas.

—Todo lo que sé de las amenazas —dijo Cassidy después de que la camarera les sirvió el postre— es que cuando Jim hablaba de ellas parecía asustado. Y si conoces a Jim, nada lo asustaba. Nada podía perturbar su ánimo.

—Hemos encontrado algunas amenazas en su casa y en su oficina —dijo Nicole.

—¿Alguna de ellas está relacionada con Brooke Gardner? —dijo Cassidy tras morderse el labio.

CAPÍTULO 22

Restaurante McCormick & Schmick's Harborside

La manera en que sus amigas se enderezaron en sus asientos al oír el nombre de Brooke, le dejó claro a Cassidy que había dado en el clavo. Aprovechó su distracción para sacar una cucharada extra de mousse.

—¿Por qué? —preguntó Nicole—. ¿Te dijo él algo sobre Brooke Gardner?

Cassidy tragó y luego respondió:

—Me dijo que la familia estaba furiosa con él. Él se sentía mal por lo que había pasado, desde luego, pero en aquel tiempo cualquiera hubiera apostado a que ella había matado a su hijo. Ya saben, ¿cuántas veces no hemos visto ese guión? El niño desaparece, y luego la mamá adolescente dice que la niñera se la llevó, o que simplemente se dio la vuelta y el bebé ya no estaba. Sólo que siempre acaba resultando que el cuento no cuela.

—Pero ese era verdad —dijo Nicole con tono seco.

Una simple mirada a ella hizo a Cassidy sentirse culpable.

—Las dos cubrimos aquel caso. Todo el mundo. Incluso los padres me llamaron justo después de que Brooke se matara —dijo, y recordó lo mal que se había sentido al escuchar su mensaje—. Me dejaron un mensaje de voz llamándome chacal.

Allison sacó el bolígrafo y anotó algo.

—¿Lo grabaste?

—No. Pero tengo transcripciones de la historia que Jim hizo sobre ella —contestó, se abrió el bolso en el regazo y encontró las copias que había preparado para ellas.

FATE: Ahora, la peor pesadilla de una madre. Mete a su hijito de dieciocho meses en la cuna, se sienta en el sofá del cuarto de al lado para ver un vídeo. Cuando vuelve para ver cómo está el bebé, ha desaparecido. Ahora están buscando al pequeño de año y medio Brandon Gardner-Tippets.

HANAWA: Así es, Jim. La policía nos dice que Brooke Gardner dejó a Brandon en su cuna alrededor de las siete de la noche, y cuando una hora después fue a ver cómo estaba, la ventana estaba abierta y el niño había desaparecido.

FATE: Tenemos ahora mismo en línea a Vince Rudolph, investigador privado, para darnos sus opiniones sobre el caso. Vince, ¿qué opinas?

VINCE RUDOLPH, INVESTIGADOR PRIVADO: Primero, Jim, permíteme decir que *De la mano de Fate* realiza un gran servicio por este bebé al dar toda esta información. Los oyentes deben ir a tu sitio web y ver la foto de Brandon y reenviársela a sus amistades. Es necesario volver una y otra vez a los hechos, y la gente tiene que recordar lo de ese día. ¿Qué recuerdan? ¿Vieron algo fuera de lo ordinario? ¿Vieron al bebé, tal vez con otra persona? Tu programa presta un gran servicio centrándose en estas cosas.

FATE: Sea cual sea la ayuda que podamos brindar, nos alegramos de poder hacerlo. También tenemos conexión con dos invitados muy especiales, la madre y el padre del niño desaparecido, Brandon Gardner-Tippets. Al otro lado del teléfono está Jason Tippets, padre de Brandon. Bienvenido, Jason. Acaba de contarnos que colaboró con la policía, y que ellos lo comprobaron todo y aclararon donde estaba usted esa noche. Ahora, ¿cree usted que es posible que alguien pudiera haberse asomado por la ventana y llevarse al niño sin que él se despertara?

JASON TIPPETS, PADRE DEL NIÑO DESAPARECIDO: Me parece difícil de creer porque Brandon tiene un sueño muy ligero. Quiero decir, si lo mueves un poco cuando está dormido, se despierta automáticamente.

FATE: Interesante. Nos acompaña otra invitada especial, Brooke Gardner, la madre de Brandon, que está divorciada de Jason Tippets. Una madre que está tan tranquila viendo la televisión en el cuarto de al lado y, cuando entra a ver al niño, ve que ha desaparecido. Brooke, gracias por acompañarnos. Ahora, Brooke, ¿dónde está situada la cuna con respecto a la ventana?

BROOKE GARDNER, MADRE DEL NIÑO DESAPARECIDO: Está justo debajo de la ventana. En cuanto vi que Brandon no estaba en la cuna, miré el cuarto y en el armario. No sabía qué pensar. Creí que a lo mejor se había salido de la cuna. Ya lo había hecho antes.

HANAWA: ¿Tenía sueño esa noche? ¿Estaba con ganas de dormir o quería quedarse levantado?

GARDNER: Estaba muy cansado. Habíamos tenido un día muy largo. Y mi hijo no tiene para nada el sueño ligero. Puedes pasarlo de una habitación a otra y no se despierta. Y además es muy, muy simpático y extrovertido. Él puede entrar a un sitio lleno de extraños y hacerse amigo de todos.

HANAWA: Sí, Brooke, ¿qué fue lo primero que hizo usted después de abrir la puerta de la habitación?

GARDNER: Como he dicho, miré por todo el cuarto, miré en el armario, y luego en el cuarto de baño y en mi habitación, que está en el pasillo a la derecha, pensando que podría haber llegado allí sin yo verlo. Y después miré en su cuarto otra vez y me di cuenta de que la ventana estaba abierta de par en par. Al principio no me di cuenta porque tiene cortinas delante.

FATE: Brooke, la ventana... ha dicho que cuando lo acostó la ventana estaba abierta unos cuatro dedos. ¿En qué posición estaba la ventana cuando la volvió a mirar?

GARDNER: Entonces estaba abierta del todo.

HANAWA: ¿Hay alguna manera de que Brandon pudiera haber salido por esa ventana?

GARDNER: No, no podía llegar al borde ni poniéndose de puntillas.

FATE: No logro entender cómo alguien se mete en una habitación, se lleva a un bebé y se las arregla para sacarlo por la ventana. Parece inconcebible.

GARDNER: Cuando los investigadores entraron para hacer la visualización y todo eso, cuando se asomaron por la ventana, alcanzaban la cuna. Ni hablar de que Brandon estuviera despierto o algo así. No hacían falta maniobras raras por la ventana.

FATE: Jason Tippets, padre de Brandon, está usted en el aire. ¿Se ha sometido usted al polígrafo?

TIPPETS: Sí, señor.

FATE: ¿Lo ha pasado?

TIPPETS: No te dicen si lo pasas o no, pero me dijeron que la respuesta era favorable.

HANAWA: ¿Qué preguntas le hicieron en el polígrafo?

TIPPETS: Si sabía dónde estaba Brandon, si yo tenía algo que ver, la clase de preguntas que se hacen en casos así.

FATE: Preguntemos a Brooke Gardner, la madre de Brandon. ¿Brooke, se ha sometido usted al polígrafo?

GARDNER: He hablado con los investigadores y, en lo que a las técnicas de investigación se refiere, ya sabe, el polígrafo, pruebas de estrés, investigaciones médicas, entrevistas, etc., mi familia y yo hemos colaborado plenamente con las agencias locales de la ley y...

FATE: ¿Se ha sometido usted al polígrafo?

GARDNER: A nivel local, no tienen la experiencia necesaria y por eso es que han contactado de inmediato al FBI. Me han dado instrucciones de hablar sólo con ellos, con su unidad. Y a ellos les corresponde cualquier cosa que se dé a conocer a los medios o al público. Ahora, en lo que...

FATE: ¿Se ha sometido usted al polígrafo?

GARDNER: Como ya he dicho, todo lo que hago es colaborar con ellos. Hago todo lo que ellos me piden. Pero en cuanto a los detalles y todo eso, se lo dejo a ellos.

FATE: Ya. ¿Se ha sometido usted al polígrafo?

GARDNER: He hecho todo lo que me han pedido.

FATE: Volvamos a Vince Rudolph. ¿Vince, qué piensas de este caso?

RUDOLPH: No hay que olvidar que hay cincuenta delincuentes sexuales en un radio de ocho kilómetros de esa casa. Los están interrogando y volviendo a interrogar. Las autoridades no son tan estrechas de miras. Pero, se lo aseguro, Jim, uno más uno no parece ser dos en este caso.

FATE: ¿Qué quiere decir con eso?

RUDOLPH: Hora, entre las 7 y las 8, y su mamá en el cuarto contiguo, viendo la tele. ¿Qué pasó cuando este bebé vio al extraño? ¿Por qué no gritó? Voy a presentar una posibilidad que sé que la policía está considerando. ¿Y si el bebé, para empezar, no estaba en la cuna? Si yo fuera el investigador encargado del caso, interrogaría a todo el mundo. El padre, la madre, los parientes, quiero saber si alguno toma drogas, quiero saber todo lo que pasa, a ambos lados. Entiendo que ha habido un divorcio agrio y difícil, pero ambas partes tienen que estar en la misma página en esto. El padre afirma que el niño tiene el sueño ligero y que lloraría sin parar. La madre dice que el bebé tiene un sueño pesado y que no armaría un alboroto. Si yo fuera el investigador, tendrían que contestarme muchas preguntas.

FATE: Cuéntenos, Brooke. Estoy seguro que usted tiene una respuesta. Brooke Gardner, la madre de Brandon.

GARDNER: Jason ni siquiera vive ya con nosotros, ¿cómo va a saber cómo duerme Brandon? Yo soy su madre. Yo sé cómo reaccionaría Brandon.

FATE: ¿Qué me dice de la gente que afirma que usted no parece demasiado afectada con esto, que debería estar llorando y atacada de los nervios, que no se comporta usted como una madre que acaba de perder a su hijo?

GARDNER: Bueno, esa gente no está en mi situación, ¿verdad? Si me paso el tiempo con los ojos rojos de llorar, no puedo buscar a Brandon.

FATE: La mayoría de las personas estaría muy afectada... el secuestro y el posible asesinato de su hijo. Ni siquiera le tiembla la voz.

GARDNER: Lloro cuando estoy sola. Lloro cuando me acuesto. No puedo dormir.

RUDOLPH: La gente tiene que hacer memoria de ese día. ¿Qué vieron? ¿Vieron un coche extraño fuera? ¿Vieron a uno de los padres sacando al bebé? ¿Vieron que el bebé iba en brazos de alguien, o en otra postura? Jim, gracias a la atención que el programa *De la mano de Fate* brinda a este caso, va a ser difícil que no se pongan en claro los hechos, como parece que vemos en este caso. Y cuando podamos enfocar la luz en estos detalles, puede que nos dé una pista de dónde se encuentra el pequeño.

Al releer las palabras de Jim, y las duras acusaciones que había tras ellas, Cassidy se sintió enferma. Su propia cobertura de la historia apenas había sido mejor, aunque la transcripción de sus reportajes no habría sido tan incriminatoria. Ella había comunicado sus dudas sobre el testimonio de Brooke con una ceja levantada y un énfasis sarcástico en ciertas palabras. «Brooke Gardner dice...». Cassidy no había sido la principal acusadora de la joven, pero desde luego había participado en el coro. Había veces que su trabajo se parecía al de un buitre, esperando que algo se muera para bajar en picada y rebuscar entre sus huesos. Y tal vez, si no estaba bastante muerto aún, ella podía ayudar un poco. Así había sido con Brooke, quien prefirió suicidarse a enfrentar las continuas acusaciones de que había asesinado a su hijo.

Allison fue la primera en alzar la vista.

—¿Alguna vez te contó Jim cómo se sintió cuando supo la verdad?

—¿Jim? —Cassidy sacudió su cabeza—. La filosofía de Jim era que el pasado es pasado. Que el pasado no se puede cambiar, de modo que había que seguir adelante —Cassidy pensó en algo que sus amigas podrían no conocer—. Jim solía ser lector de noticias. Terminó como presentador de un programa como el suyo casi por accidente. Solía decir que era su destino. [Nota del traductor: En inglés, destino se traduce por *fate*, que a su vez, era el apellido del protagonista.] A su manera, este era su chiste —dijo, deseando haberse ya acostumbrado a la idea de que estaba muerto.

—¿Tú lo crees? —preguntó Nicole— ¿Crees que la gente tiene un destino determinado, no importa lo que hagan?

—¿Te refieres a si todo está predestinado? ¿O a que Jim habría muerto ayer hiciera lo que hiciera? A veces lo creo. Tal vez —reconoció Cassidy.

Luego pensó en lo mucho que ella se había esforzado. ¿Dónde estaba la gracia si, hiciera lo que hiciera, le aguardaba el mismo destino?

—Sin embargo, supongo que no me gustaría que así fuese —continuó.

—Henry Miller dijo: «Cada día que vivimos creamos nuestro destino.» —apostilló Nicole.

Las dos amigas la miraron sorprendidas.

—¡Oigan! —dijo encogiéndose de hombros, tratando de ocultar la risa—, tengo mi título en literatura, ¿o se les olvidó?

—Conozco otra cita sobre el destino —dijo Allison, que parecía haberse sacudido por fin las preocupaciones de los últimos días—, aunque no sé quién la dijo.

—¿Cómo dice? —preguntó Cassidy.

—«El destino escoge a nuestros parientes, pero nosotros escogemos a nuestros amigos» —citó y, levantando la copa, miró a una y luego a otra—. ¡Por las amigas!

—Presentes... y ausentes —dijo Cassidy, chocando su copa con las otras dos.

El plan era entrevistar a los colegas de Jim uno por uno en su propio ambiente, donde se sentirían más cómodos y abiertos. Ninguna de estas personas era un sospechoso. Aún.

Sin embargo, Nic tenía el presentimiento de que para el final del día estarían fijándose en uno o varios de ellos con más detenimiento. Jim Fate era una figura que causaba controversia. Por cada persona que lo apreciaba, había probablemente diez más que lo aborrecían.

Y alguna de esas personas podría trabajar en la KNWS.

Primero estaba Chris Sorenson, el encargado del control de llamadas. Allison abrió la puerta y le dio la mano. Chris medía aproximadamente uno ochenta, tenía el pelo castaño y una cara que no era ni gruesa ni delgada. Sólo sus grandes ojos verdes, cubiertos con largas pestañas, le salvaban de pasar totalmente desapercibido.

Ver ese color fue para Nic como un puño en la barriga. Respiró hondo, se recordó que el pasado era el pasado. Nada más que los ojos de este hombre eran del mismo color, nada más.

—¿Usted es el que se sienta en ese cuartito al lado de Jim? —preguntó, tratando de arrastrar su mente de vuelta al aquí y ahora. Cuándo él asintió, ella dijo—: ¿Cree que podría enseñarnos cómo funciona todo este sistema?

Él volvió a asentir y los tres se adentraron en el pasillo. Unos empleados miraban con curiosidad cómo Nic retiraba la cinta amarilla de «no pasar». Dejó entrar a Chris y a Allison antes de dejar la cinta de nuevo en su sitio, esquivarla y cerrar la puerta. Alguien había recogido los medicamentos desparramados, pero todo lo demás parecía igual que el día anterior.

En la sala de control que había al lado del estudio donde Jim había muerto, un hombre les echó una mirada desde el otro lado del cristal y se puso de nuevo a ajustar sus botones y niveles.

—Ese es Greg —dijo Chris—. Él controla la mesa, ya sabe, ajusta los niveles de audio, conecta con las noticias nacionales y los informes de tráfico. Tenemos otros dos estudios, así que trabaja con otra persona que está en el pasillo.

—¿Puede oírnos? —preguntó Allison.

—No, a no ser que nosotros lo queramos.

—¿Y usted se sienta aquí? —dijo Nic señalando un pequeño escritorio con dos pantallas de computadora y un teléfono con muchas líneas. Estaba debajo de una ventana cuadrada que daba al estudio—. ¿Y Jim dónde estaba?

Chris dio unos lentos pasos en el estudio hasta poner su espalda contra la pared, teniendo la ventana enfrente.

—Justo aquí. Un locutor siempre tiene que tener a su controlador de llamadas delante —dijo, con un leve temblor en la voz y pisando firme hasta el punto de Jim. Luego rodeó la mesa—. Aquí es donde se sienta Victoria. Ella me tiene a su espalda.

—Durante mucho tiempo estaban solamente usted y Jim, ¿no? ¿Cómo consiguió usted este trabajo?

—Yo trabajaba en otra emisora, pero siempre me gustó el programa de Jim. Normalmente me harta tanto escuchar a la gente hablar que sólo escucho música en el coche y en casa, pero con el programa de Jim hacía una excepción. Entonces un día despidió a su controlador de llamadas —Chris rió en silencio y sacudió su cabeza—. En vivo y en directo. Típico de Jim. En cuanto acabó mi turno, conduje hasta aquí y me presenté como candidato. Acabé hablando con Jim directamente. Imagino que le gustó lo que tenía que decir, porque dos semanas más tarde comencé a trabajar aquí. Y de eso hace cuatro años.

—¿No le ponía un poco nervioso —preguntó Allison— el saber que su antecesor había sido despedido?

—Jim siempre decía que o te gusta este negocio o te vas —contestó Chris encogiéndose de hombros—. A mí me gusta esto. Y me gusta Jim —dijo y apretó los labios—. Me gustaba —corrigió en voz baja.

—¿Cómo decide usted quién puede hablar con Jim? —preguntó Allison—. ¿O pasa al aire a casi todos los que llaman?

—No, tengo que escoger. Mi trabajo consiste en decidir quién se va a oír bien en el aire y quién puede resultar un desastre —dijo Chris y enumeró con los dedos—. Quiero personas que aporten al tema. Que sean coherentes. No quiero a nadie que se quede paralizado cuando oiga a Jim Fate pronunciar su nombre. Hay personas que no saben lo que dicen. Otras no saben ir al grano. Y otras más usan un lenguaje tan vivo que la FCC no lo vería con buenos ojos.

—¿Y si alguien se pone a blasfemar una vez que está en el aire? —preguntó Nic.

—Hay un breve lapso hasta que sale al aire. ¿Ven este botón? —retrocedió dos pasos hasta el sitio de Jim y señaló—. Púlselo una vez y cortará los últimos tres segundos y medio. Presiónelo dos veces, y serán siete. Es lo máximo que se puede quitar, pero normalmente basta con eso. Y además la computadora puede estirar sus palabras como el chicle hasta el momento adecuado —dijo, representándolo con los dedos en piña, juntando las manos y luego separándolas.

Nic retrocedió a la entrada para ver el teléfono de Chris.

—¿Tiene identificación de llamadas?

—Claro —asintió Chris—. Eso es muy útil cuando Jim le prohíbe a alguien llamar por dos semanas. Desde luego, los insistentes les piden prestado el celular a algún amigo. Pero aún así hago mi trabajo. Recuerdo muy bien las voces.

Nic tomó nota.

—¿Cuánto correo hostil diría usted que recibía Jim?

—Ah, docenas cada día. Tal vez más. La mayoría anónimos. Jim elegía el más bestia para su premio al Tonto de Turno.

—¿Alguna vez notaba que tuviera miedo a que esas personas cumplieran sus amenazas?

—¿Jim? —miró Chris sorprendido—. Él lo encontraba gracioso.

—¿Cree usted que lo mató alguna de esas personas? —preguntó Allison.

—De ninguna manera —respondió Chris al instante.

—¿Por qué no?

—Porque cuando la gente que se pone furiosa, se pone así en el momento. Mandan un correo electrónico disparado y se desahogan. El asesinato de Jim necesitó planificación. No fue un ataque apasionado.

Nic asintió con la cabeza. Elaborar una granada de gas mortal no era ningún arrebato del momento.

—¿Cuántas llamadas puede usted contestar en un momento dado?

—Una hora de programa se queda en realidad en cuarenta y un minutos después de descontar la información del tiempo, del tráfico, las noticias, la publicidad y las promos. Así que en una hora puedes atender unas veinte llamadas. Jim siempre decía que no había razón para tener más de seis en espera. Y si pasaba al aire a alguien que no iba al grano, se impacientaba y se lo saltaba.

—Apuesto a que dejó descontento a más de uno. Estar hablando y de repente encontrarte con que te han colgado.

—Ah sí —asintió Chris—. Luego me llamaban y me ponían verde. Como era yo el que los cortaba —dijo, dirigiendo sus ojos verdes de Allison a Nic—. Pero no tiene sentido que nadie matara a Jim por eso.

—Hay que gente que ha sido asesinada por una discusión en los bolos —replicó Nic encogiéndose de hombros—. ¿Qué me dice de las personas que estaban furiosas por los programas que Jim les hubiera dedicado?

—Recibí varias llamadas de los padres de Brooke Gardner justo después de su suicidio. Pero nunca las pasé. Jim no habría quedado muy bien, sobre todo después de que su nieto apareciera. Y recientemente ha estado llamando Quentin Glover, gritando que Jim tiene que retractarse, que lo está arruinando, que Jim va a lamentarlo como no se calle.

—¿De veras? —Nic y Allison intercambiaron una mirada.

—Imagino que hubo un tiempo en que ellos fueron buenos amigos, antes de que pillaran a Glover con aquella amante. Jim fue a la universidad con la esposa de Glover, Lael. Esa aventura puso a Jim en contra de Glover. No importó que Lael hubiera regresado con Glover. Cuando Jim se forma un juicio, ahí se queda.

—¿Hay algún loco que llame regularmente? —preguntó Nic.

—Tal vez Craig —dijo Chris mirando al techo—. Llama con regularidad y está chiflado. Siempre discute con Jim. Aunque Jim hablara en contra del diablo, Craig llamaría para decirle que se equivoca. Siempre hablaba con Bluetooth, y siempre desde su coche. Jim lo ha dejado incluso entrar en el estudio alguna que otra vez. Está bien para entretener la cosa en un día de pocas noticias. Eso genera llamadas.

—¿Alguien más? —preguntó Allison.

—Jim tiene más admiradores locos de lo normal. Hay un tipo al que siempre vemos acechando cuando salimos a emitir fuera. Es bastante llamativo, siempre lleva un sombrero de cuero de ala ancha. Le llamamos el Tío del Sombrero. Va deambulando y mirándonos, pero al final se acerca lo suficiente para llevarse de todos nuestros artículos promocionales: imanes de refrigerador, llaveros, adhesivos.

—¿Sabe el apellido de Craig? —dijo Nic escribiendo mientras hablaba—. ¿O el del Tío del Sombrero? ¿Sabe cómo se llama? ¿Ha entrado alguna vez en el programa?

—No, no, no que yo sepa —dijo Chris y se apoyó en la otra pierna—. Todos ellos son tipos que simplemente tienen que poner la radio para oír cualquier otra voz que no sea la propia. No es posible que maten a la persona en la que tanto piensan. Es decir, es como si sus vidas giraran en torno al programa. Esa gente se ofende si Jim se toma un día libre.

—¿Quién le sustituye cuando eso pasa? —preguntó Allison.

—Victoria, pero para muchos oyentes no es lo mismo. Para ser franco, a algunas personas no les gusta escuchar a una mujer. Dicen que tiene una voz demasiado aguda, o que no es lo bastante seria o inteligente.

—¿Piensa usted eso? —Nic preguntó—. ¿Cree que Victoria no tiene la voz o la inteligencia que poseía Jim?

—Ella no tiene la agudeza de Jim, eso está claro —dijo Chris mirando a lo lejos—. Jim siempre era desafiante. La audiencia quiere discusiones, enardecimiento. Quieren que la gente se pelee, que se prolongue el combate. Y Victoria no se lo ofrece. No en la radio, al menos.

Allison volvió a tomar nota.

—Tal vez quien atacó a Jim era alguien de su vida privada. Cuéntenos un poco sobre eso.

—No sé mucho —dijo Chris levantando las manos abiertas, con las palmas hacia arriba—. Jim no era el típico que cuenta sus hazañas amorosas.

—¿Y su relación con Victoria? ¿Alguna vez salieron juntos? —preguntó Nic.

—En realidad no sé —dijo Chris con los ojos muy abiertos, la imagen misma de la inocencia.

—Vamos hombre, usted estaba justo ahí mirándolos durante horas y horas —dijo Nic en un tono que implicaba que ya sabía la respuesta—. Usted podía ver cómo se hablaban, cómo se miraban, si se tocaban.

—Precisamente. ¿Cree usted que Jim iba a hacer algo sabiendo que me tenía a mí y al técnico de sonido, y tal vez a los reporteros o al gerente de la emisora, mirando? De ninguna manera. Además, si Jim tenía alguna relación, era con sus oyentes. Ellos eran para él mucho más verdaderos que las personas que veía a diario.

—¿Y las otras personas que trabajan en la emisora? —preguntó Allison—. ¿Cómo se llevaban con Jim?

—Tal vez debería hablar con Victoria —dijo Chris suavemente, después de una larga pausa.

—Luego hablaremos con ella —dijo Nic asintiendo con la cabeza—. ¿De qué cree usted que deberíamos hablar con ella?

—Pregúntenle qué tal se llevaba con Jim —dijo apartando la mirada.

Nic odiaba la timidez.

—Mire, tiene que decirnos todo lo que sabe.

Chris se puso firme.

—Bueno, en cada programa, Victoria entra con tres o cuatro carpetas, una para cada segmento. Cada una contiene investigaciones que ella quiere tener a mano, puntos que quiere tratar, cosas así. Y conforme el programa avanza, tiende a tener los papeles esparcidos por la mesa —dijo señalando al sitio de Victoria—. ¿Ven ese botón de «Hablar»? Dos o tres veces, acabó tapándolos con sus carpetas. Ella no lo sabía, pero yo podía oír todo lo que decían Jim y ella. Y lo que se oía era cómo discutían.

Nic alzó la vista de sus apuntes.

—¿Acerca de qué?

—Victoria es tal vez un poco idealista. ¿Conoce ese dicho de que la gente prefiere no saber de qué está hecha la salchicha? Ella no sabía realmente cómo funciona este negocio. Esta es una industria de concesiones de parte y parte.

—¿Qué clase de concesiones? —preguntó Nic—. ¿Y quién es el que da y el que toma?

Él torció la boca, como si hubiera preferido seguir con indirectas e insinuaciones.

—Bueno. Jim pasó hace un tiempo por una operación de cirugía ocular Lasik. Así que durante unas semanas habló de esa cirugía, siempre diciendo lo fácil que era y cuánto se arrepentía de no habérsela hecho mucho antes.

Nic lo entendió todo.

—Y consiguió su cirugía LASIK gratis, a cambio de comentarlo en el aire.

—Exactamente —asintió Chris—. Jim siempre decía que una mano lava a la otra. Pero Victoria no entiende que a veces tienes que hacer cosas para tener a los patrocinadores contentos. Las noticias no lo son todo. Uno no hace una emisión en directo desde la inauguración de una tienda de una gran cadena porque eso sea noticia. Lo haces para echar una mano a la vertiente publicitaria del negocio. El muro que separaba la publicidad y el editorial cayó hace mucho tiempo. Todo es contenido y, si te haces con los oyentes y los anunciantes, sabes que funciona. A Victoria le gustaba hablar de la libertad de prensa, pero nadie te da un micrófono y te dice: «Di lo que quieras». Nada es gratis.

—Lo que quiere decir es que, en su opinión, Victoria no entiende el aspecto de negocio en esto —dijo Allison.

Nic conocía a Allison lo bastante bien como para saber que se identificaba con Victoria.

—Sí. Ella siempre ha hablado de imparcialidad y transparencia —dijo Chris, echando miraditas al techo—. Como si no supiera que la contrataron por ser una mujer de treinta y pocos, de buen parecer y medio asiática. La contrataron para que subiera la audiencia y para atraer a más oyentes jóvenes femeninas.

—¿Y qué pasará ahora? —preguntó Nic.

—Por el momento —se encogió Chris de hombros—, ella es la locutora. Y la emisora podría mantenerla, si los niveles de audiencia siguen altos cuando se pase el deseo de hablar de la muerte de Jim. Ella actúa como si estuviese tomando el relevo de la difunta mano de Jim o algo así. Pero ahora está consiguiendo darle al programa una dirección completamente nueva. Y eso nunca habría pasado si Jim no hubiera muerto.

En su calidad de fiscal, Allison sabía que nunca debía entrevistar sola a un testigo potencial. Si lo hacía y el testigo decía algo diferente desde el estrado, ella no podía subir al mismo para replicarle. No podía ser acusador y testigo, razón por la que necesitaba a Nicole.

Además, ella y Nicole formaban un buen equipo. Allison era experta en establecer conexión con la gente, si estaban trabajando con víctimas, testigos o incluso acusados. Aunque no era tan simple como el cuento del policía bueno y el policía malo, Nicole aportaba un tono totalmente distinto a un interrogatorio. Ella se sentaba detrás y escuchaba con toda su atención, lo que ponía algo nerviosos a algunos. Podían decir que se sentían como si estuvieran bajo el lente de un microscopio.

La siguiente persona para interrogar era el director de programa, un hombre alto, delgado, de cincuenta y tantos.

—Aarón Elmhurst —se presentó cuando abrió la puerta. Extendió las manos para estrecharlas con las de Allison y Nicole cuando se presentaron.

Aarón tenía muy mal aspecto. Tenía ojeras y parecía no haberse afeitado desde que Jim murió.

—Díganme qué puedo hacer para ayudar —dijo—. Tenemos que atrapar al que le hizo esto a Jim y colgarlo. Y no muy rápido, no con esas cuerdas que te parten el cuello enseguida. Quiero que sienta lo que es ser estrangulado hasta la muerte —dijo, se sentó al otro lado y se presionó los párpados con las yemas de los dedos.

Allison necesitaba respuestas, no palabras fuertes. Unas preguntas de relleno podrían ayudar a Aarón a calmarse y centrarse, no en la venganza, sino en los hechos. Y ¿quién sabe? De tanto en tanto, una pregunta de relleno te permite dar en el clavo.

—Quisiera preguntarle cómo consiguió la KNWS emitir ayer, cuando la emisora estaba cerrada. ¿Usaron una unidad móvil?

Aarón dejó caer las manos y se le alivió un poco la tensión de la cara.

—No. Una emisión desde la unidad móvil tiene que pasar por el estudio, así que no hubiera funcionado. Compramos un puesto de transmisión en Damascus, y los ingenieros apañaron algo sencillo. Greg, el técnico de sonido, se llevó una mesa de control y un par de micrófonos antes de marcharse.

—Pensó bastante rápido —observó Nicole, tomando nota. Más tarde escribiría un informe y lo compartiría con Allison.

—Cuando trabajas en la radio en directo, tienes que ser rápido de reflejos. Gracias a Dios, Greg lo fue. Puso el interruptor de conexión con la emisión nacional, así que nunca estuvimos fuera del aire. Y a nivel local pudimos estar de vuelta en cuatro horas con un programa medio improvisado. Regresamos aquí anoche, después de que ustedes nos dijeron que todo estaba despejado, pero no hemos dejado de emitir. Si estás sin transmisión más de un minuto, ya eres historia. Los oyentes cambian de emisora y ya no los recuperas.

—¿Cuál es la labor de un director de programa? —preguntó Allison.

—Tal como suena. Dirijo el programa. Soy responsable de contratar, despedir y supervisar al personal. Hago de todo, desde controlar el sonido en el aire hasta las cosas importantes de verdad, como decidir a quién le toca trabajar el día de Navidad —dijo controlando una leve sonrisa.

—¿Y desde cuándo conocía usted a Jim Fate? —preguntó Allison.

—No se llama Jim Fate.

—¿No? —dijo Allison. Nicole y ella se intercambiaron una mirada.

—Se llama Jim McKissick. Suena fatal, ¿verdad? Tantas eses no dejan un silbido muy agradable en el micrófono. Cuando le contraté hace doce años, le pedí que se cambiara el nombre. No sólo era malo para la radio, es que también lo relacionaba con la otra emisora de la ciudad donde antes había trabajado.

—¿Dejó aquella emisora para tener su propio programa en esta? —preguntó Nicole.

Aarón resopló.

—Dejó aquella emisora porque le dieron un aviso de despido. A él y a todos los que salían al aire. Una cadena grande la adquirió. Eso es un procedimiento estándar. Compras una estación, despides a todos los talentos y luego te vales de un tipo sentado en Texas o Nebraska o donde sea para realizar programas para unos cuantos estados. Lo llaman locutor virtual, pero en definitiva no son más que robots y ordenadores y programa pregrabados, y los únicos periodistas reales que hay en el estudio son los que informan del tráfico. Tratan de personalizar el programa para que suene como si el presentador fuera local, pero cuando lo escuchas, ves que no pueden ni decir los nombres de las ciudades o carreteras del entorno.

—¿Me dice entonces —trató Allison de traerlo de vuelta al tema— que el verdadero nombre de Fate era Jim McKissick?

—Sí. Le dije que necesitaba algo con más gancho, algo que fuera exclusivo de nuestra emisora. Yo no quería que la gente pensara que le quitábamos un presentador a nadie. Desde luego, ¿a quién iba a engañar? Eso era todo lo que nuestra emisora tenía en aquel momento. Sobrantes. Antes éramos una de esas estaciones que emite ¡éxitos de los sesenta, los setenta, y más! —dijo Aarón levantando el tono en las últimas palabras, como un vendedor de feria, y luego se recostó en su butaca—. Así estábamos hasta que se convirtió en «Jim Fate, con *De la mano de Fate*, emitido en treinta y ocho estados». Creí que le hacía a Jim un favor cuando lo contraté, pero resultó que fue él quien me lo hizo a mí.

—¿Qué quiere decir? —preguntó Allison.

—Fue como por accidente, pero Jim ha acabado siendo el que da de comer a toda la emisora. Cuando lo contraté, nuestros niveles de audiencia estaban por los suelos, y sobrevivíamos como colgados de los hocicos.

Allison se estremeció con la metáfora, pero Aarón no lo notó.

—En aquel tiempo, Jim hizo lo que se esperaba que hiciera considerando el tipo de emisora que éramos entonces. Atendía peticiones de canciones, metía algo de relleno entre corte y corte, nada que nadie recordara al día siguiente, por no decir al minuto siguiente; y daba las noticias al principio y a la mitad de la hora.

»Entonces un día el tema principal de su programa trataba de una anciana que se le había caído a los enfermeros de la residencia regresando del baño. Pero no reconocieron su negligencia y, en lugar de llevarla a que la examinara el doctor, la volvieron a meter en la cama y trataron de convencerla de que todo había sido una pesadilla. Sí, claro, un mal sueño que le había dejado la pierna rota por dos partes. Al final se acabó gangrenando. Cuando por fin la llevaron al hospital era demasiado tarde y murió».

—Eso es horrible —dijo Allison, que se puso enferma al escucharlo.

—Así lo vio Jim también. Después de leer la historia, hizo unos comentarios escogidos sobre el tema en el aire. Desde luego, eso *no* estaba en el guión. Recuerdo que me senté en mi despacho pensando que iba a tener que echarle una bronca en la siguiente pausa. En aquel tiempo éramos la emisora a la que recurrían los dentistas o edificios de oficinas que no querían gastarse el dinero en música ambiental. Sabían que podía esperarse de nosotros la emisión de éxitos incuestionables de los últimos treinta años que todos habían ya oído un millón de veces y a los que nadie prestaba atención. Más que obtener nuevas posiciones, me preocupaba perder las que teníamos.

»Pero en lugar de eso empezó a llamar gente. Y no estaban furiosos por los comentarios improvisados de Jim. Querían hablar del tema. Creo que fue la primera vez en la historia de la emisora que alguien quería hablar de algo de lo que pinchamos o dijimos. Antes ni siquiera se enteraban. Así que, cuando esa gente empezó a llamar, pasamos a algunos al aire. Entonces llamaron más. Y se formó una bola de nieve. Cuanta más gente le escuchaba, más hablaba Jim. Nunca era neutral en cuanto a nada. Siempre tenía una opinión, y cuanto más trataban de discutir con él, más fuerte se ponía. No se podía conseguir que Jim se echara atrás en nada. Nunca. Era genial. Los programas de participación se nutren del conflicto.

»Bueno, no hizo falta nada más. Tres meses más tarde, *De la mano de Fate* era ya un auténtico programa matinal de participación. Acabamos cambiando todo el formato. Se acabaron los grandes éxitos de siempre. Ahora teníamos un tipo dando consejos financieros, una señora hablando de jardinería, dos chicos con un programa de deportes, una pareja aconsejando sobre relaciones, y un psiquiatra que enseña a la gente a organizarse. Y Jim y su programa. Menos de un año después de sus primeros comentarios, ya emitía en una docena de redes locales. Ahora emite a nivel nacional. *De la mano de Fate* emite en 120 emisoras afiliadas, y Jim es mi niño prodigio —dijo Aarón y suspiró—. Era. Era mi niño prodigio. Ahora no sé qué vamos a hacer».

—Ayer oí a Victoria Hanawa sustituyéndolo—dijo Allison.

—Ella no tiene ese algo especial que posee Jim —dijo Aarón encogiéndose de hombros—. Que poseía. Ella es más la voz de la razón. Y no es precisamente esa la voz que uno quiere sintonizar. Razonable y divertido no se puede decir que sean lo mismo. La verdad es que no me importa lo que se dice en el aire. No es cuestión de tener o no razón. Sólo se trata de conseguir que la gente escuche. Al final, todo se reduce a los niveles de audiencia. Cuanto más arriba, más podemos ganar con la publicidad. Y eso es lo único que nos mantiene en el negocio.

—Tengo una amiga reportera de televisión que piensa lo mismo —dijo Allison, pensando en Cassidy—. Todo gira en torno a las audiencias.

—Exactamente —dijo Aarón—. Y ni siquiera entonces basta tener una enorme cantidad de gente sintonizándote. Tienen que representar el grupo demográfico adecuado para que la emisora gane dinero. La mayoría de los compradores de las agencias publicitarias quieren alcanzar a un público entre los veinticinco y cincuenta y cuatro años. Y a las mujeres de entre veinticinco y treinta y cuatro son oro puro. Son las que controlan el monedero. Por eso trajimos a Victoria el año pasado. Los oyentes de Jim tienden a ser varones y más viejos. Se suponía que Victoria nos ayudaría a llegar más al público como ella.

—¿Se suponía? —cuestionó Nicole—. ¿Quiere decir que no resultó?

—Nuestros números no han subido demasiado —dijo Aarón sorbiendo el aire por los dientes—. Y a Jim no le hacía mucha gracia la idea. Se lo tomó como... ¡hmm!... una especie de intrusión. No le hizo las cosas precisamente fáciles a Victoria. Pero ella es una auténtica miembro del equipo. Seguramente le han contado que se quedó incluso cuando Jim nos ordenó marcharnos. Ella arriesgó su vida para estar con él durante aquellos últimos minutos. Fue... —se quebró la voz de Aarón, hizo una pausa durante un minuto, apretando los labios en su lucha por controlarse—. Fue horrible mirarlo y saber que iba a morir y que no podías ayudarle. Cuando me marché, ya se veía en las últimas. Y cuando miré atrás, Victoria apoyó la mano contra el cristal, y Jim estaba al otro lado apoyando también su mano contra la de ella, separadas por el cristal.

Aarón se puso la mano sobre los ojos y dio la sensación de que le temblaban los hombros con un sollozo silencioso. Al final se irguió, mostrando los ojos húmedos y enrojecidos.

—¿Por qué se arriesgaría Victoria quedándose allí? —preguntó Nicole—. ¿Acaso eran más que simples colegas?

—No lo sé —pestañeó Aarón—, y no quiero saberlo. Es decir, técnicamente, Jim no era el jefe de Victoria, lo era yo. Desde luego era el programa de Jim, pero cuando se trata del personal, soy yo el que contrata y despide. Jim siempre tuvo ojo para las damas; eso es todo lo que puedo decirle.

Allison y Nicole cruzaron una mirada. Allison sabía que estaban pensando las dos lo mismo. *O sea, que sí.*

—¿Tenía Jim algún enemigo?

—Constantemente fastidiaba a todo el mundo —dijo Aarón encogiéndose de hombros—, pero, ¿alguien tan furioso como para matarlo? Matar a alguien por ser prepotente o por tratar sin miramientos a un interlocutor... cuesta creerlo.

—¿Y qué me dice de Quentin Glover? —preguntó Nicole.

—Seguro que no estaba contento, pero tiene que enfrentarse a una acusación. Tiene demasiado en su plato como para preocuparse tanto por Jim Fate.

—¿Y Brooke Gardner? —dijo Allison. La transcripción resultaba bastante incriminatoria, sabiendo la verdad del caso—. Ella se suicidó después de su intervención en el programa.

A Aarón se le ensombreció el rostro.

—La historia no es tan sencilla. Por eso la familia lo ha resuelto extrajudicialmente. Esa joven estaba en un mar de problemas.

—¿Qué quiere decir? —preguntó Nicole.

—La chica había usado drogas, y dejó entrar y salir de su vivienda a varios hombres. Su ex intentaba ganarle la custodia. Ella tenía miedo de todo lo que iba a salir a la luz.

Sin dejar que se le notara en la cara, Allison estaba revisando su propia opinión acerca de Aarón. Parecía la clase de hombre que se pone siempre al sol que más calienta, que lo pone todo en la balanza antes de tomar cualquier decisión. ¿Cuánto de su dolor era por la muerte de Jim... y cuánto por haberse quedado sin su gallina de los huevos de oro? Eso le dio una idea.

—¿Tenía usted una póliza de seguro *keyman* para Jim?

Aarón pareció no entender.

—¿Qué es eso?

—Es un tipo de seguro que una empresa puede suscribir por alguien que es clave en el negocio. Así, si esa persona muere o queda incapacitada, el seguro paga a la empresa.

—No lo sé —se encogió de hombros—. Tendrá que preguntar a nuestros contables. Sí que tenemos un seguro de responsabilidades para pleitos.

De ahí salió el dinero cuando la familia Brooke Gardner decidió llegar a un acuerdo.

—¿Y el resto del personal? —preguntó Nicole—. ¿Cómo se llevaban con Jim?

—Bastante bien —dijo, apretando los labios—. No había más discusiones que en la mayoría de los lugares de trabajo.

—¿Había discusiones? —levantó Nicole una ceja.

—Bueno, en realidad no eran discusiones. La gente se daba cuenta de que era mejor no meterse en una discusión con Jim. Él nunca paraba, nunca cedía. Podía estar discutiendo contigo hasta que te rindieras.

Una vez le indicaron a Aarón que se podía retirar, Allison se giró hacia Nicole.

—¿Qué opinas?

—Creo que sería conveniente que uno de nuestros especialistas en contabilidad eche un vistazo a los libros. Si lees entre líneas, da la sensación de que la emisora podría haber pasado por problemas financieros. Por eso contrataron a Victoria, pero no sirvió de mucho.

—Y si tenían el seguro *keyman* —dijo Allison despacio—, Jim podría valer más muerto que vivo.

CAPÍTULO 25
Radio KNWS

De vuelta a la sala de interrogatorios, Nic miró a Allison y sacudió la cabeza con falso asombro.

—Bueno, de momento tenemos como sospechosos al gerente de la emisora, a los Gardner, al congresista Glover, a Craig, a los ganadores del TdT, y ahora a Victoria. Sin olvidarnos del Tío del Sombrero.

Allison se rió.

—Tal vez para la siguiente entrevista deberíamos centrarnos en averiguar quién *no* podría haberlo matado.

—¿Quién va ahora? —preguntó Nic mientras se masajeaba un agarrotamiento en el muslo interior. Como todavía se estaba reponiendo del balazo en el hombro, su instructor de boxeo tailandés se centraba en la mitad inferior de su cuerpo. Gracias al entrenamiento que Nic había seguido en Quántico, era ya bastante buena con los puños, pero en el Muay Thai se usan también las espinillas, las rodillas y los codos como armas. El fin de semana pasado había estado demasiado lenta para bloquear una patada y aprendió, de primera mano, cuánto exactamente podía doler el nervio que va de la ingle a la rodilla.

Allison miró el programa.

—Ahora le toca a una joven practicante a quien habían puesto a trabajar directamente con Jim. Willow Klonksy.

—¿Willow Klonsky? No suena muy bien que digamos ¿no? —comentó
Nic y se preguntó a qué parte de su nombre sería fiel la joven. ¿Al hippy
Willow o al paleto Klonsky?

La respuesta fue a ninguno. Delgada y de bonita figura, Willow iba vestida con un traje negro de falda, blusa color marfil y un sencillo collar de
perlas. Su maquillaje era impecable, y llevaba su negra melena recogida con
alfileres en un moño francés. Parecía estar posando para una foto etique-
tada como «la joven ejecutiva». Pero, cuando le dio la mano a Nic, tenía la
palma húmeda.

—Entiendo que usted es practicante —dijo Nic, tomando la delante-
ra—. ¿Es un puesto remunerado?

—Me da créditos para la Universidad —dijo Willow con una voz baja—.
Soy estudiante de último año del programa de radiodifusión de Reed.

Nic revisó la edad de Willow y la rebajó cinco años.

—No se ofenda, pero usted no parece para nada una estudiante de Reed
—dijo levantando una ceja.

Reed era un centro privado de alto nivel que atraía a chicos muy brillantes con sandalias, ideas progresistas y una actitud abierta hacia las drogas.

Willow le brindó una sonrisa, la primera, que le cambió la expresión,
suavizando algunos de sus rasgos.

—No necesariamente voy siempre vestida como en el trabajo —dijo y
puso un tono más serio—. Y no necesariamente participo en todas las actividades extracurriculares que le habrán contado.

—¿Entonces trabaja aquí gratis? —preguntó Nic. Las muchachas blancas de padres adinerados tal vez podrían permitirse hacer el honrado trabajo sin remuneración mientras asisten a una universidad que cuesta decenas
de miles de dólares. Cada hora que Nic no había estado estudiando mientras fue a la universidad la había pasado sirviendo batidos, fregando suelos,
grabando datos en una computadora. Apenas se acordaba de sus cursos. De
tanto en tanto sus padres podían darle un par de billetes de veinte, o a veces
simplemente un bote de champú.

—No lo entiende —dijo Willow inclinándose hacia delante—. Tengo mucha suerte de estar aquí. Había más de doscientos aspirantes para este puesto. Entrar como practicante es la única manera de salir del círculo vicioso: «No puedes conseguir trabajo si no tienes experiencia, y no puedes tener experiencia sin un trabajo». Como he trabajado aquí, podré enseñar mi currículum y demostrar que *tengo* experiencia significativa.

—¿Cuáles son sus tareas? —preguntó Allison.

—Me dijeron que concertaría entrevistas con los invitados, realizaría alguna investigación y edición, recogida de sonidos, producción de audio... —dijo Willow, dejando que su voz se desvaneciera.

—¿Y en la vida real? —dijo Nic.

—Más o menos lo que cabría esperar —sonrió Willow encogiéndose de hombros—. Contesto llamadas, y a veces miro en las revistas en línea buscando historias. Pero soy sobre todo la que hace recados. Salgo a comprar el café y los bocadillos.

—¿Cómo le gustaba el café a Jim Fate? —preguntó Allison.

—Un *venti*, cuádruple, extra caliente, *latte*, con tres bolsitas de azúcar —contestó Willow sin vacilación—. Era muy tajante en cuanto a eso. Nada de sustitutos de azúcar. Tenía que ser azúcar.

—¿Así que Jim era todo un hombre, eh? —dijo Nic—. ¿No le tenía miedo a un poco de azúcar?

—Jim no le tenía miedo a nada —dijo Willow con una rápida mueca.

Nic se preguntaba si no sería esa característica la que acabó con Jim.

—¿Desde cuándo lo conocía?

—Lo conocí cuando me entrevistó a mí y a otras candidatas al trabajo. Pero llevo escuchándole desde que estaba en la secundaria. De hecho, él es la razón principal por la que decidí especializarme en radiodifusión. Él decía la verdad sin miedo —dijo.

Willow estaba tan seria que Nic prácticamente estaba esperando que se pusiera la mano en el corazón.

—¿Cómo era trabajar con Jim? —preguntó Allison—. ¿Era un buen jefe?

—Le gustaba explicarme cómo funcionaba la radio, lo que los oyentes querían en contraste con lo que decían que querían. Le gustaba explicarme por qué algo estaba mal y cómo lo cambiaría.

—Suena a conversaciones bastante unilaterales —observó Nic. Ella misma había trabajado para mucha gente así en su tiempo. Algunos de los más veteranos del FBI todavía la trataban como si todavía fuera una novata.

—Pero para eso estoy aquí —dijo Willow con tono serio—. Para aprender cómo funcionan de verdad las cosas en el mundo real.

—¿Qué proyectos tiene ahora? —preguntó Allison—. ¿Se va a quedar aquí?

—No lo sé —suspiró Willow—. Aarón dice que puedo quedarme. Pero mi padre quiere que me marche. Le preocupa que no esté a salvo aquí. No deja de preguntarme: «¿Y si alguien envía otro paquete?» Aarón dice que van a contratar una empresa que examina con rayos X los paquetes antes de que entren en el edificio, pero mi padre tiene miedo de que algo se cuele, o que un loco salte los controles de recepción y empiece a disparar con una ametralladora.

Nic podía entenderlo. Si esta joven fuera su hija, ya no estaría allí.

—¿Tenía Jim Fate algún enemigo? —preguntó Allison.

La sonrisa con que respondió Willow era algo condescendiente.

—Me parece que no ha escuchado mucho el programa. Puso furiosa a mucha gente. Yo he visto algunas de las cartas que Jim tiró a la papelera después de leerlas. La gente le deseaba que le diera un cáncer, o que lo partiera un rayo o que Dios lo matara.

—Teniendo en cuenta que Jim ponía a la gente tan furiosa, ¿no le sorprendió que abriera el paquete? ¿Por qué no le pedía a usted que revisara su correspondencia? —preguntó Nic.

—Jim siempre abría su propio correo —respondió Willow encogiéndose de hombros—. Me lo dejó claro desde el primer día.

—¿No es para algo así para lo que se tiene a una ayudante? —preguntó Allison.

Se le sonrojaron las mejillas.

—Recibía muchas, este... cosas, por correo. Cosas personales.

—¿Cosas personales? —dijo Nic levantando una ceja

—Una vez lo vi abrir un paquete —dijo Willow con la mirada agachada—, y cayeron de él un par de *panties* en tela de encaje. Tal vez lo único que quería era revisarlo todo personalmente para así decidir qué hacer con ello sin que todo el mundo se enterara.

—Suena como si fuera un juerguista —dijo Nic.

—Algo así —asintió Willow con una sonrisa de lástima—. Supongo que esa asignatura no me la impartieron en secundaria.

—Si no le importa que se lo diga, es usted muy atractiva —dijo Allison con cuidado—. ¿Nunca expresó Jim un interés por usted?

—¿Jim Fate? —dijo con una mueca de repugnancia—. ¡Tenía edad para ser mi padre! De hecho, mi padre es sólo dos años mayor que él.

—Pero no ha contestado la pregunta, —indicó Allison—. Que fuera mayor no quiere decir que no tuviera ojos en la cara. ¿Nunca coqueteó con usted, le pidió salir o le tocó de manera poco apropiada?

—¿Coquetear? Jim coqueteaba con cualquier mujer de diecisiete a setenta. Pero si yo hubiera pensado que pretendía algo más, lo habría cortado enseguida.

Viendo cómo se arqueaba el labio superior de Willow, Nic estaba segura de que decía la verdad.

—Estaba usted presente cuando Jim murió, ¿verdad? —preguntó Allison.

—Sí —dijo la joven, y tragó saliva—. Aarón estaba hablando con Chris, el que selecciona las llamadas, y conmigo. Estábamos en una pausa, la de la hora en punto, conectando con las noticias nacionales, y Victoria se levantó para hacerse un té. Lo siguiente que recuerdo es que Jim apretó el botón de conversación y nos estaba diciendo que nos marcháramos, que había gas sarín.

—Le habrán dicho que no era gas sarín, ¿no? —preguntó Allison.

—Sí, pero en aquel momento, creo que todos y cada uno de nosotros pensábamos que íbamos a morir. Se podía ver a Jim tratando de contener el aliento. Era horrible. Tenía los ojos muy abiertos, suplicantes, mirándonos fijamente desde el otro lado del cristal.

—Pero Victoria se quedó, ¿no? —dijo Nic—. Se quedó con él hasta el final.

—Hay que tener agallas para eso —añadió Allison.

Willow levantó levemente los hombros.

—Eso es algo que quería comentarles. Tal vez Chris o Aarón no se lo mencionaron, pero a mí me pareció extraño.

—¿Qué? —pidió Nic, con las antenas puestas.

—Aunque yo no abro su correo, una vez que ha sido clasificado se lo llevo todo a Jim y él lo abre durante las pausas. Y eso fue lo que hice ayer.

—Sí, ¿y? —dijo Nic, tratando de meterle prisa para ir al grano.

—Pero aquel paquete, el paquete del gas venenoso, no estaba entre los que le di. Fue Victoria quien se lo dio directamente antes de salir del estudio para prepararse su té.

—¿Qué está diciendo? —dijo Nic. Eso podría cambiarlo todo. Nic recordó lo que Chris había dicho sobre la discusión de Victoria y Jim—. ¿Está diciendo que Victoria sabía lo que había en el paquete? ¿Que se lo entregó deliberadamente? ¿Que ella fue la que causó su muerte?

—No sé —dijo Willow arrugando la expresión—. Tal vez el que organiza el correo lo *puso* en la casilla de ella y no en la de él. Pero, ya me entienden, todos sabían que ellos habían tenido una especie de enfrentamiento. Apenas se dirigían la palabra. Pero Victoria es, ya sabe, tan agradable. No puedo imaginármela como a... como una asesina.

Nic trató de imaginar, desde el punto de vista de Victoria, si ella había sido la asesina. La imaginó entregando el paquete y luego alejándose lo más rápido posible, sin correr. Sabiendo que en cuanto su colega lo abriera, estaría muerto. Y tal vez que cualquiera que estuviera también en el estudio moriría igualmente.

Pero si Victoria era la asesina, conocería la cantidad de gas que había en el paquete. Tal vez sabía que sólo había lo suficiente para matar a un hombre. Y puede que tuviera un plan de seguridad. Nic recordó las palabras de Tony. ¿Habría llevado Victoria una jeringuilla con naloxona escondida en el bolso o en la chaqueta, lista para inyectarse el antídoto en caso de que inhalara un poco del gas?

Pero, ¿por qué se había quedado? ¿Por qué permaneció junto a Jim mientras moría? ¿Actúa así un asesino?

Entonces Nic pensó en otra posibilidad. Tal vez Victoria había decidido que fingir una gran pena sería su mejor coartada. ¿Había pasado Jim sus últimos instantes en este mundo recibiendo consuelo de su asesina?

CAPÍTULO 26
Radio KNWS

Se viste bastante bien para ser alguien que trabaja tras bastidores —comentó Allison después que Willow se marchó. Se preguntaba si Willow venía de una familia adinerada. Probablemente sí, puesto que estudiaba en Reed.

—Ya conoces el dicho —dijo Nicole—. «Vístete para el trabajo que quieres tener». La chica no quiere pasarse la vida yendo por cafés y bocadillos.

—Sí, tiene esa mirada de avidez —coincidió Allison—, parecida a la de Cassidy. Pero hay algo más en ella. ¿No te da la impresión de que sólo hemos podido ver la superficie?

—Bueno, llevaba *bastante* maquillaje.

—No me refiero a eso —dijo Allison empujando a Nicole en el hombro—. No sé. Es sólo que, de alguna manera, me pareció artificial.

—¿Qué edad tiene? Veintiuno o veintidós —dijo Nicole encogiéndose de hombros—. A esa edad se finge ser adulto.

Se oyeron unos golpecitos en la puerta, tras lo cual entró Victoria en la sala de conferencias. La mezcla étnica de Victoria había producido una mujer sorprendentemente hermosa. Era alta y delgada, con pómulos altos, ojos rasgados y pelo oscuro, que le caía liso por delante de los hombros. Allison se preguntaba hasta qué punto sería una coincidencia el hecho de que Victoria y Willow, las dos colaboradoras más cercanas a Jim, fueran tan atractivas. Victoria se había puesto sombra en sus irritados ojos, y llevaba en la mano izquierda un pañuelo de papel arrugado.

—Quiero ayudarles a atrapar a quien lo hizo —dijo al sentarse ante ellas.

—Me sorprendió oírla ayer por la mañana en la radio —dijo Allison.

—¿Nunca se ha evadido usted con su trabajo? Cuando estoy en el aire no tengo tiempo para pensar en mí. Hablar de Jim fue como una sesión de terapia por la que no tuve que pagar.

Aunque asintió en señal de comprensión, Allison se preguntaba cuáles habrían sido los niveles de audiencia.

—Hábleme de anteayer —dijo.

—Comenzó como un día normal —dijo Victoria, parpadeó, e instantes después tenía lágrimas en los ojos, y la voz rota y aguda de la emoción contenida—. Fue básicamente como cualquier otro, sólo que en un minuto me encontraba viendo cómo Jim se moría ante mis ojos, y uno más tarde había gente con monos blancos hasta la cabeza sacándome del edificio y rociándome en la acera con una manguera —dijo, tocándose levemente los ojos.

—Sé lo difícil que esto debe ser para usted —dijo Allison, acariciando la mano que Victoria tenía libre—. ¿Por qué no nos cuenta cómo era un día normal?

—Lo siento —Victoria se limpió los ojos otra vez—. Jim y yo solíamos llegar tres o cuatro horas antes de que empezara el programa. También nos ayudaba Chris. Un buen programa de debate y participación hay que prepararlo bien. Leíamos el *Drudge Report*, el *New York Times*, el *Oregonian*, las agencias de noticias, veíamos vídeos de los programas de televisión de la noche anterior... —siguió, ahora con la voz más calmada—. Y luego empezábamos a dar forma al programa. Jim siempre dice que hay tres reglas para los grandes temas. Se escoge una pregunta que pueda ser contestada razonablemente desde al menos dos puntos de vista. Por ejemplo, «¿Debemos construir más centrales nucleares o más molinos de viento?»

La segunda regla es, ¿lo entenderá la audiencia? Por ejemplo, «¿Debemos tener un impuesto nacional sobre las ventas o un impuesto sobre la renta?» Y la tercera es, ¿es algo que involucra al oyente? Tienes que contarles en qué les toca el tema. ¿Tendrán impuestos más altos, mejores escuelas, banda ancha gratuita o qué? Si lo haces bien, la gente está impaciente por intervenir —prosiguió Victoria, frotándose las sienes—. Y planificábamos la distribución del tiempo del programa. Planteamos un tema nuevo aproximadamente cada media hora. A Jim le gustaba dejar muy bien preparada cada emisión, tener más temas, más información de la que probablemente podría usar.

—¿Quién decidía los temas? —preguntó Allison y también se frotó las sienes, como un reflejo de Victoria, para establecer un puente de contacto no verbal. Cuando Victoria inclinaba la cabeza, Allison también. Si Victoria se estremecía, Allison hacía lo mismo. A todo lo que decía Victoria, Allison asentía con la cabeza o con una leve sonrisa. Sin palabras, le estaba diciendo *las dos estamos juntas en esto.*

Pero por dentro Allison sopesaba cuidadosamente las palabras y acciones de Victoria. Las personas mentían por comisión, o a veces por omisión. ¿Desviaba la mirada, tartamudeaba, se detenía, añadía una emoción que realmente no sentía, juraba que decía la verdad? ¿Cuántas mentiras habría oído Allison precedidas por un *lo juro por Dios*?

—Jim era el que elegía siempre los temas —dijo Victoria—. Claro, pedía mi opinión, pero al final era lo que él decidiera. Era un poco más de la vieja escuela que yo.

—¿Qué quiere decir? —preguntó Nicole.

—Yo tengo en cuenta la investigación. Y sí, la gente quiere temas de los que puedan hablar cuando van al trabajo. Pero antes hay otra información que quieren. Cuando escuchan la radio, quieren estar conectados con el mundo. Jim pensaba que todo eso era una pérdida de tiempo.

—¿Qué entiende usted por conectados con el mundo? —dijo Allison inclinándose adelante.

La expresión de Victoria se veía más animada.

—Lo primero que la gente quiere saber cuando se levanta por la mañana es si su mundo corre peligro o no.

»¿Hemos lanzado una bomba nuclear en Irak? ¿Ha habido un terremoto mientras dormía? Después de que tener esa información, quieren saber qué hora es, aunque tengan un reloj. Si tienen alguien en el aire que les diga el minuto exacto saben si llegan tarde o no. Así, entre nuestras conversaciones sobre los temas y la atención a las llamadas y a los participantes, yo mencionaba en qué minuto estábamos. Eso podría parecer un simple modo de matar el tiempo, pero es lo que los oyentes realmente quieren oír. Una vez orientados, ya están listos para intervenir y hablar de la historia principal del día. Pero Jim opinaba que no era un buen uso del tiempo de emisión».

—Da la impresión de que Jim tenía muchas opiniones —dijo Allison con una sonrisa de complicidad.

—En eso tiene razón. Hasta tengo una campanilla para tocarla cuando se empieza a salir de sus casillas, ya sabe, para decirle que mejor se calle.

—¿Y él estaba de acuerdo con que usted la usara? —preguntó Allison sorprendida.

—La campanilla me la dio él —dijo con una vacilante sonrisa.

—¿Cuánto tiempo trabajó con Jim? —preguntó Nicole. Allison podría asegurar que Nicole, por cómo estrechaba la mirada y ponía la boca, seguía teniendo reservas sobre Victoria.

—Hace aproximadamente un año que me contrataron. Aarón me dijo que me iban a anunciar como copresentadora de Jim. Eso no es precisamente así. Cuando imprimen nuestros nombres en algún lugar, el de Jim es diez veces más grande que el mío. Aarón sigue diciendo que tengo que demostrar mi valor —dijo Victoria trazando un círculo con los ojos—. A duras penas puede una meter baza en la conversación. Por algo Jim ha tenido tanto éxito en este tipo de programa. Es como la supervivencia del mejor adaptado. Sólo que en estos programas es la supervivencia del que puede seguir hablando. Del que habla más fuerte y con mayor persuasión.

—Debe haber sido difícil, siempre en segunda fila —observó Allison.

Victoria mostró una sonrisa que parecía hecha por encargo.

—El noventa y nueve punto nueve por ciento del tiempo, Jim y yo nos lo pasábamos estupendamente juntos.

—Pero he visto la transcripción de una ocasión en la usted discrepó y él le cortó el micrófono —dijo Allison tratando de que diera detalles—. Debe de haber sido difícil, eso de que te corten así de buenas a primeras.

—Era parte del juego —dijo Victoria encogiéndose de hombros—. A la gente le gusta cuando discutimos, así que a veces fingimos y les damos lo que quieren. Mire, el Jim que usted oía por la radio no era el verdadero Jim. No del todo. Uno no es el mismo cuando está en el aire. Se es más bien un actor en un papel. Antes de empezar cada programa siempre respiro hondo y me figuro el personaje que interpreto. Se parece a mí, pero es más ruidosa, más divertida, más valiente, más fuerte. Pero en realidad no soy yo. De igual manera, Jim no era el mismo fuera de ese estudio. Cuando Jim y yo estábamos en el aire, la pasábamos en grande.

Nicole intervino con su papel de policía mala.

—Eso no es lo que nos han contado. Nos han dicho que había tensión entre ustedes dos. ¿Quiere hablarnos de eso?

—¿Tensión? — resopló Victoria—. Ponga a dos personas en una sala, permitiendo que sólo una de ellas pueda salir al aire a la vez, y le aseguro que tendrá un poquito de tensión. Pero, como Jim siempre me decía, esto es *De la mano de Fate*, no *De la mano de Hanawa*. Y puede que tuviéramos algunas ideas diferentes sobre lo que era mejor para el programa, pero no era algo personal. No era como para *matarlo*.

—¿Qué sabe usted de las amenazas que él recibía?

—Jim recibía no menos de mil correos electrónicos al día. Muchos de ellos eran amenazas. Le gustan... gustaban. Significaba que la gente hablaba de él.

—Pero algo tiene que haber cambiado —bajó Allison la voz—. Esto no tiene que salir de estas cuatro paredes, pero acudió a nosotras por algunas amenazas que sí le preocupaban. Murió antes de que pudiéramos hablar. ¿Sabe a qué amenazas se refería? ¿Por qué eran diferentes?

Victoria se mordió el pulgar, con mirada pensativa.

—Me enseñó un par de ellas recientemente. Nunca me había enseñado otras, así que no sé si eran peores o distintas de las habituales. Una decía algo así como: «Tú, imbécil, te crees que vas a seguir tan campante con lo que estás haciendo, pero te equivocas. Si no cierras la boca, te la cerraré yo». Y en la otra se veía su cabeza con una soga alrededor. Decía: «Estamos midiéndote el cuello para la soga».

—¿Le contó quién pensaba que las había enviado? —preguntó Allison.

—No. Pero él ha puesto furiosa a mucha gente a lo largo de los años. Si estabas mintiendo, encubriendo algo, sobre todo si eras rico y arrogante, entonces Jim se empeñaba en echarte abajo. Desde luego que se ha hecho enemigos —y bajó la voz—. Y no solamente por ahí en el mundillo de la radio. Aquí mismo hay mucha gente que se peleaba con él.

—¿Y quién se peleaba con él aquí? —preguntó Nic.

Allison se preguntaba si Victoria se nombraría a sí misma. En lugar de ello, después de una larga pausa, dijo.

—Chris, a veces.

—¿Chris? —se sorprendió Allison. No había descubierto ninguna tensión cuando Chris hablaba de Jim Fate. ¿Estaba mintiendo Victoria, tratando de despistarlas?

—Jim siempre le gritaba a Chris. Le gritaba si una de las llamadas que pasaba resultaba ser de un atontado o de alguien que se ponía nervioso y no sabía hablar cuando ya estaba en el aire. Jim empezaba a gritar: «¿Se puede saber qué pasa? ¿Lo único que tienes que hacer es pasarme a personas con las que se pueda trabajar?» A veces, en el intermedio, si le tocabas el hombro a Chris para hablar, daba un respingo.

—¿Y usted? —preguntó Allison, sin despegar ni un momento la mirada de Victoria. Buscaba un parpadeo, una mueca, cualquier clase de indicio que delatase sus pensamientos—. Tenemos entendido que usted no podía estar de acuerdo con que Jim se saltase la línea entre la publicidad y el contenido del programa.

—¿Se lo ha dicho Chris? Jim y yo somos personas decididas, eso es todo. Mire, puede que cuando empecé a trabajar aquí tuviera que ceder en algunos de mis principios. Pero el programa no consiste en principios. Trata de posiciones en un debate. ¿Sabe lo que me decía Jim? «Esto no es periodismo. Esto es el mundo del espectáculo, que no se te olvide».

—¿Y la otra cara de la moneda? —preguntó Nicole—. ¿Salían juntos?

—¿Dónde oyó usted esto? —resopló—. Se lo juro, la especialidad de este sitio son los chismes. Claro que salimos a tomar algo dos o tres veces después del trabajo, pero eso es todo. Nada serio. Si conocías a Jim, nada era serio con él. De verdad que no. Él podía discutir de algo como si la vida le fuera en ello, pero dejaba de preocuparse del asunto en cuanto íbamos a una pausa.

—¿Por qué se quedó usted cuando se estaba muriendo? —dijo Allison—. Jim ordenó que se fueran todos, y los demás lo hicieron. Pero usted... usted se quedó. Incluso sabiendo que era peligroso.

De nuevo, los oscuros ojos de Victoria se llenaron de lágrimas.

—Pienso que parte de mí no creía que estuviera pasando de verdad. Y si no era de verdad, no había ningún riesgo para mí. ¿Se ha visto alguna vez en un accidente de coche? —preguntó. Cuando Allison asintió con la cabeza, continuó—. Es algo parecido. El tiempo se detiene, uno no se cree que esté pasando de veras. Ves cómo se arruga el parachoques, cómo se dobla el capó, cómo se te va la cara contra el parabrisas, y todavía te da tiempo para sorprenderte cuando te golpeas. Así que, en parte, me quedé por ese sentimiento de irrealidad —dijo y respiró hondo, notando un temblor al final—. Y en parte era simplemente que no pude dar media vuelta y salir corriendo. Uno podría explicarlo solamente mirando a Jim cómo se moría. Sus ojos... nunca olvidaré esos ojos. Desesperados, suplicantes, desnudos. No pude dejarlo solo. En aquel momento, no éramos esos dos que a veces peleaban por el control del micrófono. Éramos dos seres humanos. Y yo no podía dejarlo morir solo.

—¿No le preocupaba que el gas le llegara también a usted? —preguntó Nicole, todavía con aire escéptico.

—El estudio está a prueba de sonido. Hay burletes aislantes e imanes por toda la puerta, así que es prácticamente hermético. El aire se pone muy viciado allí a veces. Yo sabía que estaría seguramente a salvo mientras él no abriera la puerta.

Allison y Nicole hablaron al mismo tiempo.

—¿Le sorprendió que no abriera la puerta? —preguntó Allison.

—¿Tenía miedo de que abriera la puerta? —dijo Nicole.

—Francamente —negó Victoria con la cabeza—. Creo que pensaba que podría resistir hasta que llegaran los paramédicos. Jim nunca tuvo miedo de nada. Nunca hasta... —se le quebró la voz—. Nunca hasta el último momento.

Giró la cara y reposó su mejilla sobre la mesa, sollozando, mientras Allison le acariciaba el hombro y le susurraba palabras de consuelo.

Allison levantó la mirada. Nicole no se había movido. Y seguía mirando a Victoria con ojos entrecerrados.

CAPÍTULO 27

Canal 4 TV

Sujetando un café tamaño grande como un náufrago se asiría a unas maderas flotantes, Cassidy rebuscaba entre secuencias adicionales de ruedas de prensa, tratando de encontrar alguna cinta de Jim Fate. Buscaba entre los rollos B, las tomas sin pista de sonido que podían colocarse mientras los espectadores escuchaban a Cassidy o a uno de sus entrevistados.

Normalmente era bastante fácil conseguir esas secuencias. Por ejemplo, el camarógrafo podría grabar una secuencia del sujeto trabajando en su despacho. ¿Y si la persona no tenía pensado trabajar en su despacho? No había problema. Que cambiara de planes. ¿Y si no tenía despacho? Sin problemas. Se usaba el de algún otro. ¿Y si el sujeto no trabajaba ese día? Ningún problema. Se le modificaba la agenda.

Y por lo general el sujeto estaba de acuerdo. Era para la tele, después de todo.

Pero Jim estaba muerto, lo que significaba que Cassidy tenía que depender de alguna grabación previa. Ahora todo lo que tenía que hacer era encontrarla. Todos los rollos de la cadena estaban registrados, lo que técnicamente significaba que alguien había grabado lo que había en él y cuándo salió. Ese registro estaba pensado para que a la larga uno se ahorrara tiempo, así se podía volver al rollo B y encontrar exactamente lo que hacía falta sin necesidad de revisar horas y horas de cinta.

El problema era que Jim Fate sólo habría aparecido en estas tomas de hacía cinco años por casualidad. Si es que aparecía en alguna. Pero Cassidy estaba casi segura de recordarlo haciendo unas preguntas muy agudas.

Mientras se tomaba otro sorbo de café, manejaba el reproductor buscando atrás y adelante. En esta rueda de prensa en particular, el gobernador había establecido normas estatales más estrictas para el trato de las vacas «deterioradas», que estaban demasiado enfermas o débiles para tenerse en pie. La idea era reducir el riesgo de que la enfermedad de las vacas locas entrase en la cadena alimenticia. La multitud de activistas lo había aclamado y aplaudido.

Y, si Cassidy recordaba bien, Jim había denunciado inmediatamente el plan del gobernador como alarmista, diciendo que la legislación iba a resultar tan cara que pondría a las pequeñas explotaciones, a las granjas familiares, fuera del negocio y haría que el precio de la carne se volviera inasequible para la mayoría de los consumidores de bajos ingresos. Discutieron, el gobernador con el semblante enrojecido y Jim rebosando veneno y hiel. En otras palabras, Jim en el papel de Jim. Al menos en el de su yo público.

Cassidy había visto en ocasiones un lado diferente de Jim. Más educado. Más seductor. La última vez que lo vio fue en la cena de hacía dos semanas. Él le había pedido que se encontraran en el RingSide, el reputado asador de Portland. Un sitio de carnes rojas para un tipo sanguíneo. El RingSide se destacaba por sus grandes bebidas, grandes gambas, grandes ensaladas de lechuga *iceberg* y, desde luego, por sus filetes de cuatro dedos de grosor. Los camareros llevaban traje negro y camisa blanca almidonada, y en las paredes había colgadas dedicatorias de deportistas famosos.

—Has hecho un estupendo trabajo con la historia de Katie Converse —dijo Jim después de pedir para los dos—. Supiste enfocarlo desde muchos ángulos. Lograste que resultara siempre nuevo e interesante.

—¡Para lo que me ha servido! — dijo Cassidy mientras se colocaba la blanquísima servilleta sobre el regazo—. La dirección de la cadena me prometió un puesto de presentadora. Ahora dicen que no encajo bien. Cuando había cadenas de televisión de todo el país llamándome.

—Pero eso era entonces —dijo Jim mientras tomaba un sorbo de su agua. Hacía dos años que había dejado de beber, aunque algunos oyentes a veces lo acusaban de haber recaído.

—Y ahora es ahora, ¿no? Y todos sabemos que, en televisión y radio, el ayer no importa.

—Sí —asintió Cassidy llevándose el *gin-tonic* a los labios. El gusto amargo concordaba con su humor—. Ahora que he rechazado todas las ofertas, en el Canal 4 dicen que van a traer a alguna muñequita de cuerda que fue Miss Connecticut, alguna nena que pueda cantar el himno nacional y ser porrista a la misma vez, pero sin saber ni lo que hace. ¡No tiene ninguna profundidad, ni... ni contexto!

Y Miss Connecticut era una chiquilla, aunque Cassidy no sacó a colación esa parte. Ahora que el Canal 4 emitía en alta definición, estaba atenta a cada arruga de sonrisa, a cada imperfección. Y cuanto mayor se fuera haciendo, más tendría. De camino al restaurante, había parado a echar gasolina, y el dependiente la había llamado señora. Señora, no señorita. Y Cassidy se fijó en su cara de espinillas y se dio cuenta de que casi tenía edad para ser su madre.

—Mira, quiero que pienses en algo —dijo Jim, traspasándola con sus ojos azules—. Piensa en venirte a trabajar conmigo.

¿Hablaba en serio?

—¿Qué? ¿En *De la mano de Fate*? ¿Por qué iba a querer eso? Soy una periodista de programas serios.

—¡Auch, Cassidy! —exclamó Jim, poniéndose la mano en el pecho, con el gesto de recibir un balazo—. Me has disparado antes de dejarme acabar. ¿Me estás diciendo que mi programa es frívolo? He visto la clase de historias que tu canal ha estado emitiendo. La última que vi hablaba de una ardilla que hace esquí náutico. ¿Seguro que eso es noticia? Tú puedes ser una periodista seria, sea lo que sea lo que eso significa, pero eres también una mujer que tiene opinión y que nunca tiene una oportunidad para darla a conocer.

El camarero les puso los platos delante. Jim tomó sus cubiertos y comenzó a atacar su filete con la misma ferocidad con que atacaba al micrófono.

—Sí que la tengo —dijo Cassidy cruzándose de brazos, luego entendió que parecía estar a la defensiva, los descruzó y tomó sus propios cubiertos—. Las tomas que elijo, las citas que uso... contribuyen en gran medida a contar la historia que quiero relatar. Sólo porque no salga y diga lo que pienso no significa que no intente moldearla a mi manera.

—Pero si te unes a *De la mano de Fate* —respondió él con una sonrisa indulgente—, no tendrás que ocultar lo que sientes. Puedes salir y decir exactamente lo que piensas y por qué. Y la gente *escucha*. Y si te unes al programa, *te* escucharán —dijo, y carraspeó—. Además, Cassidy, tal vez tú y yo... nosotros, podríamos ser algo más.

Seguro que estaba de broma, ¿verdad?

—Eso ya lo intentamos, Jim, ¿no te acuerdas?

Habían sido amantes durante una temporada el año anterior, el tiempo suficiente para que Cassidy comprendiera que tenían en común lo que no debían. Ambos, en el fondo, eran enérgicos en su trabajo. Ambos buscaban ser el número uno. Y luego ella había conocido a Rick, que parecía ser todo lo que Jim no era: romántico, natural, cariñoso. Jim no protestó cuando Cassidy le dijo que había conocido a otra persona. En algún sitio en las profundidades de su bolso conservaba todavía la llave de su apartamento, que él le había dado la primera noche que se acostaron, tiempo atrás, cuando los dos pensaban que su relación podría ser un gran acierto.

—Eso era entonces —dijo Jim—. Ahora es ahora.

Decidiendo que convenía limitarse a un solo *gin-tonic*, Cassidy siguió el ejemplo de Jim y tomó un sorbo de su agua.

—Ya no quiero nada con los hombres, Jim. Te habrán contado lo que me pasó con el tipo al que conocí después de a ti —dijo y, al pensar en Rick, se acordó de las flores.

De las contusiones en las muñecas. De las disculpas. Y luego de la noche en que la golpeó con una pistola.

—Y la cadena *me deja* contar mi historia. Estoy haciendo un reportaje especial sobre la violencia doméstica para justo antes del Día de San Valentín. Es algo de bastante envergadura —dijo Cassidy, pero sospechaba que sus jefes le estaban echando un hueso para consolarla después de no cumplir con sus promesas. De todos modos, era su tiempo en la pantalla, suyo solo—. Después de lo ocurrido, he decidido tomarme un respiro en cuanto a los hombres.

Jim nunca se tomaba nada en serio.

—Ya sabes que me portaría bien —dijo, con una sonrisa de lobo. Había pedido un filete poco cocido y, con cada trozo que cortaba, desprendía un jugo sangriento que formaba un charco cada vez mayor en el plato.

—No me interesa —dijo Cassidy, aunque sí le interesaba. En cierta forma.

—Aunque no te interese, tú y yo, cariño, podríamos hacer cosas juntos. Estrictamente en el plano profesional. Haríamos un gran equipo. Podríamos anunciarnos como la Bella y la Bestia.

Cassidy comenzaba a pensar que Jim iba en serio.

—¿No te olvidas de algo? ¿O debería decir de alguien? ¿Qué pasa con Victoria Hanawa?

—Eso no funciona —resopló—, ni va a funcionar. Está claro desde el primer día.

—¿De qué estás hablando? —preguntó Cassidy, intentando que Jim no percibiera que le cautivaba algo la idea—. Hay química entre ella y tú.

—No me vengas con eso. ¡No hay mucha química cuando la principal aportación de una persona es reírse o decir «¡Oh, Jim»!

Ella le dio una mirada escéptica.

—A lo mejor quieres decir que no hay mucha química cuando alguien no está de acuerdo con lo que dices. Me han contado que le cortas el micro cuando discrepa demasiado contigo.

—Mira, el problema es que Victoria y yo nos parecemos demasiado —dijo, con las palmas abiertas hacia arriba, como mostrando que no tenía nada que ocultar—. Siempre nos peleamos por el micro. El resultado es algo que ni se entiende. Lo que necesita el programa es a dos personas diferentes. Una como yo: alguien con un millón de ideas, incluso si, lo admito, puede que no todas sean buenas. Y alguien como tú, que, cuando se le presenta una idea, siempre viene de vuelta con algo gracioso o que da que pensar, o simplemente con algo fascinante. Te he visto hacer eso muchísimas veces en el Canal 4. Sabes pensar sobre la marcha. Tú puedes juntar un manojo de temas dispares y contar una historia coherente. Cassidy, juntos tú y yo podríamos ser algo mágico. Si no a nivel personal, al menos profesionalmente.

Ella bajó la mirada y la dirigió a su plato. La mitad de su filete ya no estaba. ¿Cómo había pasado eso? Debería dejar intacta la patata al horno. Siempre se dice que la cámara te engorda cuatro kilos. No podía permitirse verse gorda. Ahora no. No cuando tenía que sentarse al lado de Jenna en reuniones de planificación de contenido.

—Sí, pero seguiría siendo el programa *De la mano de Fate*, ¿no?

—Sólo puede haber un capitán en el barco —respondió encogiéndose de hombros.

Jim era como una fuerza de la naturaleza. Y a Cassidy no le gustaba la idea de dejarse llevar por la fuerza del remolino.

—No, gracias, yo soy dueña de mi persona. No estoy hecha para ser la recadera de nadie.

—¿Y qué eres en el Canal 4? No estás de copresentadora con Brad, y eso que te lo prometieron. Y veo que incluso le están dando minutos a esa jovencita que han traído, Juno o como se llame.

—Jenna —corrigió Cassidy el nombre de mala gana. Jim era especialista en encontrar la llaga y meter el dedo hasta el fondo.

—En la KNWS tengo una joven practicante, pero no me verás confundir su juventud y belleza con el talento. El Canal 4 se está desesperando porque saben que su espectador promedio tiene ochenta años o más. O sea, mira los anuncios que tu gente pone durante las noticias. Tratan de *scooters* para abuelos, Viagra, y «Nuestro seguro no le rechazará». Así que, en esa desesperada oferta en busca de atención, las noticias de la tele buscan el atractivo visual. La radio todavía tiene algo de profundidad —argumentó Jim, luego ensartó en el tenedor patata, crema agria, cebollinos y trozos de tocino, y se los llevó a la boca. Estaba claro que no le importaba guardar la línea.

—No puedo creer que digas eso tan campante. He escuchado tu programa. Puede ser bastante unilateral. Siempre le das palos a alguien hasta dejarlo hecho papilla.

—Bueno, ¿y qué pasa con eso? Nunca tienes que preocuparte de que el mercado de la radio envejezca, mientras que, en el Canal 4, cualquier día podrías encontrarte a Jenna en el puesto de presentadora, justo al lado de Miss Connecticut. Y a ti no te darían ni una historia. Te mandarían a cubrir historias en la calle, en algún sitio donde esté lloviendo, a tres horas de distancia y por una carretera de una sola dirección.

La repulsiva idea de ver a Jenna en el puesto de presentadora no era tan exagerada como podría haber sonado hasta hace un mes.

—No sé —dijo Cassidy despacio.

El trabajo en televisión era como una droga. Te haces adicto a la acción y al reconocimiento. Pero el negocio era tan pequeño que una vez perdías o dejabas pasar un trabajo importante, era difícil, si no imposible, volver. ¿Pero quería dar el salto a algo nuevo, o prefería esperar a que la quitaran de en medio?

—¿Sabes qué? ¿Por qué no me acompañas a mi apartamento después de cenar?

Ciertamente era un tipo con pensamientos fijos y claros. Bueno, y al menos ella todavía poseía buenos atributos, en lo que a Jim Fate se refería.

—¿Qué? ¿Para contemplar tus grabados? ¿Es que no me los enseñaste ya? —dijo Cassidy con una ceja alzada, y se concedió un mordisco a la patata. Un bocado nunca ha matado a nadie.

—No. Hace un par de meses monté un pequeño estudio. Sólo ven a practicar conmigo, lo grabo y te doy un CD. Cuando descubras lo genial que nos puede ir juntos, sabrás por qué lo quiero.

—No sé, Jim —contestó, metiéndose en la boca un segundo tenedor antes de poder detenerlo.

—Eso no es un no. Vamos. Haz una prueba. Y si no crees que es lo mejor para ti, no habrás perdido nada.

—Mmm, tal vez —dijo, comiéndose otro bocado de patata al horno. ¿Acaso las patatas no eran verdura? ¿Y no tenía que comer más verduras?

Cuarenta y cinco minutos más tarde, estaba sentada en el apartamento de Jim, con los auriculares puestos y mirando fijamente un micrófono negro.

—¿Cómo vamos a hacerlo?

—Es fácil —le sonrió Jim. Tenía el audífono de un auricular hacia atrás, como ella—. Este es tu micrófono. Mantenlo a unos quince centímetros de distancia y habla directamente hacia él. Todo lo que tienes que recordar sobre la radio es: nada de apellidos, ni de marcas, ni de números de teléfono en el aire. Aparte de eso, habla normalmente.

Cassidy tenía las palmas húmedas y acidez en el estómago. Hacía mucho que no sentía esa ansiedad. Con Rick, seguro. Pero no tratándose de trabajo. Ella era buena en su trabajo. Y esto era justo como su trabajo, a excepción de la cámara.

—Sígueme el paso. Yo me pongo a hablar de algo y tú intervienes —le instruyó Jim, se acomodó los auriculares, le dio a un interruptor y luego se inclinó hacia su micrófono—. Veamos, no sé cuántos de ustedes lo han leído, pero hay una actriz de segunda fila que acaba de sacar un libro que dice que los extraterrestres viven entre nosotros. ¿Tú qué piensas, Cassidy?

No había audiencia ninguna, salvo Jim y el micrófono. Sin embargo, oía un leve temblor en sus pocas primeras palabras.

—Bueno, no estoy segura de creer en los extraterrestres —comenzó y se le estabilizó la voz—, pero te diré que su teoría aportaría bastante a la explicación del comportamiento de algunos de nuestros políticos.

Jim se rió, un poco teatralmente, y le lanzó a Cassidy un gesto de aprobación.

Continuaron durante aproximadamente veinte minutos, Jim improvisando sobre temas de actualidad y Cassidy siguiéndole el paso. Luego Jim copió el archivo que había grabado y le entregó el CD.

—Escucha esto en el coche de regreso a casa. Y dime si no crees que dejaríamos a todo el mundo boquiabierto.

Ella miró su reloj. Era casi medianoche. Tenía que irse a casa. Irse a casa con su Somulex. De repente, el agua que había bebido entre sorbo y sorbo de *gin-tonic* para mantenerse sobria dijo aquí estoy yo.

—¿Podría usar tu cuarto de baño?

—Desde luego.

El más cercano era el del opulento y varonil dormitorio de Jim. La cama tenía el mismo cobertor de seda rojo y dorado que ella recordaba del año anterior. No había nada fuera de su sitio. Ninguna de las veces que había estado allí antes había encontrado nada fuera de su sitio. Jim debía de ser un fanático de la pulcritud o tener una señora de la limpieza. Cassidy sospechaba que eran las dos cosas.

Cuando salió del cuarto de baño, Jim la estaba esperando. La abrazó. Le tapaba la boca con la suya, insistiendo con el cuerpo, con las dos manos sujetando la cabeza de ella.

Por un momento, el cuerpo de Cassidy le respondió. Por un momento, su cuerpo la traicionó, como tantas veces antes. Pero luego giró la cara y le empujó el pecho.

Se apartó de él. El sonido de su respiración pendía en la habitación, hasta entonces en silencio.

—No, Jim. No puedo hacerlo otra vez. Ahora no —dijo. Ella siempre había sido una boba ante un moreno de ojos azules. Siempre había sido una boba ante casi cualquier cosa que llevara pantalones.

—¿Es que no lo ves? Es como el yin y el yang. Tú y yo, los dos encajaríamos como piezas de rompecabezas —dijo, atrayéndola durante un segundo, demostrando emoción, y luego la liberó despacio.

—Puede que sí. Tal vez. Pero no creo que quiera volver a eso.

—Dejemos esa puerta abierta un tiempo, ¿por qué no? Podemos ser el tipo de compañeros que tú prefieras —dijo, acompañándola al vestíbulo, donde la ayudó con su abrigo. Era gracioso verlo ahora portarse como semejante caballero. Cassidy sentía cierta atracción hacia esa doble cara de Jim, y él no se avergonzaba de ninguna.

—Oye —dijo, ahora con expresión seria—, hay otra razón por la que quería hablar contigo esta noche.

Cassidy se preguntaba cuál podría ser. Ya le había ofrecido un trabajo y un rincón de nuevo en su cama, ¿qué más había?

—Si no recuerdo mal, tienes amigas en las fuerzas de la ley.

—Fui a la escuela secundaria con Nicole Hedges y Allison Pierce —dijo, con expresión relajada—. Allison es ahora fiscal federal y Nicole es agente especial del FBI.

—¿Puedes darme sus celulares? Me gustaría ponerme en contacto con ellas.

—¿Por qué?

—Preferiría no decírtelo —dijo Jim, negando con la cabeza.

—No doy sus números personales si no sé para qué es. Me matarían si recibieran una llamada del programa y acabara emitiéndose.

—Esto no tiene nada que ver con el programa. Bueno, puede que sí, pero no como te imaginas. No las quiero como invitadas. Quiero su consejo. He estado recibiendo algunas amenazas.

—Pero tú recibes muchas amenazas, ¿no? Siempre que sintonizo el programa, repartes el premio ese del Tonto de Turno.

—Estas son diferentes —dijo Jim, dejando claro que no iba a dar más explicaciones.

Finalmente, Cassidy escribió sus números y le dio un beso en la mejilla antes de marcharse.

Hasta más tarde no se dio cuenta de que le faltaba uno de sus pendientes.

CAPÍTULO 28

Oficina del FBI en Portland

El policía sentado al lado de Allison en la sala de conferencias del FBI había comido cebolla recientemente. Cruda, pudo ella adivinar cuando él exhaló otra vez. Allison sentía el estómago apretándole contra la garganta. Como ensimismada, se tapó la boca con la mano e intentó concentrarse en el aroma neutral de su propia piel. Dentro de diez días iba a entrar oficialmente en su segundo trimestre, y la doctora Dubruski le había dicho que los ataques de náusea podrían desaparecer.

El grupo especial de investigación había menguado bastante después de saberse que no se había vertido gas sarín. Ayer, los peces gordos habían volado de regreso a la capital. Ahora era asunto de los representantes locales.

—¿Qué información tiene sobre Jim McKissick? —preguntó Nicole a Rod Emerick.

—Bueno, mucha más que sobre Jim Fate, eso es seguro —dijo y, bajando la vista, Rod comenzó a leer de sus apuntes—. James Robert McKissick. Hijo único. Su padre, un borracho. Su madre murió en un accidente de tráfico cuando él tenía nueve años. El padre conducía, pero no fue acusado. No está claro por qué. Unos meses después, el estado asumió la custodia, a raíz de que un profesor informó de haber visto señales de maltrato en la espalda del niño. El padre murió de cirrosis unos dos años más tarde. Mientras tanto, el niño saltaba de hogar adoptivo en hogar adoptivo. Leyendo entre líneas, puede que haya sufrido algún abuso.

Allison se imaginaba cómo habría sido. Jim debía de haber envidiado a sus compañeros de clase con sus madres vivas y padres sobrios, sus hermanos, su seguridad de tener su lugar en el mundo.

—Fate fue a la universidad con una beca —prosiguió Rod—. Trabajó en otras tres emisoras de radio, incluyendo una en la facultad, antes de entrar en la KNWS. Llevaba allí unos doce años. Tenía unos informes crediticios excelentes, sin deudas, y un plan de jubilación de muy buena envergadura. Poseía un BMW y un apartamento en el complejo residencial Willamette. No hubo ninguna salida insólita de dinero durante el año pasado, así que no parece que estuviera pagando un chantaje. Su historial médico no tenía nada especial, salvo algunos problemas de insomnio y el colesterol un poco alto.

—¿Y de su vida privada? —preguntó Leif.

—Bien, como podría haber adivinado por lo que nos contó su vecina, era un, ¡mmm!... *fresco* podría ser la palabra para describirlo. Salía con muchas mujeres. Y sacaba fotos, al menos de algunas de ellas, con una cámara digital que encontramos en su apartamento.

—¿Cómo iban vestidas? —preguntó el oficial Flannery.

—¿O cómo *no* iban vestidas? —intervino Heath Robinson intervino con mirada lasciva.

Allison cruzó con Nicole una mirada de resignación. Ella no sabía cómo podía Nic trabajar con Heath. Nicole mantenía la expresión impasible. Pero, aunque su expresión no se movía, Allison vio que la cara de su amiga se había puesto extrañamente plana, como si se hubiera retraído a lo profundo de su interior. Tal vez la conversación sobre fotos le había traído recuerdos de su trabajo con Imágenes Inocentes. Los depredadores cibernéticos solían usar la pornografía para convencer a las jovencitas de que practicar el sexo con ellos sería algo simplemente natural.

—Las fotos en realidad eran de buen gusto —dijo Rod—. Nada fuerte. Saltos de cama o colocadas estratégicamente —dijo sin reparar en Nicole.

—Ah, y Nic, ¿recuerda aquel recibo de Oh Baby que encontraste en el escritorio de Fate? Resulta que es una tienda de ropa interior chic, no una tienda de ropa para bebés. Le compró a alguien un, un... —se enredó en la palabra—, un *bustier* —pronunció *bus-ti-er*, en lugar de *bustié*. Nadie lo corrigió.

—Hablando de niños, ¿todas las que aparecen en las fotos son adultas? —preguntó Allison—. ¿Ninguna parecía menor de edad?

Rod negó con la cabeza.

—Todas son lo que llamaría deleite visual en la edad apropiada, más de veinticinco y en los cuarenta y tantos.

—¿Cuántas en total?

—Hay alguna duda sobre si un par de fotos son de la misma mujer o no. Yo diría que son nueve.

—¿Algún rostro familiar? —dijo Allison, preparada para oír el nombre de Cassidy.

—Negativo. Y hemos aislado las caras y se las hemos enseñado a la vecina que vio a una mujer salir del apartamento de Fate la mañana de su muerte, pero no ha reconocido a ninguna. Ninguna de las fotos era de Victoria Hanawa ni de cualquiera de los colegas femeninas de Fate.

—¿Podrías decir si las mujeres sabían que estaban siendo fotografiadas? —dijo Nicole con un sesgo raspante en la voz.

—Todas son del tipo «sonríe a la cámara».

—No puedo creer que haya una persona tan estúpida. Y mucho menos nueve —comentó el Agente especial Karl Zehner meneando la cabeza—. En cinco minutos, él podría haber colgado esas fotos por todo Internet.

—Debían de confiar en él —se encogió Rod de hombros.

—¿Y qué hay de aquella tarjeta llave del Hilton? —preguntó Allison.

—Nos han dicho que las tarjetas se reprograman automáticamente para cada nuevo visitante, y que no pueden decir cuándo o quién la usó por última vez —dijo Karl—. Supongo que la tenía solamente de recuerdo.

Nicole se giró hacia Riley Lowell, que trabajaba en el laboratorio de informática forense.

—¿Qué han encontrado en la computadora de Fate?

—Nada del otro mundo. Pero lo que realmente nos sirve es la memoria USB que encontró usted en su escritorio. Había guardado en él las copias de muchas de las amenazas que había recibido por correo electrónico. Algunas no eran propiamente amenazas, sólo gente que estaba enfadada con él —dijo y puso la mano en un montón de papel—. Le he hecho un listado para que pueda usted dar prioridad a aquellos de los que quiere que obtengamos las direcciones IP.

—Y luego están las personas que Jim conocía de la vida real —dijo Leif—. Nic y Allison, ustedes han realizado la mayor parte de las entrevistas de esta mañana. ¿Cuál es su opinión?

Allison miró a Nicole, pero, como no dijo nada, se adelantó ella.

—Hay muchas perspectivas posibles. Una es que, si lees entre líneas, los niveles de audiencia de su programa no habían sido tan altos como deseaban. Le pusieron al lado a Victoria Hanawa con la esperanza de que ella les atraería oyentes más jóvenes y femeninos, pero no funcionó.

—¿Así que la solución era improvisar una especie de ataque con gas venenoso y matar a Fate en el trabajo? —dijo Karl, con la cara arrugada en expresión de incredulidad—. Vamos, ¿no sería mucho más fácil despedirlo, o despedirlo y matarlo, y traer a alguien nuevo?

—Eso sería una posibilidad, pero llamé por teléfono a la compañía de seguros de la emisora —dijo Allison—. Tenían a Fate asegurado con un seguro *keyman*. Ahora que está muerto, recibirán cinco millones de dólares.

Karl silbó, pero Leif dijo:

—A mí sigue pareciéndome algo personal, no empresarial. En todas las entrevistas que he tenido hoy, parecía que Fate había logrado fastidiar al entrevistado al menos una vez.

Hubo gestos de asentimiento en toda la mesa.

—Victoria no estaba de acuerdo con él en cuanto a la dirección del programa —dijo Nicole—. Y nos ha contado que Jim trataba fatal a Chris con mucha frecuencia.

—Un par de mis interrogados —asintió Rod— han mencionado que Fate se metía con Chris.

—Creo que tenemos que profundizar más en Victoria —dijo Nic—. A mí, ella me parece una sospechosa mucho más probable que Chris. Victoria tenía un motivo. Fate no prestaba atención a sus ideas. Se burlaba de ella y le cortaba el micrófono. No tenía en cuenta sus sugerencias para cambios en el programa. Y podría haber habido una especie de relación especial que acabó mal.

—No había ninguna foto de ella en su cámara —dijo Karl.

—Eso sólo quiere decir que ella es lo bastante inteligente como para no dejarse convencer para posar. Y en cuanto a la oportunidad, ya tenemos un testigo que dice que Victoria fue quien le entregó el paquete a Jim. Ella afirma que lo encontró en su casilla de correo.

—¿Y las personas que clasifican el correo? —preguntó Rod— ¿Se acuerdan de haber visto el paquete?

—El empleado de la sala de correos —dijo Leif— no recuerda haber puesto aquel paquete en la casilla de Victoria. Lo que pasa es que el hombre maneja al menos cien paquetes al día. Dice que él no se acuerda de ninguno, a menos que sean tan grandes que no quepan en la casilla.

—Que el tipo tuviera acceso al paquete no significa que tuviera motivos para matar a Fate —dijo Rod—. ¿Sabemos ya qué clase de opiáceo se usó? ¿Tenía Victoria Hanawa la capacidad de conseguirlo? ¿Sabría ella cómo modificar una bomba de humo?

—Las pruebas han dado negativo en heroína, morfina y Percocet —dijo Nicole—. El laboratorio está probando ahora con algunos menos comunes. Pero no tendremos los resultados hasta dentro de unos días o más, si no consiguen una coincidencia para comparar.

—Todavía sigo con la idea de que habría sido demasiado arriesgado darle el paquete y luego quedarse por allí —mostró Rod sus dudas—. ¿Tendría Victoria las agallas para quedarse?

—¿Qué mejor modo hay para asegurarse una coartada —se encogió Nicole de hombros— que quedarse con él hasta el final y luego llorar lágrimas de cocodrilo mientras se queda al mando de su programa?

—No sé si estoy de acuerdo —dijo Allison—. Si quieres fijarte en las personas que tenían alguna disputa con Jim Fate, la fila llegaría a la otra esquina. Entonces, Victoria Hanawa y Jim Fate no estaban siempre de acuerdo. ¿Pero es eso razón suficiente para un asesinato? —planteó Allison, sabiendo que sí, que cualquier simpleza podría ser razón suficiente en la mente torcida de la persona adecuada—. Victoria no salió del edificio. Se quedó aún a sabiendas de que había algo allí que estaba matando a Fate. Se quedó a pesar de que él le mandó que se marchara. Ella afirma que lo hizo para no dejarlo solo.

La idea casi trae lágrimas de emoción a Allison. Se acordó de cómo era esa sensación de pensar que iba a morir, sola, rodeada de forasteros en la calle. Habría agradecido tener a alguien allí, consolándola y dándole fuerza.

Nicole no iba a doblegarse.

—Sí, pero, ¿qué pasó después de que todos los demás desalojaron el edificio? ¿Y si Hanawa se quedó para poder eliminar pruebas? Sin testigos. O con un solo testigo, que ella sabía que no iba a poder hablar.

—¿Y qué tenemos de los oyentes habituales —preguntó Leif—, o de los que habían estado en el programa?

—Creo que la familia de Brooke Gardner —dijo Nicole cambiando suavemente de dirección— tiene que estar al tope de la lista. Después de todo, su hija se mató después de haber participado en el programa, después de que Fate la acusara, falsamente, de matar a su propio hijo. Y Jim recibió una amenaza directamente relacionada con la muerte de la joven.

—Y está el congresista Quentin Glover —añadió Allison—. Todos hemos visto el anuncio en televisión. Y las transcripciones muestran que Fate lo machacaba día tras día, pidiéndole que renunciara. Chris nos dijo que ha recibido varias llamadas telefónicas de Glover airado, y que él y Fate fueron en otro tiempo buenos amigos.

—No hay mayor enemigo —dijo Rod— que un viejo amigo.

CAPÍTULO 29

Sudeste de Portland

Leif conducía con soltura, con una mano en el volante y la otra levemente apoyada en el freno de mano, a sólo unos centímetros del muslo izquierdo de Nic. Después de haber llamado más temprano, ahora conducían para interrogar a los padres de Brooke Gardner, que vivían en el sudeste de Portland, a las afueras.

Durante las últimas semanas, Nic había comenzado a pensar en Leif con frecuencia. Cada mañana, cuando ella se ponía una blusa o seleccionaba unos pendientes, se preguntaba lo que él pensaría cuando la viera. Si leía un artículo interesante en la prensa o veía una noticia intrigante en televisión, Nic se imaginaba comentándolo con él. Empujando su carrito en el supermercado WinCo, se preguntaba si le gustaría el queso Cheddar fuerte o si tendría una marca favorita de helados.

Unas semanas antes, se habían encontrado un sábado para desayunar juntos. Makayla había pasado la noche con los padres de Nic. Antes de consentir en verse ese día, Nic le aclaró a Leif que aquello no era una cita. Que eran solamente amigos. Y él lo mantuvo así, sin tocarla ni mirarla de alguna forma especial, ni diciendo nada que no fuera propio de meros colegas.

Pero ahora, sentada al lado de él, atenta a su respirar, se preguntaba si no estaba cometiendo un error, como Allison y Cassidy siempre decían.

Algo había cambiado dentro de ella en aquella escalera abarrotada de gente, cuando había llegado a creer que le quedaban pocos minutos de vida.

—¿En qué piensas? —le interrumpió la voz de Leif.

—Tengo la impresión de que estamos pasando algo por alto —regresó Nicole al caso—, pero no sé qué puede ser —dijo y miró por la ventana. Hacía veinte años, todo lo que veía alrededor eran campos. Ahora eran centros comerciales, empresas y ventas de coches usados.

—Ojalá que pronto lo descubras. Porque ahora mismo, tal como lo veo, el problema no es que no tengamos sospechosos. Más bien es que tenemos demasiados.

Los Gardner vivían en un complejo de apartamentos algo antiguos que ocupaban un par de cuadras. Leif se mantuvo a la velocidad indicada de diez por hora por las estrechas calles que serpenteaban entre varias docenas de edificios grises de dos plantas, todos idénticos.

Encontraron la unidad que buscaban hacia la parte de atrás del complejo. En cuanto Leif llamó, la puerta se abrió de golpe. De pie en la entrada había un hombre y una mujer, Stan y Linda Gardner, por lo que Nic suponía. Eran los dos rubios, con algo de sobrepeso, y ninguno de ellos parecía mucho mayor que Nic.

Pero había una tercera persona con ellos, alguien con quien no habían contado. Linda tenía un niño sentado a horcajadas en su cadera. Después de que Leif y Nic se presentaron, Linda dijo: «Este es Brandon». El niño mostró una tímida sonrisa que dejaba ver sus dientecitos, blancos como perlas chinas, luego se giró y hundió la cara contra el pecho de su abuela.

Los Gardner les invitaron a pasar y se acomodaron en un raído sofá de tapicería beige a cuadros. Leif ocupó la butaca marrón mientras que Nic se sentó en el otomán a juego, que era la otra pieza mobiliaria en la sala.

—¿Saben por qué estamos aquí? —Nic preguntó.

—Imagino que tiene algo que ver con lo que le pasó a Jim Fate —dijo Stan, manteniendo la mirada firme en ellos.

Leif abrió el archivo que había traído y sacó una bolsa de pruebas. Dentro estaba el recorte de periódico sobre la muerte de Brooke Gardner, con la amenaza escrita a mano encima, que Nic había encontrado en la oficina de Jim. Los Gardner lo miraron sin el menor signo de curiosidad o alarma.

—Hemos usado tecnología muy avanzada —dijo Leif— para sacar huellas dactilares de esto. ¿Y sabe qué? Coinciden con las de alguien aquí presente. Y no soy yo, ni la agente Hedges. Tampoco Brandon, claro.

No había huella alguna en el recorte, era mentira, pero era una mentira legal, de las que suelen animar al culpable a admitir inmediatamente la verdad. Ya habían obtenido resultados al usar esa misma técnica antes. Hacía dos meses, Leif había dicho a un sospechoso de robo que había enviado la máscara que llevaba el ladrón a que la analizaran en el laboratorio, y que había podido sacar «una impresión facial» a partir de la máscara. El ladrón admitió inmediatamente su culpa.

—Yo no escribí eso —negó Stan con la cabeza.

—Fui yo —dijo Linda.

Todos, incluso Stan, se volvieron para mirarla.

—Fue justo después de que tuvieran constancia —confesó, mirándose la mano con la que acariciaba el fino pelo rubio de su nieto— de que Brandon estaba vivo. Mi única hija ya no estaba, y todo por culpa de Jim Fate. El padre de Brandon amenazaba con no dejarnos volver a ver a nuestro nieto nunca más —dijo, con una especie de risa amarga—. En Oregón, los abuelos básicamente no tienen ningún derecho. Con unas simples palabras imprudentes, Jim Fate destruyó a mi familia entera. Acusó a mi hija sólo por tener más oyentes. Y ni siquiera llegó a pedir perdón nunca. Había veces en que de veras que lo quería ver muerto. Pero nunca actué según mis sentimientos, salvo cuando le envié esa nota —dijo y tomó aliento, temblando—. Desde entonces, hemos aceptado la situación.

—¿Cómo *ha podido* aceptar la situación? —preguntó Nic. Ella no podía tragarse esto.

—Yo tengo una hija. Si alguien provocara su muerte, yo nunca, jamás lo perdonaría. Probablemente lo perseguiría y lo mataría yo misma.

Leif le echó una mirada de soslayo. Se suponía que estaban representando distintos roles, pero Nic imaginó que Leif sabía que no era mentira lo que había oído.

—Y puede que también cualquiera de nosotros —reconoció Stan levantando sus palmas vacías—. Sólo que nosotros probablemente habríamos matado a tiros a Jim Fate en el estacionamiento y luego nos habríamos quedado de pie allí y habríamos esperado a que nos detuvieran. No tiene sentido huir y esconderse cuando ya no tienes por qué vivir. Y tampoco tiene sentido enviarle un paquete del que no puedes estar seguro que lo abrirá él, y dentro del estudio. Nuestra rabia era contra Jim Fate, contra nadie más. Hace seis meses, me hubiera encantado mirarle a esos ojillos azules y meterle una bala en medio. Linda y yo solíamos hablar de ello. De cómo haríamos algo así. Lo único que nos detuvo fue este niñito —dijo, extendiendo con una mano cariñosa el piececito de Brandon, calzado con una diminuta Nike azul—. Si matamos a Jim Fate, nos arriesgamos a no volver a ver a Brandon nunca más.

El niño le mostró una sonrisa, a la que Stan respondió con otra.

—Mire —dijo Linda—, hace un par de meses, recibimos cuatrocientos mil dólares por nuestro acuerdo con la KNWS. Tal vez sea el dinero lo que ha atraído a Jason, el padre de Brandon, por aquí, no lo sé, pero ahora está otra vez de buenas con nosotros. Nosotros cuidamos de Brandon todos los días mientras Jason está en el trabajo. Desde luego, sé que a él lo que le interesa es tener a alguien gratis que lo cuide, pero así yo puedo ver a mi nietecito a diario. Brandon es un niño tan, tan maravilloso. Y me recuerda tanto a su madre...

Mientras hablaba, Linda jugueteaba con Brandon, haciéndole cosquillas bajo el brazo o en la barriga. Ahora él soltó una encantadora risotada. Ella levantó su mirada a ellos.

—O sea, que no, no matamos a Jim Fate. Por la gracia de Dios, no lo hicimos.

Mientras regresaban al coche, Leif le preguntó a Nic.

—¿Qué opinas? ¿Los crees?

—La verdad, creo que sí. Creo que tenemos que mirar por otro lado.

—¿Seguirías pensando lo mismo si te digo que tienen un sobrino que es un entusiasta del *paintball*? —dijo Leif, arqueando una ceja.

La noticia hizo a Nic levantar la barbilla, como un perro que capta un olor. Los aficionados al *paintball* usaban granadas de humo. ¿Se estaba ablandando o distrayendo? ¿Por qué tomaba decisiones basándose en emociones y no en hechos?

—Con esa nueva información, voy a tener que reservar mi opinión. ¿Ha interrogado ya alguien al sobrino?

—Justo ahora mientras hablamos —dijo, y le dio una mirada divertida—. Te estás cuestionando tu juicio, ¿verdad?

Su traviesa sonrisa hizo que a Nic le diera una lenta voltereta el estómago.

—Si eso te hace sentir mejor, tienes razón. Creo que esos dos decían la verdad. No se arriesgarían a perder a su nieto.

Se preguntaba en qué estaba pensando, dejando siempre a este chico que la pillara con la guardia abajo. Nic guardaba la distancia por una razón. Con una voz muy cuidada, dijo:

—Creo que no he tenido oportunidad de darte las gracias por buscarme cuando ocurrió lo del gas sarín.

—Bueno, el abrazo que me diste fue una buena primera muestra.

—Esa es la cuestión, Leif —dijo, inundada la cara de calor—. Yo no debí haber hecho eso. Y lo de salir a desayunar juntos hace un par de semanas fue... Bueno, no quiero decir que fuera un error, pero creo que transmitió algo que no es.

—Espera un minuto. Esto no será uno de esos discursos «seamos simplemente amigos». Porque, primero, ese discurso ya me lo has soltado, y segundo, yo ya *soy* tu amigo. Al menos me gusta pensar que soy tu amigo del trabajo. Pero Nic, no puedo mentirte: quiero ser más que eso. Quiero ser tu amigo también fuera del trabajo. E incluso quisiera ser aun más que eso, no voy a negarlo. Pero si sólo te sientes cómoda con la amistad, perfecto. Y si no quieres ninguna de las dos cosas, si únicamente deseas que sea tu compañero y nada más, lo acepto.

Leif levantó una ceja, y ella adivinó lo que le costaba decir lo siguiente:

—Y ni siquiera te voy a dejar saber lo mucho que estás perdiendo.

—¿Y si lo que pasa es que no sé lo que quiero? —dijo Nic con voz baja. No eran palabras que ella hubiera tenido intención de decir, pero salieron de todos modos—. ¿Y si sucede que unos días quiero una cosa, pero al siguiente deseo algo diferente?

Leif soltó su diestra del freno de mano, apretó brevemente la izquierda de Nic y lo soltó:

—Lo único que puedo decirte, Nic, es que, no importa lo que quieras, no importa para qué te sientas preparada, si alguna vez estás lista, yo estaré aquí.

CAPÍTULO 30
Auditorio Keller
Viernes, 10 de febrero

El funeral de Jim Fate tuvo lugar en el Auditorio Keller, a pocas cuadras de la KNWS. Cada uno de los casi tres mil asientos estaba ocupado. Como en muchas otras cosas de su vida, Cassidy estuvo presente en dos calidades: en calidad de participante y en calidad de periodista. Esperaban de ella que escribiera una historia sobre el funeral en cuanto terminase. Andy, junto con las docenas de otros operadores de cámara venidos de todo el país, quedó relegado al balcón.

Eric le había dicho que esperaban entre los asistentes a más de la mitad de los «Cien Pesos Pesados» —la lista de los más importantes locutores de programas radiales de participación y debate según la revista *Talkers Magazine*. Mientras caminaba por el vestíbulo, Cassidy vio algunas caras famosas, pero, por dedicarse a la radio, muchos de los asistentes eran lo suficientemente anónimos como para ser delatados únicamente por la presencia de sus guardaespaldas y los contornos de chalecos antibalas bajo sus trajes oscuros. La mayor parte de la multitud estaba compuesta por los cientos de personas que, según Cassidy adivinaba, eran solamente admiradores de Jim. Aunque él nunca hubiera usado la palabra «solamente» para referirse a ellos.

Al entrar en el auditorio, Cassidy vio en seguida el brillante ataúd de caoba. Era difícil imaginarse que Jim estaba en aquella caja de madera. ¿Cómo podía alguien mucho más grande que la vida misma estar ahí?

El pensamiento la asustaba, así que lo apartó. Definitivamente, iba a necesitar el Somulex de Jim esa noche. A la izquierda del ataúd había un estrado, y a la derecha un cuarteto de cuerdas. Aunque podía verlos mover los arcos sobre sus instrumentos, la muchedumbre hacía demasiado ruido para poder oírlos.

¿Estaba el asesino de Jim en algún rincón del auditorio, mezclado con los demás que habían venido por sus propios motivos? Cassidy sabía que la policía fotografiaría los números de matrícula y grabaría en vídeo a los asistentes al atravesar las puertas.

Saludó con la mano a Allison, que estaba en el lado opuesto del auditorio. Mientras buscaba asiento, vio que Nicole se sentaba atrás y se sonrió con ella. Nicole contestó con un simple gesto de cabeza. *¿Se relajará alguna vez esta mujer?*, se preguntó Cassidy. A veces, cuando estaba ella sola con Nicole, sobre todo en las raras ocasiones en que Allison no estaba por allí, Cassidy se daba cuenta, con mucho dolor, de que era demasiado de todo: demasiado habladora, demasiado desorganizada, demasiado ruidosa. Al lado de los trajes de pantalón oscuros de Nicole, hasta su ropa parecía demasiado chillona.

Cassidy dejó caer su difamado bolso en uno de los dos asientos vacíos. Pero luego una mujer se puso de pie delante del asiento y miró con mala cara a Cassidy, hasta que la obligó a ponerse el bolso en los pies. *Si necesita un pañuelo*, pensó Cassidy, *a mí que no me mire*. Se ganó más miradas furibundas de la mujer cuando sacó su cuaderno y comenzó a tomar notas.

Cassidy no hacía caso de las caras serias y los suspiros. Ella tenía una teoría. Compórtate como si algo te estuviera permitido, o te merecieras algo, o fuera natural... y al cabo de un rato la gente empezará a creérselo.

La ceremonia comenzó con un pastor leyendo el Salmo 23, y luego orando por todos los que había dejado atrás. Por un minuto, Cassidy esperó que Jim, dondequiera que se encontrara ahora, pudiera ver el lugar repleto. Sabía que eso significaría mucho para él.

Después de algunas trivialidades, el pastor cedió el micrófono a un hombre alto, encorvado, que carraspeó nervioso.

—¡Hola! Soy Aarón Elmhurst. Soy el director de programación de la KNWS y tuve el privilegio de contratar a Jim Fate hace doce años. Pensé que le hacía un favor a él, pero en realidad fue a la inversa. Poco después, Jim empezó a expresar sus pensamientos y convirtió nuestra pequeña emisora en una auténtica potencia entre los medios. Muchos de ustedes tal vez deseen saber cómo lo hizo. ¿Dónde estaba el truco? Les contaré un pequeño secreto —dijo y se acercó más al micrófono—. No tengo ni idea.

Se escucharon algunas risas dispersas.

—Jim podía tomar la semilla de una historia y convertirla en un programa provocador que no podías dejar de escuchar. Así era su talento con las palabras. Un talento tan agudo que podía cortar como el filo de una hoja de afeitar. Quiero decir, claro, a veces podías decir: «Madre mía, esto no es lo que uno espera oír por la radio». Pero a la vez era lo que te hacía escuchar a Jim —dijo y luego hizo una pausa para enjugarse los ojos.

—Tal vez sea una sorpresa para aquellos de ustedes que sólo conocían a Jim en su personalidad radial, pero Jim sirvió de maestro y de inspiración para muchísimas personas. Y muchos le amaban. Puede que en el aire tuviera una personalidad altisonante, pero era un ser humano muy compasivo y afectuoso en su vida privada.

Cassidy se preguntaba si estaban recordando al mismo Jim. Había apreciado a Jim, lo había querido mucho, pero había algo que compartían. Los dos se dieron cuenta de que tenían que cuidarse solos. Que nadie más iba a hacerlo.

—Y si algunos de ustedes —concluyó Aarón— quisieran pasar aquí y contar sus historias sobre Jim, por favor pasen ahora.

Hubo una pausa, porque cada cual esperaba a que otro fuera primero.

Finalmente, Victoria Hanawa se dirigió al estrado. Cassidy la observó fijamente. Esta era la mujer a quien Jim había querido que ella sustituyera.

Era alta y delgada y a duras penas se mantenía erguida. Sus pómulos eleva-
dos sobresalían bajo su piel, sus ojos eran como oscuras sombras.

—Estuve con Jim en sus momentos finales. Como ya todos ustedes
sabrán, murió como un héroe. Sabía que había sido envenenado, pero no
quería que nadie más quedara expuesto —dijo y forzó una sonrisa—. Pero
no debo aquí hablar tanto de cómo murió, sino de cómo vivió. Y cómo trabajó. Jim cumplía con sus tareas. Había días en los que yo llegaba con piezas
de una exhaustiva investigación, pero él sacaba algo que había leído la vís-
pera en el *National Enquirer* y mantenía la mesa encendida durante horas.

Por la sala se dibujaron leves sonrisas de asentimiento.

—Lo que más me gustaba de Jim era que no tenía miedo de decir las
cosas como son. ¿Y qué hacía si alguien se atrevía a discrepar con él? —preguntó y fingió vacilar—. ¿Se puede decir *vociferar*? ¿Es una palabra demasiado fuerte? Por algo la gente le llamaba el Amo del Micro o Duro de Callar.

Se extendió una risa, como una ola, por la audiencia. Victoria se inclinó
más cerca del micrófono.

—¿Pueden decir juntos un «Oiga usted»? —pidió, recordando una de
las frases lema de Jim.

—¡Oiga usted! —vino la respuesta de todos lados. Incluso Cassidy lo
dijo.

—No dejo de pensar —Victoria prosiguió con una sonrisa vacilante—
en las discusiones que quiero tener con él. Pero ahora no voy a... —se echó
a llorar—. Jim, todavía no había acabado contigo.

Aarón la tomó del brazo mientras abandonaba el estrado. Para entonces
ya había una fila de personas esperando para hablar.

—Toda mi vida soñé con que trabajaría con Jim Fate —dijo Willow
Klonsky, la practicante asignada a Jim—. Pero nunca soñé que él me salva-
ría la vida.

—La gente dice que se odiaba a Jim Fate —intervino un locutor conocido a escala nacional—. Pues miren cuántos de nosotros están aquí. Pienso
que estamos desmintiendo eso.

—Espero que dondequiera que esté Jim, haya un micrófono —dijo Chris Sorenson, el encargado del control de llamadas—. Puesto que dejarlo sin micro sería como quitarle el aire. Él *necesitaba* hablar con quienes no conocía desde el otro lado de un micrófono.

—¿Saben una cosa? —dijo otro locutor de radio de la costa oeste que había alcanzado fama nacional—, a Jim le habría gustado esto. Él aquí habría estado contando mejores historias que nosotros. Si estuviera aquí, nos interrumpiría, discutiría, pero no nos importaría, porque sería condenadamente interesante.

La multitud, que había pasado unos momentos de lágrimas, se rió en silencio. Y así se pasó el tiempo, hablando desde el estrado uno tras otro, algunos famosos y, sobre todo conforme avanzaba el servicio, otros no tanto. Cassidy tomaba cada vez menos notas. En lugar de ello se encontró contemplando la realidad de que Jim se había ido y no volvería a verlo.

No se dio cuenta de que estaba llorando hasta que una gota caliente salpicó en su rodilla desnuda. Jim ni siquiera había cumplido los cuarenta y dos. Había muerto con un millón de sueños y proyectos. Un día también ella iba a morir. ¿Y qué tenía para enseñar de lo que era su vida? Le creció en el pecho una burbuja de dolor que le dificultaba la respiración. Lamentaba no poder retroceder lentamente hasta su apartamento, tomar otro Somulex, y cubrirse la cabeza con las sábanas.

Aarón fue el último en hablar.

—Jim Fate era un patriota, un hombre que combatió contra los intereses particulares, un hombre que no tenía miedo de decirle la verdad a los poderosos —dijo, pero la voz se le iba ahogando mientras luchaba para no llorar—. Alguien ha tratado de hacer callar tu voz, Jim, pero sigues vivo en nuestros corazones. Descansa en paz, noble guerrero.

Al concluir el funeral, Allison se apoyó la mano en el vientre, deseando estar tan avanzada como para poder sentir las pataditas del bebé. La doctora Dubruski le había dicho que faltaba al menos otro mes para que eso fuera posible. Deseaba el recordatorio de que la vida sigue, de que hay milagros que equilibran la balanza de las atrocidades.

—Antes de que mañana nos encontremos con Glover, creo que deberíamos apretarle más las tuercas a Victoria —dijo Nicole en voz baja cuando Allison se la encontró en el vestíbulo—. Pasar de la información a la confrontación.

—¿Ahora? —dijo Allison, a quien la emoción de Victoria le había parecido sincera. Así que, otra vez, las emociones de Allison estaban a flor de piel. Tenía que ser más desapasionada.

—Ahora es el mejor momento. Este servicio ha devuelto a Jim a la vida para todos los presentes, incluyéndola a ella. Van a tener una reunión más íntima por Jim en la KNWS. Hablemos con ella allí.

Media hora más tarde, las tres estaban recluidas en una pequeña sala de conferencias.

—Mire, sabemos que este es un mal día para usted, Victoria —dijo Allison.

—Es obvio, ¿no? Acabo de enterrar a mi amigo —dijo ella con los ojos muy abiertos.

—¿Su amigo? —dijo Nicole, dándole un tono sarcástico— ¿Por qué sigue usted mintiéndonos?

La cabeza de Victoria se echó hacia atrás como si le hubieran dado un manotazo.

—¿De qué está hablando?

—Mire —dijo Allison, dejando ver un poco de su cansancio—, con nosotras no tiene que fingir. Estamos simplemente conversando. ¿Y quién es más probable que pierda el control? ¿Alguien que ve a Jim cada día, alguien que tiene que soportar todas sus cosas, o un oyente que puede sintonizar sin más otra emisora cuando ya no lo aguanta?

Victoria se frotó la cara con las palmas de las manos, corriéndose el rímel.

—No, no, no puedo creer lo que está diciendo.

—Vayamos a los hechos, Victoria —dijo Nicole—. A Jim puede que le gustara manipularlos, pero todos nos cuentan que usted es una persona quisquillosa en cuanto a ser fiel a la verdad —dijo y levantó un dedo—. Hecho número uno: usted es quien le dio a Jim el paquete que lo mató —señaló y, cuando Victoria comenzó a replicar, Nicole dijo muy seria—: Déjeme terminar —y mostró dos dedos—. Hecho número dos: ustedes discutían continuamente —y sacó tres dedos—. Hecho número tres: varias personas nos han contado que en las dos últimas semanas ni siquiera se hablaban fuera del aire.

Victoria abrió la boca otra vez, pero Allison habló primero, sin mirarla directamente. Mantuvo un tono plano de voz, como si se limitara a declarar hechos en los que ya estaban de acuerdo.

—Jim era prepotente. Acaparaba el micrófono y hablaba por encima de usted cuando finalmente lograba aportar algún comentario. Y cuando usted discutía con él, Jim simplemente le cortaba el micrófono para que no pudiera decir nada de nada. Él nunca quiso que usted formara parte del programa. Lo que pasó podría incluso haber sido una especie de demencia transitoria, causada por la constante humillación a que la sometía.

—¡No! ¿Qué está diciendo? ¡No! —negó Victoria con la cabeza, y con los ojos muy abiertos.

—Usted le enviaba amenazas anónimas —dijo Nicole—. Usted trataba de conseguir que se marchase para así poder quedarse con el programa. Pero, cuando eso no funcionó, decidió que tenía que sacarlo de las ondas para siempre. Así que ideó un modo de matarlo, se lo dejó en las manos, y luego se aseguró de estar usted fuera del estudio antes de que él tirara de la cuerda.

—Esto *es* de locos. Aquel paquete estaba en mi casilla. Si yo no hubiera mirado la etiqueta, podría haberlo abierto yo misma.

—Mire, si usted nos cuenta lo que pasó en realidad, le facilitaremos las cosas —dijo Allison con amabilidad—. Todo el mundo entenderá por qué saltó. Jim no dejaba de fastidiarla. En las grabaciones hay pruebas de cómo la trataba. Cualquier persona razonable lo entendería.

—¿Toma usted algún tipo de calmantes? —preguntó Nicole— ¿O algún pariente suyo?

—¡Basta ya! ¡Déjenme en paz! Están las dos locas. Yo no maté a Jim —dijo Victoria, poniendo las manos planas sobre la mesa—. Es cierto que Jim y yo no siempre estábamos de acuerdo. Pero no lo maté.

—¿Sobre qué no estaban de acuerdo? —preguntó Allison, mirando a Victoria con atención. Ella había visto a asesinos llorar en los funerales de sus víctimas. Pero en realidad lloraban por lástima de sí mismos.

—Cuando empecé aquí, creía en la ética del periodismo de radio. Y Jim se reía de mí. El editorial, los anuncios... todo está entremezclado ahora. No hay ninguna diferencia. Jim recibía dinero de la gente que le ponía el Bótox. Era algo bochornoso. ¿Y qué creen que pasaba con los concursos del programa? ¿Se creen que de verdad le daba las entradas a conciertos a los que les tocaba por su llamada? En realidad elegía al que le parecía más entusiasta o al que encajaba en el perfil demográfico que busca la emisora.

—Pero eso eran viejas discusiones —dijo Nic—. Sabemos que recientemente ocurrió algo nuevo entre ustedes. Algo lo bastante fuerte como para
que se retiraran el habla. ¿Qué era?

—Yo *estaba* enfadada con él. Tiene razón.

—¿Por qué? ¿Qué pasó?

Victoria vaciló en contestar.

—Averigüé que estaba preparando a alguien para ocupar mi puesto
—dijo de un tirón—. Pero, como diría Jim, no era algo personal; era cuestión de negocios. Yo nunca mataría a nadie por eso. Sobre todo no así. Ver
a Jim cómo moría y yo sabiendo que no podía hacer nada para ayudar... fue
el peor momento de mi vida.

—¿Sabe usted quién era? —preguntó Allison.

—No quiso decirlo —dijo Victoria y se levantó—. Ahora, si me discul-
pan, voy a volver a la reunión y a recordar por qué tantas personas estaban
enganchadas a cada palabra de Jim.

—¿Qué opinas? —preguntó Nicole cuando Victoria se marchó.

—Si no se hubiera quedado con él, creo que ella sería mi sospechoso
número uno.

—Sí —coincidió Nicole—. Empiezo a pensar que ella no parece ser
quien buscamos. Y tampoco los Gardner. Pero...

Sonó el teléfono de Allison, que levantó un dedo para pedir a Nicole
que esperase.

—¿Diga?

—Hola, Allison, soy Joyce, de Protección de Menores. Pensé que querría estar al tanto de la niña que encontró usted en el centro durante la
evacuación. Al final hemos podido localizar a su familia.

—¿Qué? ¿Me está diciendo que todo este tiempo Estela ha estado en
custodia adoptiva? —dijo Allison, con el corazón en el piso, preguntándose lo que había sido de ella, absolutamente sola con un nueva familia de
extraños. Mientras trabajaba, Allison había logrado quitarse a la niña del
pensamiento. De todos modos, todo aquello parecía un sueño: recoger a

una niñita, atravesar con ella las calles, corriendo, mientras la ciudad estaba en el caos a su alrededor. Ahora era como si Estela volviese a estar abrazada con fuerza a ella, mirando a Allison con sus ojos negros.

—Resulta que la madre de Estela no está legalmente en el país, por lo que tenía miedo de presentarse.

—¡Ah! —exclamó Allison, empezando a entender—. ¿Y qué pasará ahora?

—Le devolveremos a la niña y les dejaremos seguir con sus vidas. Nosotros no somos los de Inmigración. De todos modos, Estela nació aquí, así que es ciudadana norteamericana por lo que no corresponde a la jurisdicción del Departamento de Inmigración. Pueden procesar a su madre para deportarla, pero no es trabajo nuestro comenzar ese proceso. Nosotros nos dedicamos a reunir a las familias, no a separarlas. Y la muchacha parece estar bien cuidada.

—¿Han encontrado a la madre?

—Justo esta mañana. Se llama Ana. Ha preguntado por usted. Está muy, muy agradecida por cómo usted ayudó a su hija. No dejaba de llorar, apretarme la mano y alabar a Dios. Quiere darle las gracias. Le dije que primero tenía que consultárselo, antes de darle cualquier información sobre usted.

—Dele mi número de teléfono, mi dirección... —no tuvo que pensárselo dos veces—. Lo que pida —dijo Allison, que en su interior había estado esperando poder ver a Estela otra vez—. ¿Y cuál es la historia de la madre?

—Ana sacó un visado de turista hace ocho años, pero se quedó. Ese es uno de los motivos por los que no teníamos constancia de ella hasta ahora. Tampoco habla mucho inglés, y no tiene acceso a Internet. Ella trabaja como señora de la limpieza para unos particulares. No está casada con el padre de Estela, que no tiene relación con la niña. La que cuida a Estela, su prima, estaba con ella en el centro y acabaron separadas. La prima tampoco está aquí legalmente —suspiró Joyce—. Algo parecido sucedió también en el 9/11. Muchos inmigrantes indocumentados murieron en las Torres

Gemelas: mensajeros, camareros, porteros, trabajadores de la construcción. Se tardó mucho en calcular sus cifras también. Los parientes estaban poco dispuestos a presentarse.

—¿Qué pasa si las autoridades atrapan a Ana?

—Los mexicanos sin papeles son deportados automáticamente. Hay quien cree que tienen a estos niños para poder quedarse en este país, pero así no son las cosas. Da igual que los niños sean ciudadanos. Tres millones de niños norteamericanos tienen al menos un padre que es ilegal. Pero si estás aquí ilegalmente, no importa si tus hijos están legales o no, te deportan en cuanto te pillen. Y si eso ocurre, el único modo de que tus hijos se queden en Estados Unidos es dejándoselos a alguien que sí sea ciudadano. Y los hijos no pueden reclamar que den la ciudadanía a sus padres hasta cumplir los veintiuno.

En Oregón, casi todas las personas que ves recogiendo las hojas de la calle o barriendo tienen rasgos latinos. Y luego están todos los productos agrícolas del estado. Cerezas, manzanas, patatas, peras, fresas, guisantes, frijoles... nada de eso podría ser cultivado y recogido sin la ayuda de inmigrantes ilegales. Allison no sabía cuál sería la solución. Algunos decían que los estadounidenses no querían un trabajo tan agotador; otros, que de buena gana aceptarían esos trabajos si pagaran mejor; y otros, que los agricultores no podían permitirse pagar diez dólares por hora.

Y en medio estaba una dulce niñita que no había podido opinar sobre dónde nacer.

CAPÍTULO 32

Corte Federal Mark O. Hatfield
Sábado, 11 de febrero

El diputado Quentin Glover no asistió solo a su cita con Allison y Nicole. Michael Stone, el abogado más prominente de Portland, estaba con él. Allison procuró mantener neutra su expresión. Ya se las había tenido que ver antes con Stone.

Stone era el tipo al que acudía la gente adinerada cuando les llegaba la porquería hasta las rodillas. Si te acusaban de haber pagado por sexo con un menor, o si eras un médico que se enfrentaba a un caso de negligencia que había dejado a una madre y a su bebé muertos, o eras un padre cuyo hijo adolescente había disparado a un policía, entonces era a Stone a quien querías en el banquillo de la defensa. Se rumoraba que nunca se tomaba vacaciones, ni un día libre, que ni siquiera dormía.

Stone era tan famoso por sus caros trajes como por sus prominentes defendidos. Hoy venía de punta en blanco, con traje negro a rayas. Sus zapatos negros parecían obras de arte a la medida. Con sus tacones de cinco centímetros, Allison estaba a la altura a Stone, mirando cara a cara sus intensos ojos azul claro.

Quentin Glover no tenía una presencia tan impresionante. Le quedaba un círculo de pelo castaño canoso y presentaba una barriga de cincuentón que no quedaba bien cubierta por su traje de uso habitual.

—¿Cómo les va, señoras? —dijo Stone mientras les daba la mano, con su resplandeciente dentadura en esa cara redonda. Después de intercambiar unas palabras para romper el hielo, Allison los condujo a una sala de conferencias que daba al Río Willamette.

—Apreciamos que haya venido a hablar con nosotros, congresista Glover —dijo después de que todos se sentaron—. Estamos hablando con muchas personas que conocían a Jim Fate, con la esperanza de que puedan ayudar a arrojar algo de luz sobre lo que le pasó.

—Haré cualquier cosa que pueda para ayudar —ofreció Glover, con una sonrisita que se esfumó tan rápido como había venido.

—Por qué no empieza por hablarnos sobre su relación con Jim Fate —dijo Nicole.

Stone le dijo adelante con un gesto a Glover.

—Él fue a la universidad con mi esposa, Lael. Cuando lo conocí, conectamos. Fuimos buenos amigos durante años. Salíamos a cenar, jugábamos al golf, hasta fuimos juntos a pescar salmón. Incluso después de todo lo ocurrido entre nosotros, estoy conmocionado por su muerte. Es algo increíble.

—Ha dicho que «fueron» amigos —observó Allison.

—No es ningún secreto que nos habíamos peleado —dijo Glover, meneando la cabeza en gesto de arrepentimiento—. De hecho, cualquiera que haya visto esos anuncios ridiculizándome o haya escuchado el programa de Jim en las últimas semanas seguramente se sorprenda de saber que una vez *fuimos* amigos.

—¿Y qué causó esa pelea? —preguntó Nicole.

—Lo que Jim les contara al respecto y lo que fue en realidad son dos cosas completamente diferentes —suspiró.

Allison estaba segura de que cada palabra, cada vacilación, las había ensayado primero con Stone.

—¿Qué quiere decir?

—Hace un par de años, en los medios de comunicación salió que yo había tenido una breve relación con una ayudante —dijo Glover, carraspeó y alejó la mirada—. Lo confesé y pedí perdón a mis electores y a mi esposa. Fui reelegido y Lael me perdonó —dijo, y negó con la cabeza—, pero Jim nunca lo hizo. Por eso, intentaba hacer ver que unos simples errores de mi contable eran una especie de intrincado sistema de comisiones ilegales. Dio tanto la lata con el tema que hasta los medios de comunicación serios se hicieron eco, y ahora hasta el Comité de Ética de la Casa Blanca está investigando. Cuando es totalmente absurdo. He pagado cada una de las facturas que se me han presentado. Pero a Jim no le preocupaba si las alegaciones eran verdaderas o falsas. Él ya estaba contra mí. Jim siempre apreció mucho a mi esposa. Tal vez más de lo debido.

Se abría una nueva perspectiva.

—He estado revisando las transcripciones de la *De la mano de Fate* —dijo Allison—. De los últimos cuarenta programas, mencionó su nombre en treinta y dos. ¿Cómo le hacía eso sentir?

—Cada uno representamos nuestro papel —Glover se encogió de hombros—. Supongo que Jim decidió olvidar que fue una vez mi amigo. Trató de crecer hundiéndome. Cuestión de audiencias. Desde luego, Lael ya no le hablaba. Ha sido algo muy estresante, no sólo para mí, sino para toda mi familia.

—Y Quentin acaba de perder a su madre, víctima de un cáncer —añadió Stone.

Glover asintió rápido con la cabeza.

—No quiero abundar en eso. No busco ninguna compasión.

—Lo siento de veras—dijo Allison—. ¿Padeció mucho su madre? —era sólo un presentimiento, pero ella lo siguió. A veces convenía hacerles caso.

—¿Con cáncer de hueso? —resopló—. Desde luego que padeció. Ni los parches para el dolor le servían —empezó a explayarse, pero Stone lo cortó.

—Lo siento, nos vamos por las ramas. Estamos aquí para hablar de Jim Fate.

Parches para el dolor. Y el forense dijo que Fate había muerto de una especie de opiáceo. En cuanto la entrevista terminara, Allison solicitaría una citación para investigar todo lo relacionado con Glover. Tardaría aproximadamente una hora en prepararla y que el juez se la diera, y no quería dar tiempo a Glover para destruir pruebas.

Se llevó una mano a la frente, poniendo una expresión de dolor. Necesitaba una excusa para que no sospecharan. Pero Stone era listo. Detectaba una mentira en un segundo, así que tenía que decir algo cercano a la verdad.

—Caballeros, ¿les importa si posponemos esta entrevista? —dijo Allison—. No me siento bien.

La expresión de Nicole no revelaba nada. Sólo entrecerró un poco los ojos, casi imperceptiblemente.

—¿Está usted bien?—dijo Stone con aparente interés.

—Los médicos me han estado haciendo algunas pruebas —suspiró Allison. Lo dijo pensando en las pruebas de azúcar de cada visita de control prenatal—. No le he contado esto a nadie, confío en su discreción.

Los hombres asintieron, perdiendo de vista, según esperaba Allison, el asunto que estaban mencionando cuando interrumpió la entrevista.

—Espero que todo vaya bien —pareció sinceramente preocupado Glover.

—Espero que podamos volver a reunirnos —dijo Allison— y seguir la conversación más adelante.

—Desde luego, desde luego —dijo Stone, y Glover asintió.

Una vez que las dos mujeres se quedaron solas en la oficina de Allison, Nicole levantó una ceja.

—¿Haciendo algunas pruebas? —

—No es mentira —dijo Allison un poco a la defensiva.

—Uh-huh —asintió Nicole y le dio un pellizquito—. Y esto hará que no caigan en lo que acabamos de enterarnos. La madre de Glover se estaba tratando con parches para el dolor... y creo que suelen hacerlos con alguna especie de opiáceo.

Marcó un número de la memoria y presionó el botón de manos libres.

—Tony, soy Nic. Y Allison Pierce está aquí conmigo. Oye, ¿ya han descubierto que fue lo que mató a Fate?

—¿Te crees que te estoy ocultando algo? —llegó su voz hasta ellas—. Te avisaré en cuanto lo tenga. El laboratorio sigue trabajando para hallar una coincidencia. Nos iría muy bien tener alguna pista sobre la droga de que pudiera tratarse.

—Acabo de enterarme de algo. La madre del congresista Glover vivía con él y su esposa hasta hace poco. Y murió recientemente.

—¿Estás diciendo —dijo Tony, perplejo— que crees que mató a su madre?

—Lo que digo es que ella tenía cáncer. Y que la trataban con parches para el dolor.

—¿Parches para el dolor? Tiene que haber sido *fentanyl* —dijo Tony, dejando una larga pausa mientras pensaba en ello—. Alguien podría raspar el *fentanyl* de los parches, disolverlo en alcohol de noventa grados, y luego pulverizarlo. Es posible.

Allison y Nicole intercambiaron una mirada.

—Lo comprobaremos y veremos si coincide, pero nos va a tomar varios días. Pero de momento puedo decirte que me parece una idea plausible.

Con mostrar que fue *fentanyl* no bastaría para probar que Glover lo hizo. Necesitaban más pruebas. Tenían que trabajar rápido y esperar que Glover no se les adelantara. Allison preparó a toda prisa un afidávit para que Nicole la firmara. Una vez hecho, lo llevarían a un juez para obtener las órdenes de registro para los coches, despachos y casas de Glover, tanto en Portland como en la capital.

—¿Qué haces? —preguntó Allison a Nicole mientras le daba los últimos retoques al afidávit.

Nicole llevaba un rato en absoluto silencio, tecleando en su computadora portátil.

—Tenía un presentimiento, así que hice una búsqueda en Google: *Glover* y *granadas de humo*. Mira esto —dijo y le pasó la computadora a Allison—. Es un comunicado de prensa de la oficina de Glover, de hace dos años.

El Congreso aprueba fondos para el Proyecto de Defensa de Oregón

El congresista Quentin Glover ha asegurado dos millones de dólares para reabastecer las necesidades de entrenamiento y operativas de la Granada M18, producida en el Arsenal Umatilla de Oregón. La Granada M18 es una pequeña granada de mano, aproximadamente del tamaño de una lata de sopa, que desprende un humo denso de color y es utilizada por todas las ramas del ejército para operaciones secretas de reconocimiento y demarcación. La Granada de Humo M18 ha sido muy demandada como consecuencia de las guerras en Afganistán e Irak. El congresista Glover ha recibido en Umatilla un homenaje por su apoyo.

Allison levantó la vista hasta Nicole. Quentin Glover acababa de convertirse en su principal sospechoso.

CAPÍTULO 33

Canal 4 TV

El camarógrafo inició la cuenta regresiva con los dedos y Cassidy entró en el aire. Brad estaba a su lado, pero la sección era de ella, y la cámara la enfocaba sólo a ella.

Hasta cubrir la noticia del gas en el centro había sido más fácil que esto. Pero Allison había llamado para darle ánimos, y una tentadora pista sobre Glover, e incluso Nicole le había enviado un breve correo deseándole suerte.

Cassidy respiró hondo.

—Estos días, por dondequiera que se mire, se ven adornos de corazones y escaparates repletos de bombones. El Día de San Valentín está a punto de llegar. En ese gran día, muchos de nosotros esperamos regalitos, romanticismo, rosas, bombones, cenas de restaurante... o al menos una tarjeta. Pero, para otros, el día sólo trae ansiedad, miedo y violencia. Una de cada tres mujeres sufrirá violencia doméstica en algún momento de su vida —dijo, luego hizo una pausa para dar mayor peso a sus palabras—. Y lo sé, porque yo era una de esas mujeres.

Cassidy levantó la barbilla y miró directamente a la cámara.

—¿Por qué lo digo ahora? Para ayudar a otras mujeres que se encuentran en la terrible situación que yo viví. Estas víctimas necesitan reconocimiento. Tienen que saber que no están solas. Mientras estuve con mi ex novio, me sentí muy aislada. Estaba a la vista del público, pero me sentía separada de todo el mundo. Con el tiempo, mi autoestima quedó totalmente destruida —contó, agradecida de que el maquillaje le ocultara la sombra morada que lucía bajo los ojos. La noche anterior había tenido que tomarse dos pastillas para poder dormir.

—Mi ex novio me manipulaba y me molestaba. Me robó hasta el último gramo de confianza en mí misma. Me insultaba. Me menospreciaba. Y pronto llegó a pegarme. También me aisló de mi familia y de mis amistades. La manipulación emocional tardó más en curarse que las contusiones.

Cassidy volvió a respirar hondo.

—He decidido hablar claro para ayudar a cualquiera de nuestras espectadoras que esté sufriendo violencia y quiera ver este programa. Quiero que sepa que no tiene por qué vivir en el dolor y el aislamiento. No está sola. He estado en su misma situación, he pasado por lo que está pasando, y pude salir. He recuperado mi vida, y usted también puede.

Con cada palabra, Cassidy se sentía más ligera. Había supuesto un paso grande y temible acusar a Rick por sus agresiones. Pero ahora ella era la que tenía el mando. Estaba sirviéndose de las habilidades que usaba cada día en el trabajo —investigar y contar una historia cautivadora— y convirtiéndolas en armas contra el hombre que primero le había declarado su amor y luego la había aterrorizado. Se lo imaginaba sentado en su casa, viéndola por la televisión, crujiendo los dientes de ira e impotencia. Y, aunque no la estuviera viendo, estaba segura de que le llegaría cada palabra. Todos sus amigos sabían que él había salido con Cassidy Shaw, la del Canal 4. A Rick le gustaba exhibir su conquista.

—La violencia doméstica puede incluir la agresión sexual y la violencia física. Pero a menudo comienza con algo menor, con el maltrato emocional. ¿Su compañero le dice que es estúpida, fea y despreciable? ¿Insiste en que no tenga contacto con sus amigos y familia? Eso es maltrato. Y lo terrible de la violencia doméstica consiste en que se va intensificando. El maltratador romperá cosas que a usted le gustan. Él, o ella, puede amenazar e incluso hacer daño a sus mascotas. Puede controlar su dinero. Y con el tiempo puede agredirle. Lo triste es que, en Estados Unidos, una mujer corre más riesgo de morir a manos de su pareja que de un extraño.

»Pero podemos romper el ciclo de violencia doméstica que destruye nuestras familias, desolando nuestras comunidades, y añade presos a unas cárceles ya atestadas. Para ello tenemos que comprometernos personalmente a intervenir si sospechamos que algún conocido nuestro lo está sufriendo. Sí, es difícil. Puede parecerle que no es asunto suyo o que no sabe cómo ayudar. Pero si usted no le tiende la mano, es posible que nadie más lo haga.

»Puede ayudar escuchando, sin juzgar. Cuando una persona está siendo maltratada, se siente culpable, avergonzada, inepta. Tiene miedo a que la juzguen. Sé que yo lo tenía —dijo Cassidy, asintiendo con aire pensativo mientras hablaba—. Pero insisto, usted puede ayudar diciéndole a la víctima que el maltrato no es por su culpa. Y que no hay ninguna excusa para la violencia: ni el alcohol, ni las drogas, ni las presiones económicas, ni estar deprimido, ni desde luego el comportamiento de la víctima.

»Dígale que no está sola. Que sepa que la violencia doméstica tiende a empeorar y a hacerse más frecuente con el tiempo, y que rara vez se marcha sola. Y dele a su amiga el número de asistencia directa a las víctimas de violencia doméstica: 1-800-799-SAFE.

»La violencia doméstica es un crimen brutal que se puede prevenir entre todos, echándonos una mano. Las manos son para apoyarnos, no para golpearnos. Recuérdelo este Día de San Valentín».

Cuando Cassidy salió del estudio, todo el personal rompió en espontáneos aplausos. Le daban palmadas en la espalda, le agradecían su valor y le dedicaban sus sonrisas.

Ella entró en el cuarto de baño. Se sentó en el inodoro y apoyó la cabeza contra la fría pared metálica durante unos benditos minutos. Listo. Lo había hecho. Había dado un paso adelante y había compartido el secreto que la tuvo petrificada durante semanas.

De nuevo en la oficina, Cassidy abrió su correo electrónico del trabajo. La cadena hacía tiempo que acostumbraba a proporcionar las direcciones de correo electrónico de todos los talentos que salían al aire. Los espectadores respondían enviando un número asombroso de sugerencias, fotos y vídeos. Su programa de correo electrónico tardó unos segundos en abrirse y, cuando por fin lo hizo, Cassidy parpadeó de la impresión. Más de cien mensajes llenaban su bandeja de entrada.

El primero la animó mucho.

—Eres muy valiente al dar la cara y ser la voz de los que no tienen voz. Gracias por ser una inspiración para los demás.

Sintiéndose mucho más aliviada, pulsó sobre el siguiente correo electrónico.

—Eres una mala prostituta —era todo lo que decía. Y estaba firmado, paradójicamente, «Un admirador».

Los siguientes correos que Cassidy abrió siguieron alegrándola o asustándola. Pero, aun cuando la gran mayoría eran comentarios positivos, no pesaban tanto como los malos, al menos para ella. La gente comentaba su aspecto, su interpretación, su ropa y hasta su edad, llamándola vieja y fracasada. Era como si, al abrir su vida a los espectadores, hubiera mostrado que ella era justo como ellos, y sólo había estado pretendiendo ser alguien que merecía estar ante la cámara. Alguien que merecía contar las noticias a los demás.

Cassidy había pensado que iba a ser de ayuda para otros. Pero ahora se preguntaba si lo único que había conseguido era hacerse daño a sí misma.

Había creído que sus espectadores la querrían más al saber que ella había afrontado la adversidad y al final había triunfado. En cambio, muchos de ellos se burlaron de ella por ello.

¿La habían querido alguna vez sus espectadores?

CAPÍTULO 34

Pub Chapel
Domingo, 12 de febrero

Nic se sentó de espaldas a la pared. Le gustaba así. Algo sólido e impenetrable contra sus omóplatos. Y de cara a la puerta. Siempre quería ver lo que venía.

Llevaba vaqueros y una camisa roja de manga larga. De manga larga porque tenía el brazo izquierdo hecho un desastre: magullado, cortado, raspado, por todo el trabajo de codos que le había estado enseñando su entrenador de boxeo tailandés. Fruto de la costumbre, Nic descansaba la mano en el vaso de cerveza cuando no estaba bebiendo. El Pub Chapel no se parecía en nada a los bares que ella frecuentaba recién salida de la universidad. Aquellos tenían una iluminación tenue, con música *dance* de fondo. Este lugar tenía paredes blancas, vigas oscuras y alfombras orientales, y estaba repleto de críos y de jubilados. Si había música, no se oía.

En un televisor de una esquina, alcanzó a ver a Cassidy, con una inserción del congresista Glover en la parte superior izquierda. El laboratorio se había llevado cajas y cajas de sus oficinas, casas, y coches, y ahora estaba procesando minuciosamente las pruebas, buscando coincidencias de fibra y de papel. Entre las pruebas había cierta cantidad de parches de fentanyl. Pero no granadas de humo.

Nic estaba tan nerviosa que parecía que podía explotar. O tal vez implotar. O simplemente hacerse añicos. Pero había prometido venir.

La puerta principal se abrió y entró Leif. Sus miradas se encontraron en un instante. Sonrió y Nic sintió que la inundaba una ola de calor.

—¡Hola! —se sentó y se llenó un vaso de la jarra que ella había pedido—. Veo que eres previsora. Voy a pedir otra.

—Este es mi límite —dijo ella—. Y es parte de por lo que quiero hablar contigo. Hay cosas que tienes que saber de mí. Antes de que pase nada —dijo, con la intención de decir «entre nosotros», pero de momento parecía demasiado atrevido. Tenía las manos húmedas y se las limpió en los muslos de sus vaqueros, contenta de que estuviesen ocultos bajo la mesa. Suspiró—. Mira, esto no se lo cuento a nadie, ¿de acuerdo? A *nadie*. Y jamás se lo contaría a alguien del FBI.

Leif apoyó las manos abiertas sobre la mesa y se inclinó hacia ella.

—Cuando hablo contigo no lo hago como agente, Nicole. Lo hago como amigo. Esto no va a salir de aquí.

Ella le miró fijamente a sus ojos claros y pensó en otro par de ojos, verdes, y se le encogió el estómago. Deseaba confiar en Leif, y no sabía si podía.

—La única persona que sabe esto es mi madre —dijo y bajó la mirada—, y ni siquiera lo sabe todo.

Leif asintió. No se acercó la cerveza a los labios ni apartó un momento los ojos del rostro de Nic.

—Fue el verano después de graduarme en la universidad. Estaba todavía decidiendo qué hacer. Pensaba entrar en una facultad de leyes o hacer un grado de maestría. Incluso me planteaba hacer medicina. Probablemente podría haber hecho cualquier cosa. Sé que suena vanidoso, pero me iba muy bien en los estudios. Sin embargo, realmente nada me llamaba la atención. Y era poco probable que las empresas se peleasen por contratar a una graduada en lengua y literatura. Mientras tanto, trabajaba de camarera y vivía en casa, ahorrando el dinero hasta que supiera lo que quería hacer. Una noche serví a estos dos tipos justo antes de cerrar. Uno era negro y el otro blanco.

»Eran graciosos, simpáticos, agradables. Al menos eso parecía —siguió, pero podía sentir cómo se le encrespaba el labio superior—. Me invitaron a beber con ellos en la barra después de acabar mi turno. Acepté —dijo, tragando saliva—. Así de estúpida era.

—Nic —protestó Leif suavemente.

—Recuerdo haber tomado una bebida —prosiguió ella como si él no hubiera hablado—. Me acuerdo de haber pedido una segunda. Después de eso, ya no sé lo que pasó. De algún modo, tuve que haber llegado a casa y lo hice en mi cama. Me desperté a la mañana siguiente vestida, pero con los *panties* al revés. Debí haberme dado cuenta de lo que eso significaba, pero en aquel momento pensé que lo más raro era haber podido conducir borracha, llegar a casa y no acordarme de nada. Ni siquiera de dónde venían las contusiones que tenía en las muñecas.

»Al día siguiente tenía un terrible dolor de cabeza, pero asumí que era la resaca. Pero esa noche comenzaron las pesadillas. Me desperté gritando, sudando. Y a la noche siguiente, igual. Y la siguiente. A veces lloraba. A veces mi madre me despertaba porque yo los despertaba a ellos primero. Lo único que recordaba en mis sueños es que parecía estar atrapada, como si tuviera algo encima de mí, aplastándome».

Leif estaba completamente quieto. Su cara bien podría ser un busto de piedra. Sus ojos miraban directamente a los de ella.

—Pensé que era la tensión de tener que decidir qué rumbo tomar en mi vida. Se me atrasó el período, pero yo llevaba más de un año sin tener relaciones. Al final compré un test de embarazo, aunque sabía que no tenía sentido. Sólo que no quería creer que yo fuera ese tipo de chica. Una cualquiera borracha.

Con una mueca de desagrado, Leif negó con la cabeza, pero Nic estaba absorta en sus recuerdos.

El supermercado estaba repleto de mujeres embarazadas. Unas se movían pesadamente, mientras que otras lucían sus lindas barriguitas. Una mujer, con una barriga que sobresalía alarmantemente, se paseaba con unos tacones de diez centímetros que Nic jamás podría haberse puesto, embarazado o no. Compró el test de embarazo más barato, tan genérico que ni tenía nombre.

En casa, se aseguró que la puerta del cuarto de baño estaba cerrada antes de orinar sobre el palito blanco. Poco después, vio la primera línea, rosa. Según las instrucciones, significaba que el test funcionaba. Cuando comenzó a aparecer la segunda línea, al principio Nic se dijo que se lo estaba imaginando. No estaba oscuro. Tenía que ser un falso positivo. Ella no podía estar embarazada. Claro que no.

Nic leyó las instrucciones otra vez. Cualquier línea, por leve que fuera, era un positivo.

Llamó a la enfermera de atención al cliente.

—¿Es posible que haya un falso positivo?

—Ay, corazón —dijo la enfermera.

Algo murió dentro de Nic.

—¿Puedo preguntarte algo? —añadió la enfermera—. ¿Estás casada?

En vez de responder, Nic colgó.

—Iba a abortar —le dijo a Leif—. Me sentía como basura, como una prostituta. Tenía la sensación de que todo el mundo podría contar, solamente con mirarme, lo que había hecho.

Leif la miró, se mordió el labio y cambió la mirada. ¿Estaba avergonzado, abochornado por ella?

—Entonces mi mamá me encontró vomitando en el cuarto de baño y se imaginó lo que pasaba. Debes entender que mi familia es religiosa.

—¿Y tú no? —preguntó Leif con cuidado.

Ella pensó en cómo le había pedido que Dios lo hiciera de otro modo, que se lo llevara, de modo que ella pudiera volver a su vida anterior.

—No, ya no. No quiero nada de un Dios que deja que pase algo como lo que me pasó. Si tienes algún problema con eso —le dijo, mirándolo intensamente— entonces es mejor que lo sepas.

—Te estoy escuchando —dijo él suavemente—. No me voy a ninguna parte.

—Entonces mi madre me citó un salmo, sobre cómo Dios entreteje la vida del bebé en la matriz de su madre. Traté de decirle que el feto no es más que un amasijo de tejidos. Sin embargo, en ese entonces pensábamos lo mismo. Que me había emborrachado y había cometido un error. No conocíamos el resto. Mis padres y mi pastor dijeron que me ayudarían con el bebé, que yo podría regresar más adelante a la universidad, que Dios me había dado ese hijo por alguna razón. Y los escuché. Y entonces... entonces vino el remate cuando ya estaba de cinco meses y era demasiado tarde para hacer nada.

—¿Qué remate?

—Esos dos tipos, Roy Kirk y Donny Miller, fueron detenidos cuando una señora de la limpieza encontró una cinta, todavía puesta en el vídeo, en la que se veían teniendo sexo con una mujer medio inconsciente. Roy tenía montones de cintas como esa, pero sólo dos de ellas las tenía también Miller. Cuando vi sus fotos en el periódico, me presenté. Quería ver mi cinta —dijo, tomó aire profundamente, con temblor—, pero no había ninguna.

—¿Qué crees que usaron? —preguntó, poniéndose la mano sobre las cejas.

—En el juicio dijeron que GHB.

Leif sorbió aire entre los dientes y dejó caer la mano en la mesa. Incoloro e inodoro, el GHB, o gamahidroxibutirato, tenía un gusto ligeramente salado que era fácil disimular. Unas gotas podían dejar a una persona medio inconsciente durante cuatro horas o más, sin que le quedaran luego recuerdos de lo ocurrido. Y el GHB sale del organismo en doce horas, de modo que las víctimas solían ser examinadas demasiado tarde. Cinco meses después del suceso, cualquier prueba habría desaparecido hacía mucho tiempo.

—¿Por qué molestarse en usar un arma o un cuchillo cuando puedes verter algo en la bebida de la chica que elijas? —dijo Leif, con una voz baja y con trazos de amargura—. No sólo no pondrá resistencia, es que ni siquiera se acordará de que la agredieron.

—Uno dice eso, pero por dentro, aun cuando todos empezaron a llamarlo violación, yo sabía que era culpa mía. Había coqueteado y me había reído con ellos. Los acompañé a la barra cuando me invitaron.

—Nic, no —protestó Leif.

—Y ahora iba a tener a un bebé cuyo padre era un monstruo. De alguna extraña manera, sentía lástima. Por el bebé. Nadie se preocupaba por él. Yo era su madre, y no lo quería. Le dije a mi madre que iba a entregarlo en adopción. No podía criarlo.

Nic comenzó a recordar la reacción de Berenice.

—Nicole, no —protestó su madre, dejando caer el cucharón de madera con el que había estado removiendo una olla de sopa—. ¿Has orado a Dios al respecto?

Nic se había puesto muy derecha. Estaba llena de ira, desde los dedos del pie hasta la punta de la coronilla. Se sentía más viva de lo que nunca había estado desde aquella noche.

—¿Orado al respecto? ¿Qué clase de Dios dejaría a dos animales violarme, en primer lugar? Me drogaron y me usaron como un Kleenex. No me importa lo que Dios piense. Él no me protegió. Ahora es cosa mía tomar las decisiones.

—¡Ay, Nicole, no digas eso! —exclamó la madre con la mano en el pecho. Le brillaban los ojos por las lágrimas—. Mira, cuando nuestro pueblo era esclavo, muchos, muchos niños fueron concebidos en una violación o a la fuerza. Pero aun así aquellas madres amaban a sus hijos.

—Mamá, no soy una esclava. Y no puedo hacer eso. Si me lo quedo, ¿qué tipo de vida le voy a dar? ¿Qué le voy a decir a la gente que quiera saber quién es el padre?

—Sólo tienes que mantener la cabeza bien alta y decir que tú eres la madre y el padre.

—¿Y cuando el niño me pregunte quién es su padre? ¿Entonces qué? Un niño no puede vivir con esa carga. Un niño no puede vivir sabiendo que su padre es el diablo.

La madre se acercó a Nic y le puso la mano en el hombro.

—No lo compliques, basta con que le digas que su padre cometió un error y te hizo daño. Pero que cuenta con tu amor, pase lo que pase.

Nic se revolvió hasta que la mano de su madre cayó de su hombro.

—No puedo. El niño no tiene la culpa, pero tiene que estar en un lugar donde sea querido y deseado.

—Por eso mismo tienes que quedarte con el bebé —dijo Berenice—. Tú eres la madre.

—Pero al final te quedaste con la niña —dijo Leif.

—Cuando mi hija nació — suspiró Nic—, temí que si la tenía en brazos se complicaría la cosa, puesto que iba a entregarla. Pero entonces mi madre la tomó, y el bebé lloró. La enfermera la abrazó, y ella chilló. Entonces, al final, la enfermera me trajo a la niña. Acababa de entrar en su turno y creo que nadie le dijo que iba a entregar al bebé. Extendí la mano —dijo, repitiendo los gestos, con las manos extendidas y vacías— y toqué ligeramente a Makayla en la frente. Ella dejó de gritar enseguida y me miró, no sé, como interesada. Parecía conocerme y sentirse segura conmigo. Y de repente me encontré rebosando de amor por aquella criatura preciosa e inocente. Y tal vez no fue justo para los padres que iban a adoptarla, ni para mi hija, pero decidí no entregarla. Y ella es la luz de mi vida. Ella es una de las dos cosas buenas que salieron de aquel horrible día.

—¿Y qué con los dos tipos? —preguntó Leif, con aspecto serio.

—¿Kirk y Miller? A Kirk le dieron veinticinco años. A Miller trece.

Ella hubiera deseado hacerles tragar los dientes de una patada por arruinar las vidas de tantas mujeres. En lugar de eso, curtió en su interior la resolución de que nadie volvería a aprovecharse de ella nunca más.

—¿Testificaste en el juicio? —preguntó Leif. El dolor que se apreciaba en sus ojos hizo más fácil para Nic continuar.

—Al final, decidieron que mi caso no tenía consistencia sin las pruebas de vídeo. Ya tenían a aquellas otras mujeres en las cintas, y ellas testificaron. Antes de eso, habían hecho una prueba de ADN, mientras estaba todavía embarazada, que determinó la paternidad. Se demostró que el padre era Miller. Pero, desde luego, él no es realmente el padre de Makayla. No en el verdadero sentido de la palabra.

—¿Lo sabe ella?

Nic se encogió de hombros y dejó escapar algo que sonó parecido a una carcajada.

—En realidad, nunca me lo ha preguntado. Sigo ensayando lo que voy a decirle cuando lo haga. A veces me pregunto si sabe que no quiero que me lo pregunte.

—¿Cómo es tu hija? —preguntó Leif, ya con la expresión más relajada.

—Es inteligente. Directa. Valiente. Un poco insolente. Y es alta. El verano pasado vinieron un par de personas de agencias de modelos pidiéndome que los llamara.

—¿Lo hiciste?

—De ninguna manera. No quiero que acabe en un trabajo donde tarde o temprano la gente te dice que no estás bastante delgada, bastante guapa —dijo, sintiendo cómo se le encogía el estómago—. Ha heredado la altura de Miller. Él es alto, como tú.

—¿Sabe él que es hija suya? —dijo Leif estremecido.

—Puede ser. Aunque dictaminaron que mi caso no daba para ir a juicio, mi nombre y la información sobre el embarazo estaban entre las pruebas de juicio previo a las que el abogado de Miller tenía acceso. Pero nunca ha intentado ponerse en contacto conmigo.

Leif entrecerró los ojos.

—Dices que le dieron trece años. ¿Cuántos años tiene tu hija?

—Diez. El asunto es que... le han dado la libertad condicional a Miller, con supervisión electrónica, hace dos semanas. Hasta ayer no me notificaron nada.

—Espera, ¿anda por aquí?

—En Medford. Es donde vive su madre.

Medford estaba cinco horas hacia el sur.

—¿Crees que tratará de venir aquí? —dijo Leif apretando los puños.

—No lo creo. Lleva un controlador por GPS. Aunque quisiera vengarse, no fui de las que lo llevó a la cárcel.

—Dijiste que de aquella noche salieron dos cosas buenas —dijo Leif, tocando con la yema de los dedos el dorso de su mano. Nic sintió como si le llegara hasta los huesos. Y no le hacía daño. Más bien, parecía que empezaba a formarse algo en su interior—. ¿Cuál fue la otra?

—En el curso de la investigación, me interrogó un agente del FBI, porque Roy había violado a chicas en tres estados. Aquel agente me causó una gran impresión. Y, cuando Makayla cumplió dos añitos, solicité para entrar en el FBI. Pero nunca hablo de su padre. Con nadie. La gente no tiene por qué saber nada. Y si alguien pregunta, les hecho esta mirada que tengo y ya no preguntan más.

—¿Sabes cómo llamamos a esa mirada? —dijo Leif rompiendo en una relajada risa—. La mirada de la muerte.

CAPÍTULO 35

Canal 4 TV

Lunes, 13 de febrero

Quentin Glover convocó una rueda de prensa a las 12:15 para «brindar información actualizada sobre la situación» —dijo Eric en la reunión matinal de planificación del Canal 4.

—Va a renunciar —dijo Brad seguro—. Esa orden de registro debe de haber sacado algo.

Cuando Cassidy veía la mirada de veneración con la que observaba Jenna a Brad, le costaba no vomitar.

—Es posible —coincidió Eric—. Cassidy, Andy y tú vayan a cubrirlo. Lo pasaremos en directo en las noticias de mediodía. Glover ya se estaba haciendo a la idea de una temporada en la cárcel por sus trapicheos financieros, pero hay rumores de que esto está relacionado con el asesinato de Jim Fate.

Cassidy sintió una extraña satisfacción. Nunca le había gustado Glover. Cassidy odiaba la política. Si le hablabas de un político, por lo que a ella se refería, le hablabas de un mentiroso. Y ahora, por lo que parecía, también de un asesino. Si era así, estaba impaciente por cubrir su juicio y sentencia. Eso no le devolvería a Jim, desde luego, pero podría devolver algo de equilibrio al universo.

Había una idea que la fastidiaba, pero cuando trataba de precisarla, se esfumaba. Era algo sobre Jim. Algo que había visto recientemente que no le parecía muy bien. ¿Pero qué era?

La rueda de prensa estaba abarrotada, pero Cassidy supo valerse de sus codos y altos tacones para abrirse camino hasta al frente. Glover se veía mal, sudoroso y pálido, con expresión de susto al enfrentarse a las dos docenas de micrófonos.

Al verlo, Cassidy no sintió ninguna compasión. Que sufra. Fuese como fuese la angustia que él estaba experimentando, no era nada comparado con lo que le había hecho a Jim.

—Algunos de ustedes probablemente estén aquí hoy esperando verme salir huyendo derrotado. Pero no voy a hacerlo.

Glover negó con la cabeza tan enérgicamente que Cassidy vio cómo salía una gota de sudor despedida de su cara.

—Quiero repetir que soy inocente de esas acusaciones. No voy a renunciar al cargo que me han confiado los votantes de Oregón. He sido bendecido con cincuenta y dos años de excitantes desafíos y estimulantes experiencias y, sobre todo, con la esposa y los hijos mejores que ningún hombre podría desear. Ahora mi vida ha cambiado debido a una vendetta dirigida políticamente. Ese panfletista de Jim Fate no cejó en sus acusaciones a pesar de la falta de pruebas. Hizo todo lo posible para destruirme a mí y a mi familia.

Había silencio absoluto en la sala.

—Pues bien, estoy contento de que Jim ya no esté aquí para seguir acosándome —dijo Glover, sonriendo, pero no era más que una mueca—. Pero cuando esas pataletas suyas contra mí se habían felizmente terminado, ha llegado el FBI, con su incompetencia y su manía de perseguirme, y ha clavado sus ojos en mí para castigarme. Así que Jim sigue burlándose de mí incluso desde la tumba. He llegado a comprender que no hay nada que yo pueda hacer para evitar estas mentiras y difamaciones. Aunque su artífice ya no está, todavía siguen extendiéndose, como el cáncer que son.

Una mancha roja se extendió por las mejillas de Glover.

—Algunas personas han estado llamando y enviándome mensajes diciéndome que me creen. Ellos saben que soy inocente, que nunca tomé un sólo dólar y que desde luego no le quité la vida a Jim Fate. Es gente que quiere ayuda. Pero en esta nación, la mayor democracia del mundo, no hay nada que puedan hacer para impedir que me procesen por crímenes que saben que no cometí. ¡Jim Fate puso en marcha una fuerza destructora de persecución política y calumnias que no sólo me ha traído dolor a mí, sino que ha hecho daño mi familia, amigos, y colegas! Tuve que ver cómo mi madre pasaba sus últimas semanas de vida agonizando, porque ella no podía creer las cosas que Jim decía sobre mí —fue soltando sus palabras cada vez más rápido, tanto que casi las escupía.

—Jim atrajo su propia muerte por el odio y la mentira que él mismo vomitaba. Pero aunque entiendo por qué alguien lo mató, no fui yo. No he hecho ningún mal. Pido a los que creen en mí que sigan concediéndonos su amistad y sus oraciones por mi familia, que sigan trabajando sin desmayo por la creación de un verdadero sistema de justicia aquí en los Estados Unidos, y que continúen con sus esfuerzos para defender mi inocencia, de modo que mi familia no resulte dañada por esta injusticia que se ha cometido contra mí.

Desde el estrado, con el enjambre de micros por medio, tomó tres sobres de papel manila, dos finos y uno grueso. Miró a un lado.

—John, ¿podría guardarme estos, por favor?

Uno de los miembros del personal de Glover, que parecía confuso, se adelantó para recoger los dos sobres finos. Luego Glover tomó el tercero y lo abrió. Se oyó una exclamación unánime.

Era un arma.

De alguna extraña manera, la expresión que tenía al empuñarla era de paz.

—Por favor —dijo Glover con calma—, salgan de la sala si esto les puede resultar traumático.

Alrededor de Cassidy, todo el mundo se echó para atrás.

—¡Quentin, no haga eso! —gritó John.

—¡Así no, Quentin! ¡Quentin, escuche! —exclamaron otros.

Glover levantó una mano, indicándoles que no siguieran, mientras con la otra apuntaba con el arma al techo.

—No intenten quitármela, o alguien saldrá herido —advirtió.

Cassidy tuvo la sensación de estar mirándose a sí misma. Era como si las semanas no hubieran pasado, y ella se encontrara de nuevo en casa de Katie Converse, la senadora que había sido asesinada, con los ojos fijos en un arma. No podía moverse; no podía ni respirar.

Glover giró la mano para colocar el arma del revés y se la metió en la boca. La gente se quedó boquiabierta y gritó.

Antes de que nadie pudiera moverse, apretó el gatillo y retrocedió hasta dar contra la pared. Se deslizó hacia abajo por ella hasta quedar sentado, con las piernas extendidas por delante. Le salía sangre de la nariz y del orificio de salida de la bala en la tapa de los sesos.

Alrededor de Cassidy, todo el mundo gritaba, exclamaba y lloraba conmocionado. Algunas personas corrieron hacia Glover, como para intentar una reanimación, pero estaba claro que había muerto.

¡Vamos, hombre! ¡Se ha volado media cabeza!, pensó Cassidy, inmóvil. Y luego le sobrevino un pensamiento terrible. ¿No había dicho Eric que el Canal 4 iba a retransmitir la rueda de prensa en directo?

CAPÍTULO 36

Pastini Pastaria
Miércoles, 15 de febrero

Allison se encontró con Nicole a las puertas de Pastini.

—¿Has visto ya a Cassidy? —preguntó Allison.

Justo cuando Nicole contestaba que no, Cassidy detenía su coche al lado de ellas. Se apeó, casi consiguiendo que la atropellaran, al parecer indiferente a los bocinazos y chirridos de frenos. En la acera, les dio un abrazo a cada una. Allison notó en sus manos cómo Cassidy parecía estar tiritando. Había pasado por tanto últimamente. Estar a escasos metros de un hombre que se pegaba un tiro no era lo que más convenía para su estado mental, ya de por sí tenso.

—Cassidy, no puedes estacionar aquí —le advirtió Nicole—. Es una zona de estacionamiento limitado —las tres se apretaron al coche para dejar paso a una mamá con un carrito de gemelos.

—Lo quitaré en un segundo —dijo Cassidy mientras abría la puerta de atrás y empujaba el asiento delantero para buscar en la parte trasera del auto—. Nicole, sólo quiero darte tu regalo de cumpleaños antes de que se me olvide. Sé que faltan diez días, pero como está todo el mundo con las agendas tan apretadas...

Allison sintió una punzada de culpa. Había estado tan preocupada por atrapar al asesino de Jim Fate que ni había pensado en el cumpleaños de Nicole. Las dos miraban cómo Cassidy empezó a mover a zarpazos los desechos que cubrían el asiento de atrás: envoltorios de barritas de granola, un par de Nikes, un tubo de rímel, un paraguas, una bolsa de McDonald arrugada y un par de ejemplares de la revista *People*.

—Estaba justo aquí —se quejó ella, estirándose más.

Cassidy siempre había aspirado a tener la mejor figura y se esforzaba mucho por mantener un peso que Allison, en privado, consideraba demasiado bajo y Cassidy, en público, sentía que nunca era lo bastante bajo. Pero ahora daba la sensación de que se hubiese rendido en esa lucha. Su estrecha falda le apretaba demasiado.

Allison se dio la vuelta para ver si Nicole se fijaba en lo mismo. Pero, en vez de mirar a Cassidy, Nicole estaba perpleja por otra cosa que había en el coche. Allison siguió la dirección de su mirada. En medio de los asientos había un sujetavasos que tenía, no una taza de café, sino un platito con cambio. Con algo ligeramente más grande encima.

—Aquí está —dijo Cassidy, desenterrando un paquete rosado del tamaño de una baraja de cartas. Mientras se incorporaba, Nicole se inclinó en el coche.

—¡Eh! —dijo Cassidy sorprendida cuando Nicole se volvió a levantar. Las tres se quedaron mirando el pendiente de plata, con forma de letra china, que ahora estaba en la palma de la mano de Nicole.

—¿Qué es esto? —dijo Nicole, con un tono que a Allison le sonaba fatalmente familiar.

—Medio par de pendientes —contestó Cassidy encogiéndose de hombros—. No sé dónde perdí el otro. Son hechos a mano, por eso no quiero tirarlo sin más. Supongo que en cualquier momento encontraré el que falta en el fondo de mi monedero o algo así.

— Hace poco vi uno igualito.

—¿Te acuerdas en dónde? No sabes cuánto me gustaría poder ponérmelos otra vez.

—El que yo vi está en una bolsa de pruebas —dijo Nicole sin la menor alteración en la voz—. Leif lo encontró debajo de la cama de Jim Fate.

Los labios de Cassidy formaron una O pequeñita y redonda.

—Dime qué hacías allí —exigió Nicole—. Y en su dormitorio.

—No es lo que piensas — Cassidy bajó la voz, y las tres se quedaron como una piña en la acera, sin notar ya a los peatones.

—Ah no, Cassidy —dijo Allison, sintiendo que se le venía abajo el corazón—. ¿Qué quieres decir con «no es lo que piensas»?

—Jim y yo nos conocíamos desde hacía mucho tiempo. Él quería que yo dejara el Canal 4 y aceptara el trabajo de Victoria Hanawa.

—¿Qué? —dijo Allison. Una parte de ella no podía creerlo. Otra parte de ella vio que así encajaba todo lo que sabían hasta ahora.

—Así que hicimos una grabación en su apartamento, ensayando como si hiciéramos un programa juntos. Volví allí la mañana que él murió para poder quitar la grabación de su ordenador, para que nadie la encontrara —contó, mirando a Nicole y a Allison, en busca de su comprensión—. Ya había rechazado la oferta de Jim, pero el Canal 4 me habría despedido si se hubieran enterado. ¡Habría perdido mi trabajo por nada!

—¿Y no se te ocurrió que valía la pena darnos esa información? —intervino Nicole, con fuego en la mirada—. Hemos estado buscando a la mujer de la que nos habló la vecina, a la rubia misteriosa que salió del apartamento, ¿y eras tú? Nos has mentido, Cassidy. Nos dijiste que Jim sólo era tu amigo. Y no nos contaste que quería ponerte en el puesto de Victoria Hanawa.

—Sólo éramos amigos. Básicamente. Jim intentó algo más, pero lo rechacé, ahí fue cuando se me debió caer el pendiente. Y no dije nada sobre haber estado allí porque no quería que me tuvieras como sospechosa.

—¡Has ocultado pruebas, Cassidy! El dato de que él te ofreció el trabajo de Victoria habría señalado hacia Victoria como la asesina.

Cassidy arrastraba la puntera del pie en la acera, dando la imagen de una niña de cinco años atrapada en una mentira.

—Pero estaba preocupada por mi trabajo. No me di cuenta que contarte lo de Jim y yo habría señalado a Victoria. Pero todo ha salido bien. Ya lo resolvieron.

—Mira Cassidy —suspiró Allison—, no podemos guardarnos secretos entre nosotras. No sobre cosas tan importantes.

Ella bajó la barbilla, su melena rubia le caía por los lados de la cara como dos alas.

—Lo sé. Lo siento. Es que no lo pensé detenidamente.

A pesar de las disculpas, seguía habiendo entre ellas un sentimiento desagradable cuando entraron al restaurante. Nicole abrió su regalo: una pulsera hecha con piedras ojos de tigre pulidas. La tensión se deshizo un poco al darle las gracias a Cassidy. Cuando llegó la camarera, Allison pidió el *ziti vegetariano*, Nicole el *linguini* con pollo *piccata*, y Cassidy el *ziti con molta carne*.

—¿No les sorprende que al final fuese Glover? —preguntó Casidy después de que la camarera se retiró.

—Sorprender tal vez no sea la palabra exacta —dijo Allison—. Y en cierto sentido la muerte de Glover lo simplifica todo. A pesar de todo lo que hizo, Glover sigue teniendo algunos admiradores en este estado. Habría sido difícil encontrar un jurado imparcial. Y mucho más condenarlo basándonos en pruebas circunstanciales. Pero no deja de ser verdad que tenía sus motivos para odiar a Jim y que su madre estaba tratándose con el mismo tipo de sustancia que mató a Fate, y él tenía el acceso a las granadas de humo. Las pruebas del laboratorio con la sangre de Fate todavía no han terminado, pero supongo que no serán concluyentes. El grupo especial de investigación ya ha sido disuelto. Ya sólo estamos Nicole y yo atando cabos sueltos.

—¿Qué había en los otros dos sobres? —preguntó Cassidy—. Los que Glover le dio a su ayudante.

—Uno contenía su tarjeta de donante de órganos. En el otro había una nota de suicidio —Allison la había leído tantas veces que hasta se la sabía de memoria.

Los medios de comunicación y el FBI me han acusado de muchas cosas. En su mundo de burócratas, no hay tonalidades de gris, sólo blanco y negro. En su errada perspectiva, los regalos de viejos amigos se convierten en sobornos. Los cánceres que tendrían que haber sido atajados antes de extenderse se convierten en ciudadanos nobles y ejemplares, llorados por las multitudes. Los asuntos personales se sacan a la vista de todos.

Pienso en mi vida y siento que he hecho la mayor parte de las cosas debidamente. He dicho la verdad tal como la he visto. He pagado lo que me han pedido pagar. ¿Entonces por qué termino así, con una diana en la espalda? No puedo más. Sea cual sea el resultado, la gente mirará y señalará. No puedo aceptarlo. Sólo he hecho lo que había que hacer.

Lamento que mi familia haya tenido que pasar por esto. Estarán mejor sin mí. Nunca pensé hacerles daño. Mi carga es tan grande que no puedo dar un paso más.

Por favor, por favor, por favor, les pido al resto de ustedes, por favor, dejen a mis hijos en paz.

—¿Crees que estaba loco? —preguntó Cassidy.

—Como una cabra —torció Nicole la boca—. Como se mató ostentando todavía su cargo y antes de que lo condenaran por nada, su esposa se queda con la pensión completa de viuda de congresista porque ellos no tienen cláusula de suicidio.

Llegó la comida. Allison estaba harta de pensar en Jim Fate, en si las cosas realmente cuadraban.

—No he tenido oportunidad de decírtelo todavía, Cassidy —dijo—, pero vi tu especial sobre la violencia doméstica. Te felicito por tu paso adelante. Quiero decir, yo soy voluntaria en Safe Harbor, pero simplemente ayudo a una mujer cada vez. Sin embargo, tú brindaste esperanza a cientos, tal vez miles de mujeres.

—No sé si valió la pena —dijo Cassidy mirando a lo lejos—. Si de verdad hubiera alcanzado ese fin. Tendría que haberlo pensado mejor.

—Mira, Cassidy —dijo Nicole después de una pausa, en voz baja—, hay algo que he estado guardándome y que hace poco le he contado a alguien. Sólo a una persona, pero hacerlo me hizo sentir que ya no era tanta carga, tanto secreto. A veces, cuando te guardas las cosas para ti, se notan más pesadas de lo que realmente son.

Por fin una chispa iluminó los ojos azul turquesa de Cassidy.

—¿Y cuál es el secreto?

Allison también estaba cautivada. Imaginaba que era algo que tenía que ver con Leif.

—Chicas, prometo contarlo algún día —dijo Nicole apartando la mirada de ellas—. Sólo que hoy no.

Cassidy se dejó caer en el respaldo de la silla.

—Sigo pensando que habría sido mejor si me hubiera quedado con la boca cerrada. Según la gente, soy una loca celosa, vengativa y una zorra. Y esto es solamente lo que puedo decir en público. He tenido que anular los avisos de noticias con mi nombre en Google, porque lo que me salían eran enlaces a blogueros que me llaman gorda, vieja o loca.

—¿No te llegan noticias de otras personas —dijo Allison, que se mordía el labio—, gente que se alegra de que dieras la cara?

—Sí. Es decir —respondió Cassidy encogiéndose de hombros—, hay víctimas por ahí que dicen que me agradecen que hablara claro. Pero en cierto sentido parece que me he convertido en una diana —dijo, presionó sus bien cuidados dedos contra los labios y se quedó en silencio unos segundos—. He estado pensando últimamente que no he considerado adecuadamente las cosas. No se trata de que todo el mundo ahí en el país de los espectadores me ame. Ni siquiera que me conozcan. En realidad no. O sea, fíjate en Jim. Él no tenía ningún amigo íntimo, en realidad. Sus amigos eran como amigos imaginarios, todas esas personas que le sintonizaban cada día. Pero eso no es realmente una amistad. No como la que tenemos nosotras —dijo y miró a las compañeras de mesa, con una sonrisa temblándole en los labios.

—¿Entonces cómo te enfrentas a todo eso? —dijo Allison y, tratando de anticiparse a una respuesta automática de Cassidy, le puso la mano en la muñeca—. Parece como si te hubiera tocado estar en medio de cada tragedia de los últimos días, desde tu amistad con Jim Fate hasta encontrarte delante de Glover cuando se mató.

Cassidy parpadeó, de cada ojo le corrió una lágrima.

—Francamente, soy un desastre. He estado teniendo problemas para dormir durante meses. Empezó con Rick y luego con lo que pasó en casa de

Katie Converse. El trabajo ha sido horrible. Y todo ha sido como una bola de nieve desde que Jim murió. Él fue quien me sugirió tomar Somulex para poder dormir mejor. Ahora me parece que puedo estar hecha una, bueno...
—dejó caer la voz hasta que fue un susurro—... adicta.

—¿Qué quieres decir? —se inclinó Nicole hacia ella.

—Me estoy tomando más de las que debería.

—Pero es un medicamento que sólo se vende con receta —advirtió Allison—. No es posible tomar más de lo recetado.

Cassidy tomó aire, temblándole el pecho.

—Pero sí si tomas más de lo que receta un solo doctor. En realidad voy a tres médicos ahora. Ninguno de ellos sabe de los otros. Sé que es estúpido, pero es el único modo en que puedo dormir algo. Pero he estado haciendo algunas cosas extrañas. Como anoche, debe haber sido sonambulismo. ¡Me desperté en el estacionamiento vestida sólo con el pijama, y estaba tratando de abrir la puerta del coche con un tenedor! Gracias al cielo, pude regresar a mi apartamento sin que nadie me viera, pero eso sólo porque había dejado la puerta abierta de par en par. Y la noche que Jim murió, casi me quedo muerta en la bañera, después de tomarme un par de Somulex y luego algo de vino.

—Ay, Cassidy —dijo Allison—, necesitas ayuda, ya.

Cassidy pasó rápidamente su mirada de una amiga a la otra.

—No puedo... estoy demasiado ocupada. Tengo demasiadas cosas entre manos.

—Siempre vas a estar demasiado ocupada —dijo Nicole con naturalidad.

Allison le apretó la muñeca a Cassidy.

—Estamos hablando de tu vida, Cass. Mírate. Estás temblando. Esta ya no eres tú.

Con mano temblorosa, Cassidy se llevó la servilleta a sus ojos llorosos.

—Soy una profesional. Me digo a mí misma que mantengo la distancia entre mí y lo que pasa. Que no es real. Así es como pude hacer el reportaje desde el centro cuando todo el mundo creía que era un ataque terrorista. Simplemente me dije que tenía un trabajo que hacer. Que aquello no tenía nada que ver conmigo —dijo, dándose con el dedo en el pecho—, pero cuando me quedo sola en casa por la noche, todo eso resurge.

—Tienes que ir a Adictos Anónimos, chica —dijo Nicole—. A mi hermano le ayudaron a dar un giro a su vida.

—Tiene razón —dijo Allison. La única manera en que Cassidy podría vencerlo era dejándolo en manos de Dios, incluso en AA se refieren a él como «poder superior».

—Cuando regrese a la oficina —añadió Nicole—, averiguaré donde hacen reuniones cerca de tu casa y te enviaré un *email*.

—No soy ninguna drogadicta con la aguja enganchada al brazo —dijo Cassidy, ya con la espalda rígida—. Tomo medicamentos recetados legalmente.

—Adictos Anónimos —dijo Nicole como si nada— es para cualquiera que tiene problemas con sustancias, sean legales o no. Y seguro que alguien que va por recetas a tres doctores que no saben el uno del otro encaja en esa definición.

—Pero puede que haya gente allí que me reconozca —negó Cassidy con la cabeza—. ¿Y si se enteran en la cadena?

—Pero en AA... —comenzó Nicole a decir, cuando sonó el teléfono de Allison.

Era de la oficina. Se disculpó y se lo llevó afuera. Una vez en la calle, vio que Cassidy no había sacado el coche de donde lo dejó mal estacionado.

—Allison, tengo a alguien al teléfono que dice que tiene que hablar contigo. Pero no quiere decirme el motivo.

—¿Quién es?

—Chris Sorenson. —

—Pásamelo por... ¿Chris? —

—Allison, quería hablar con usted pues no pienso que nadie más me creería.

—¿Creer qué?

—He estado mirando las cintas de la última rueda de prensa de Glover.

Allison se estremeció.

Ojalá no sigan difundiéndola, ni cortando el final. Es morboso.

—La cosa es —dijo Chris— que no es su voz. No es la voz de Quentin Glover la que se oye en la rueda de prensa.

—¿Qué? ¿Qué quiere decir?

—¿Recuerda que le dije que Glover había llamado en tres o cuatro ocasiones para amenazar a Jim? Quienquiera que llamó no es la persona que hablaba en la rueda de prensa.

—¿Cómo puede estar tan seguro?

—Porque reconozco las voces —dijo Chris con tono natural—. Todo mi trabajo gira en torno a eso.

Allison recordó lo que había dicho que él podía reconocer a los oyentes vetados que llamaban, incluso cuando lo hacían desde un teléfono prestado.

—No hay duda de que fue Glover quien se suicidó allí —advirtió ella—. Había cien personas en aquella rueda de prensa, sobre todo reporteros que llevaban años cubriendo noticias en torno a Glover. Así que la persona que le llamó a usted en su nombre debía de ser un impostor.

—Era más algo que un impostor cualquiera —dijo Chris—. La identificación de llamada indicaba que era Quentin Glover. Era su número de teléfono, su nombre, todo. Pero, se lo juro, no era el mismo.

De vuelta en el restaurante, Allison encontró a Cassidy tranquila, ya sin lágrimas. Nicole le hizo a Allison un gesto que la puso al corriente de que las cosas se estaban encarrilando. Y delante de ellas había un plato lleno del chocolate tartufo del restaurante, nata montada sobre un pastel de chocolate con corazón de trufa.

Nicole repartió ceremoniosamente los tres tenedores. Tras advertir primero a Cassidy que en esto no la iba a ganar, al menos todavía, Allison les contó lo que Chris había dicho.

—Lo raro es que me resulta creíble. Pero, ¿si no era Glover el que llamó al programa, cómo es que salía su nombre y su número en el identificador de llamadas?

—Creo que sé lo que pasó —dijo Nicole despacio—. Utilizarían un simulador de dirección de procedencia.

—No me acuerdo de qué es eso —dijo Cassidy.

—Se pueden comprar en Internet. Se venden «sólo con fines de entretenimiento» —dijo Nicole, con claros tintes de sarcasmo en la voz—. Claro. Marcas un número gratuito y metes el número al que quieres llamar y el número que quieres que aparezca en el identificador de llamadas del otro teléfono. Al otro lado no sólo ven el número falso del identificador de llamadas, sino hasta el nombre asociado a ese número.

—¿Y no es ilegal? —preguntó Cassidy.

—Es un limbo legal. A veces se usan con malos motivos. Por otra parte, una asistente social puede usarlo para llamar a una víctima de abusos mostrando un número que no levante sospechas a su marido.

—Pero —dijo Cassidy—, ¿por qué usaría alguien un simulador de procedencia para que pensaran que Glover estaba amenazando a Jim Fate?

—Para hacernos creer que Glover era el asesino. Apostaría a que esa misma persona sabía que Glover había ayudado en el financiamiento de la fabricación de las granadas de humo, y eso le dio la idea de matar a Fate con una —dijo Nicole, hablando cada vez más rápido conforme iba conectando los puntos—. Karl me dice que no hemos podido relacionar la granada que mató a Fate con las fabricadas aquí en Oregón. Y, hasta ahora, ninguna de las fibras de alfombra de las casas, oficinas o vehículos de Glover coincide con la del paquete. No tenemos nada que ligue a Glover con Fate, excepto el hecho de que Fate no dejó de meterse con él y que Glover le correspondía odiándole con todo su ser. Y que se suicidó antes de que pudiéramos hacer demasiadas preguntas.

—¿Y si alguien se tomó todas las molestias de asegurarse que todas las pistas señalaran hacia el congresista Glover? —dijo Allison, dejando caer cada palabra sobre la anterior—. ¿Y si lo prepararon todo... y él se vino abajo?

CAPÍTULO 37
Corte Federal Mark O. Hatfield

En cuanto regresó a la oficina, Allison fue donde Dan y se lo contó todo. Pero, mientras hablaba, se dio cuenta de lo inconsistente que sonaba. No tenía más que las palabras de una persona que no era Glover y que había llamado a la emisora para amenazar a Jim Fate haciéndose pasar por él. Y aunque fuese verdad, seguía estando ahí el libre acceso de Glover a los parches de fentanyl, su conexión con las granadas de humo, su nota que a la vez negaba y aludía a sus errores, y su acto final, desesperado, de suicidio, cuando la red se cernió sobre él. Dan estuvo al final de acuerdo en dar más tiempo a la investigación, pero estaba claro que era escéptico al respecto.

Eran las dos de la tarde cuando Allison fue por fin al cuarto de baño de la oficina. Y entonces vio la sangre. La miró fijamente, como atontada, tal vez demasiado cansada para atar cabos. ¿Cómo era que había sangre?

Por teléfono, la enfermera le dijo a Allison que no debía preocuparse, a no ser que la hemorragia siguiera o le vinieran calambres. Durante la hora siguiente Allison fue haciendo las cosas conforme a su rutina, pero tenía la mente puesta en su vientre. ¿Iba algo mal? Tal vez. ¿Sentía calambres? Tal vez. Iba al cuarto de baño cada pocos minutos. La hemorragia no menguaba. Pero tampoco era abundante. Trató de orar, pero de todo lo que era capaz era de tocarse la cruz que llevaba colgada, la que su padre le había regalado, y pensar la expresión *por favor*.

Por fin, se rindió y volvió a llamar a la consulta. Le pidieron que acudiera a una visita después del trabajo.

Entonces llamó a Marshall.

—¿Puedes venir a la consulta de la doctora Dubruski a las cinco?

—¿Por qué? —dijo con voz aguda—. ¿Qué pasa? ¿Algo anda mal con el bebé?

—Seguramente no es nada. Puede que sólo sean imaginaciones mías.

Dios mío, que sea así.

—Estoy manchando un poquito, eso es todo. Sólo quiero ir para estar segura.

—Estaré allí en cinco minutos. Luego te llevaré a casa para que te metas en la cama.

—¿Qué? No, Marshall, tengo demasiadas cosas que hacer. Y, además, la enfermera ha dicho que si fuera a... —vaciló, luego se esforzó para pronunciar la palabra— abortar, estando de tan pocos meses no podrían hacer nada para detenerlo.

—No hay nada que discutir, Allison. Estaré ahí dentro de cinco minutos.

En cierta extraña manera, era un alivio que le dijeran lo que tenía que hacer, aunque fuese más simbólico que otra cosa. Se marcó unos límites para el trabajo del día y bajó en el ascensor para esperar a Marshall. Si él aparecía en su trabajo a mitad de jornada, habría demasiadas preguntas.

En casa, insistió en que se acostara y luego se sentó al lado de ella, acariciándole el pelo. Pero el simple toque la molestaba. Estaba escuchando. Quería escuchar a su cuerpo. Antes, había un pequeño zumbido de conexión entre ella y el bebé. Ahora no lo notaba. ¿O ya no estaba? Tal vez sólo eran imaginaciones. Seguro que todo estaba bien.

—¿Puedes simplemente abrazarme? —pidió ella por fin. Estaban juntos en el dormitorio a oscuras, con las rodillas de él apretadas a las corvas de las rodillas de ella, con una mano de cada uno en el vientre de Allison. Marshall susurró oraciones en la nuca de ella hasta que llegó la hora de ir.

En el consultorio, la recepcionista les dijo que esperasen. Allison se volvió obedientemente hacia uno de los sofás con estampado de flores, pero Marshall habló con la recepcionista.

—Mire, puede que esté teniendo algún problema. ¿No habría algún modo de que nos atendiera ahora?

—Ah —asintió la joven mirando a Marshall y a Allison—, desde luego. Veré lo que se puede hacer.

Pasaron sólo unos minutos y los llamaron, un pequeño milagro.

La enfermera pesó a Allison: había engordado medio kilo. Y le tomó la presión arterial: normal. Tuvieron que esperar unos minutos en la sala de examen. Allison se sentó sobre el borde de la camilla. Marshall le puso la mano en el hombro.

Por fin entró la doctora Dubruski.

—¿Cómo está? —dijo, volviendo la cabeza para mirarles mientras se lavaba las manos.

—He manchado un poco —dijo, pero las lágrimas le empezaron a resbalar por la cara antes de que pudiera continuar.

La doctora se secó las manos y le dio a Allison un pañuelo de papel.

—Lo siento —dijo Allison, intentando dejar de llorar. Marshall le pasó el brazo alrededor.

—No lo sienta, apuesto a que se lo ha estado aguantando toda la tarde, ¿verdad? —dijo la doctora Dubruski. No era mucho mayor que Allison y Marshall, pero sus palabras tenían la cadencia tranquilizadora de una madre—. Vamos a examinarla ahora mismo. Una vez que ya hemos oído los latidos del corazón del bebé es muy poco habitual que una leve hemorragia signifique algo serio.

Echó un chorro de gel en el vientre de Allison. Pero en cualquier parte donde pasaba el *doppler*, no había más que un agónico silencio que llenaba la sala. Allison se giró para mirar a Marshall. Tenía los ojos entrecerrados de la concentración mientras escuchaba el sonido que nunca llegaba.

La doctora Dubruski levantó por fin el *doppler*.

—En realidad deberíamos examinarla con la ecografía. Como apenas está de doce semanas, basta con que el bebé se encuentre en la posición incorrecta para que no podamos oírlo con el *doppler*. Lo siento. Tendría que habérseme ocurrido antes.

Marshall ayudó a Allison a ponerse la ropa y fueron por el pasillo hasta la sala de ecografías. Allí, la doctora comenzó a mover el sensor sobre el vientre de Allison. Allison miró la expresión amable de la doctora al inclinarse hacia la pantalla. Parecía seria, pero no estaba preocupada. Allison seguía diciéndose lo mismo. Que la doctora simplemente estaba mirando con cuidado.

La doctora Dubruski observó detenidamente la pantalla desde más cerca, luego se retiró un poco. Al mismo tiempo movía el sensor, lo levantaba, lo dejaba, lo llevaba de un lado a otro, intentaba un nuevo ángulo, empezaba de nuevo.

—Sé que esto debe ser incómodo —dijo—. Lo siento.

Y allí, a todo lo largo de la pantalla se veía la gota gris que formaba el bebé dentro del espacio negro del útero de Allison, tranquilo y quieto.

—No estoy viendo lo que quiero ver —dijo la doctora—. Pero no estoy... segura.

Pasaron los minutos. Marshall se puso al lado de Allison y le tomó la mano, con la frente arrugada de preocupación. Quería estar tranquila. No iba a precipitarse con las conclusiones. No se dejaría llevar por el pánico.

No iba a ser ella la primera en decirlo.

Por fin, la doctora dejó de mirar.

—Déjeme tomar algunas medidas —dijo—. Sí, creo que... —dijo, y bajó la mirada—. Las medidas son de aproximadamente once semanas. Y no puedo encontrar el latido del corazón —concluyó la doctora y los miró—. Lo siento mucho.

Aunque estaba recostada plana sobre la espalda, Allison sintió como si se cayera. La camilla no pudo impedirle caer en el abismo.

CAPÍTULO 38
Residencia de los Hedge

Moviéndose como una sonámbula, Nic dio unos pasos hacia delante, más allá de la enorme camelia. Ya estaban saliéndole brotes rosados. Tendría que arreglarla, pero sólo pensarlo la hacía sentirse más agotada. Estaba tan cansada. Tan cansada. Las jornadas de dieciocho horas durante tantos días le estaban afectando. Y ahora, con Chris Sorenson afirmando que la voz del teléfono no era la del diputado Glover, parecía que no iba a poder pasar página en el caso de Jim Fate. Además, estaba esa nimiedad de la adicción de Cassidy al Somulex. A veces, Cassidy le ponía los nervios de punta, pero el verla tan vulnerable había tocado una fibra dentro de Nic.

Se metió en la casa y cerró la puerta. Al sonar la alarma, fue corriendo a la parte trasera de la casa y tecleó el código en el panel de control que había junto a la puerta de atrás. Había dejado la alarma quitada, porque Makayla iba a volver a casa pronto. Ya en su dormitorio, Nic se sacó la chaqueta y se desabrochó la pistolera. Puso su arma en la caja de seguridad dentro del armario y luego dejó las llaves, las esposas y la placa en el escritorio.

Miró con ganas la cama de matrimonio, en la cual nunca había dormido ningún hombre. Probablemente debería comer antes de acostarse, pero eso parecía demasiado problema. Y su madre ya le habría dado de comer a Makayla antes de traerla a casa.

Se estaba quitando la chaqueta cuando oyó abrirse la puerta de la calle abierta y a su hija llamarla. Sólo una palabra, pero había en ella un pozo sin fondo de terror y miedo.

—¡Mamá!

Nic salió corriendo hacia el salón, casi resbalando con las medias en el parqué de roble. En la sala de estar, un tipo blanco alto agarraba con una mano el hombro de su hija. En la otra mano empuñaba un arma. Nic la identificó como una SIG Sauer. Y, aunque no lo había visto en casi diez años, reconoció al tipo: Donny Miller.

—Es alta como yo —observó él.

Las palabras salieron de la boca de Nic antes de poder sopesar su sabiduría.

—No se parece a ti en nada —dijo, con la sangre hirviéndole en las venas. Quería agarrar cada uno de los dedos con que tocaba a su hija y quebrarlo como un palo.

—Mamá, abrió la puerta de un empujón cuando yo estaba cerrando —dijo Makayla, como si la fueran a culpar por ello.

Miller empujó a Makayla hacia Nic. La rabia de Nic se convirtió en hielo. Su hija corrió y la abrazó por la cintura, apretando la cabeza contra el pecho de su madre. El abrazo fue tan fuerte que de milagro no se cayeron las dos.

—Makayla, ¿te ha hecho daño? —dijo, presa del pánico al sentir que Makayla estaba temblando. Pero entonces vio cómo negaba levemente con la cabeza.

—¿De modo que así se llama? —dijo Miller, con una sonrisa nerviosa en la cara—. Makayla Miller. Suena bien.

Makayla levantó la cabeza un poco. Ahora sólo movía la mirada, de Nic a Miller y de Miller a Nic. Los miraba con sus ojos verdes, como los de Miller.

Pensando a la velocidad de un rayo, Nic calculó. Su pistola estaba en la caja de seguridad. Las esposas y el teléfono móvil estaban sobre el escritorio. Había un teléfono fijo en la cocina y otro en el dormitorio. La cocina, con sus deseados cuchillos, estaba demasiado lejos. Y aun más lejos el panel de la alarma, con su botón etiquetado con un pequeño escudo azul que llamaba inmediatamente a la policía. Eso si Miller no había cortado la línea. Si la había cortado, ni los teléfonos ni la alarma servían.

La única arma que le quedaba a Nic era su propio cuerpo. Si ella pudiera acercarse a él, podría atacarle con puños y codos, rodillas y piernas. Pero, si no era lo bastante rápida, o si erraba, ahí estaba el arma de Miller. La pistola que podría hacer daño a su hija.

La posibilidad parecía demasiado grande para arriesgarse.

—Sólo quería verla —dijo Miller—. Soy su padre, ¿no? Tal como decía en aquellos papeles que tenía mi abogado. Y tú la has guardado para mí todos estos años.

Nic ya se acordaba de esa voz. Plana, casi insensible.

—No, tú no eres su padre —escupió Nic las palabras—. Tú no eres nada. No eres nadie —bajó la mirada hacia su hija, todavía agarrada a su cintura. Se había enterado de la noticia que Nic siempre tuvo miedo de darle, pero ahora incluso eso quedaba eclipsado por algo más terrible.

—Vete, Makayla. Vete corriendo —apartó a su hija—. Corre a la casa de enfrente con la señora Henderson. Y no mires atrás.

—No —dijo Miller con un tono inquietantemente tranquilo.

—¡Corre! —la empujó Nic, dándole en el hombro, tratando de dirigirla hacia la puerta—. A ti no te va a disparar —la urgió, porque en sus entrañas lo sabía.

—Así es, cariño —dijo él levantando el arma para apuntar a la cabeza de Nic—. A ti no te voy a disparar. Le dispararé a tu madre. A la mujer que no quiere admitir que yo soy tu padre.

Makayla se quedó paralizada.

—No le escuches, mi vida —replicó Nic sin permitirse que hubiera el menor miedo en su voz—. Vete con la señora Henderson.

—Makayla —dijo Miller—, no hagas caso. Yo soy papá. ¡Tu papá! —intentó una sonrisa—. Y si haces exactamente lo que digo, nadie saldrá herido. Porque no quiero hacer daño a nadie. De verdad que no. Pero si no haces lo que digo, entonces me veré obligado a pegarle un tiro a tu mamá. Tú no quieres que haga eso, ¿verdad?

Makayla no decía nada, dirigiendo sus ojos de Miller a la puerta y de nuevo a su madre. Él siguió mirándola fijamente hasta que por fin negó con la cabeza.

—Muy bien. Ahora quiero que vayas por el teléfono móvil de tu mamá y por el tuyo y me los traigas. Ahora mismo. Y que no se te ocurra llamar a nadie —dijo, señalando hacia Nic con el arma—. Si no...

Makayla miró un instante a Nic y luego fue de prisa al dormitorio de su madre. *Debe de haber cortado la línea telefónica*, pensó Nic. Si no se arriesgaría a perderla de vista. Se preguntaba si Makayla se atrevería a intentar llamar desde el dormitorio, fuera de la vista de él. Y qué le haría Miller si la sorprendía haciéndolo. Ella no oraba a Dios, no creía en él, pero elevó una súplica en silencio. Una sola expresión: *por favor*.

El Donny Miller que la violó era un cobarde que necesitaba usar drogas y un compinche para cometer sus crímenes. Pero está claro que diez años en la prisión cambian a cualquiera. Y no para bien.

En cuanto Makayla salió del salón, Miller se plantó al lado de Nic en dos zancadas. Le puso un brazo sobre los hombros, sin apretar, y con el otro le presionó el arma contra la sien. Nic podía sentir cada pelo de su propia piel. Podía sentir por dónde atravesaría la bala su lóbulo temporal. Podía imaginarse a Tony Sardella examinando su cuerpo en la mesa de autopsias mientras ponía en marcha la sierra.

Nic no se movió.

Makayla volvió con el teléfono de Nic y luego se sacó el suyo de su bolsillo trasero. Se los entregó a Miller. Tenía los ojos tan abiertos que parecían ocupar toda su cara.

—Esta es mi niña —le brindó otra de sus sonrisas secas, que hizo que todo pareciera peor—. Ahora, apágalos y sácales las baterías.

Makayla hizo lo que le pedía, con la manos temblando. Luego le mandó arrojar los teléfonos en el suelo y los aplastó con sus gruesas botas, clavando el cañón del arma en la fina piel de la sien de Nic a cada pisotón.

—Ahora tráeme algo con lo que pueda atar a tu madre. Bufandas, cinturones, algo así. Necesito bastantes.

En cuanto Makayla salió corriendo del salón por segunda vez, Nic trató de mirar a Miller, pero todo lo que podía ver era el negro cañón del arma.

—Si le tocas un pelo, te haré suplicar tu muerte.

—¿Por quién me has tomado? Es mi hija. Mía. Lo admitas o no. Pero no te preocupes. Seré compasivo contigo, mientras no hagas nada estúpido. Después de todo, eres la madre de mi hija.

Nic cayó en cuenta de que, fuera lo que fuera lo que Miller sabía, no estaba al tanto de cuál era su profesión. Tal vez seguía pensando que era una camarera. Probablemente ni sabía que podría matarlo sin pestañear. Y eso es lo que haría, si no le estuviera encañonando la cabeza.

—¿Qué vas a hacernos? —dijo con voz tranquila.

—Sólo quiero compensar el tiempo perdido, eso es todo. No te preocupes. No le haré daño. Yo nunca le haría daño —dijo, sin mencionar nada sobre sus intenciones con Nic.

Makayla salió del dormitorio de su madre. Un bulto de bufandas y cinturones le llenaba los brazos. Los dejó caer a los pies de Miller. Al instante, él se inclinó para recogerlos.

Y entonces Nic vio lo que su hija tenía en las manos. Su Glock. Makayla debió de haber visto la clave de la combinación tantas veces que había memorizado los números.

Su hija levantó el arma, empuñándola delante de ella con las manos apretadas.

Nic se tiró de lado, no para proteger a Miller, sino para desequilibrarlo de manera que no pudiera dispararle a Makayla.

El tiempo casi se detuvo. El índice de Makayla se dobló en el gatillo y lo apretó.

¡*Boom*! Una bala destrozó el techo. Nic estaba concentrada tan intensamente que apenas se dio cuenta del ruido. Se desprendió yeso blanco sobre ellos.

Makayla cayó hacia atrás, sin soltar el arma. Nic aguzó la vista. Lo único que podía ver era el arma de Miller, que él ahora levantaba para apuntar a Makayla.

Nic se giró hacia él, seccionando el aire con su codo levantado, que alcanzó la ceja izquierda de Miller. De repente empezó a cubrírsele la cara de sangre. Nic columpió hacia atrás la pierna derecha, arqueó la espalda y lanzó la pierna desde la cadera, dándole una patada justo en la muñeca.

El arma salió despedida. Ella la oyó deslizarse a lo largo del parqué, pero sabía que no estaban a salvo. Todavía no.

Nic agarró de los hombros a Miller y le propinó un rodillazo en el plexo solar. En el fondo, una parte de ella se estremeció al oír su gemido por cómo se le quedaban los pulmones sin gota de aire. Lo agarró de la nuca y le empujó la cabeza contra la rodilla de ella, botando sobre la rodilla izquierda y luego sobre la derecha, que descargaron su fuerza contra la nariz y las mandíbulas. Nic oyó el suave y crepitante sonido de los huesos al romperse.

Y entonces Miller cayó a sus rodillas, gimoteando y escupiendo sangre, y Makayla le pasó a Nic su arma.

CAPÍTULO 39
Clínica especializada Bridgetown

—Tenemos varias opciones —dijo la doctora Dubruski a Allison y a Marshall. Su estrecha cara parecía tensa, la piel estirada marcando los pómulos. Pero no apartó la mirada. Les hizo ver que el dolor de ellos era también el de ella—. Podríamos hacer un raspado. Conlleva un leve riesgo. O puede esperar y dejar que su cuerpo lo expulse solo. Pero algunas personas encuentran que es demasiado doloroso.

Como si estuviera en una sala de tribunal, Allison buscó la clarificación.

—¿Se refiere a dolor físico? —preguntó. Ella era toda mente, no corazón. Podía calcular, notificar, andar con rodeos.

—No es un procedimiento cómodo, no —negó la doctora con la cabeza—, pero me refería más bien al dolor emocional. La espera puede hacerse insoportable para algunas personas. Puede tardar hasta dos semanas.

Marshall la miró y Allison entendió que se trataba de una decisión que sólo ella podía tomar.

—Creo que preferiría esperar a que suceda solo —decidió. Parte de ella sencillamente no estaba lista para admitir que era real. Esperaba que, si tenía que aguardar al aborto natural, también le daría tiempo a aceptarlo.

—De acuerdo. Pero recuerde que puede hablar de ello en casa. Si cambia de opinión y desea un raspado, sólo tiene que llamarme.

Cuando la doctora Dubruski la abrazó, a Allison se le quedaron los brazos flácidos a los lados. Cuando se retiró, tenía los ojos mojados, pero Allison no podía llorar. No. Ya no más.

Todo lo que ahora podía hacer era esperar.

Marshall insistió en que no intentase ir al trabajo, así que Allison avisó en la oficina que estaba enferma, sin entrar en detalles. Él se quedó en casa sin ir a la agencia de publicidad el primer día, pero luego ella le obligó a acudir. Bastante tenían con que a uno de los dos se le estuviera yendo la cabeza. Cuando él se fue al trabajo, ella trató de elevar una oración, pero sus pensamientos no podían hallar arreglo en nada.

El tiempo se alargó. Lo único que la distraía era hablar con Cassidy y Nicole. Cassidy le contó que su médico le daba una cantidad reducida de Somulex, una para cada noche, y que ya había asistido a cuatro reuniones de Adictos Anónimos. También se estaba desesperando por la falta de descanso, y Allison trató de asegurarle que al cabo de un tiempo ya podría dormir la noche entera.

Pero era Nicole quien tenía la historia más apasionante, aun cuando no dijera mucho sobre el asunto. Ella y Makayla habían repelido a un intruso armado, si bien al final el único herido fue el tipo. Cerrando filas y tocando algunas cuerdas, el FBI había conseguido poner el silenciador a las noticias sobre el caso. Allison tenía la sensación de que había más de lo que Nicole contaba, pero estaba demasiado concentrada en su pérdida inminente para tratar de averiguar más cosas.

En el segundo día, cuando se le pasó un poco la conmoción, Allison quiso leer más detalladamente sobre lo que le tenía que pasar. Pero ninguno de sus libros sobre el embarazo tenía más de un párrafo o dos. Eso tenía su lógica, pensó. Después de todo, eran libros para el embarazo, y el aborto ponía fin a una gestación. *Aquí no hay nada que ver, siga avanzando, por favor.*

—Supongo que *es* posible estar un poquito embarazada —le dijo a Marshall esa tarde.

—¿Qué? —dijo, levantando la vista de la sopa *minestrone* que había preparado él mismo, claramente perdido en sus propios pensamientos.

Él era la persona a quien más necesitaba, pero ¿cómo podían consolarse el uno al otro si los dos estaban sumidos en la angustia?

—Siempre había pensado que estar un poquito embarazada era la idea más estúpida —dijo ella pacientemente—. O estás embarazada o no lo estás. Pero así es exactamente como me encuentro. Estoy en el limbo.

En el tercer día, en su agitada búsqueda de más información, Allison encontró la revista *Fit Pregnancy* que Marshall le había traído del kiosco unas semanas antes. En la portada salía una mujer con bikini amarillo, con su negra melena cayéndole sobre los hombros y con la mano posada en el bombo, sonriendo orgullosa a la cámara. Allison ni siquiera había llegado a tener bombo de embarazada. Había mantenido su embarazo en secreto, y ahora sufriría en secreto. La tontorrona de la portada parecía diez años más joven que Allison. Esa podría tener una docena de bebés más, sin problemas.

Pero, ¿y Allison? Ella ya nunca podría tener un bebé.

—¿Por qué, Dios? —gritó—. ¿Por qué? ¡No hay derecho!

Se giró y lanzó la revista al otro extremo de la habitación. Pegó contra la pared y cayó al suelo. Allison la recogió y empezó a hacerla pedazos, página a página: las fotos de prometedoras pancitas y bebés adorables y embarazadas haciendo yoga y corriendo descalzas por la playa.

Así la encontró Marshall veinte minutos más tarde, cuando llegó a casa a la hora de comer para ver cómo estaba: a cuatro patas, llorando sobre los restos esparcidos de papel.

Esa tarde empezó la hemorragia. Más fuerte de lo que esperaba. Marshall se sentó con ella cuando se fue a la cama, mordiéndose los labios. El televisor estaba encendido, pero ninguno de los dos le prestó atención más que unos minutos, ni siquiera cuando apareció Cassidy y empezó a hablar

del caso de Jim Fate, señalando que todavía había cabos sueltos. Allison
estaba toda ella concentrada en el trabajo que estaba pasando su cuerpo.

Tras una hora así, de repente se sintió aterrorizada, sin aliento, y le
vinieron náuseas. Marshall salió del dormitorio y regresó con un cuenco de
cerámica azul y blanco y, antes de que Allison pudiera decirle que no fuera
ridículo, que de ninguna manera iba ella a vomitar en el mismo tazón en el
que preparaba la masa de las galletas. Vomitó en él.

La peor parte había terminado hacia la mañana. Hasta logró dormir
un poco.

Cuando se despertó, alrededor de las diez, sintió como si la hubieran
vaciado de todo. De sangre, de lágrimas, de dolor.

De vida.

Esa tarde vino el pastor Schmitz.

—No sabemos por qué sufrimos —le dijo a Allison y Marshall con deli-
cadeza—. El propio Jesús dijo: «Padre, aparta de mí este cáliz». Sufrir, y
estar con los otros que sufren, es parte de lo que significa ser humano.

Allison asintió, pero la palabra *sufrir* parecía poco adecuada para des-
cribir el doloroso vacío que sentía por dentro.

Esa tarde, Marshall le trajo un tazón de sopa de puerro y patata que
se había pasado toda la tarde cociendo a fuego lento. Ella logró tragar una
cucharada, dos, pero entonces se le cerró la garganta y dejó la bandeja a un
lado. Él se la llevó sin comentarios y regresó veinte minutos más tarde.

—Ha venido alguien a verte —dijo.

No eran ni las seis de la tarde, pero afuera estaba completamente oscuro. ¡Cuánto añoraba Allison la primavera!

—Marshall, no me siento en condiciones de ver a nadie —negó con
la cabeza. Se estaba recuperando en lo físico, pero estaba emocionalmente
entumecida.

—Creo que podrías hacer una excepción —dijo y, antes de que ella pudiera protestar otra vez, abrió la puerta un poco más—. Pasa —hizo entrar a alguien—. De acuerdo. *E... está bien* —dijo en español, y entonces una diminuta figurita se coló adentro.

Estela. Algo dentro de Allison pareció resquebrajarse al ver su sonrisa.

De pie en la entrada había una joven hispana que compartía las mejillas rechonchas y ojos oscuros de Estela, sonriendo tímidamente.

—*Gracias* —dijo en español—. Gracias por ayudar a mi hija.

Estela dio unos torpes pasitos hasta Allison. Una suave manita le acarició la mejilla.

—*Hola* —dijo con una voz alta y aguda.

Mirando la perfección de Estela, Allison notó cómo volvían las lágrimas. Pero esta vez sirvieron para que se sintiera como purificada.

Al día siguiente, Allison embaló las pocas cosas de bebé que se había permitido comprar. Un esponjoso sonajero de felpa color marrón claro con la forma del Oso Paddington. Un par de zapatitos Robeez de pana roja. Había comprado un par de vestidos de maternidad, a los que daba forma con la almohada de embarazo que le ofrecieron en la tienda. Todo acabó en la caja. Quitándose de los recuerdos cómo había sonreído de placer y asombro ante el espejo del probador. Allison llevó la caja al sótano. Pesaba sorprendentemente poco.

Se pasó la tarde buscando por su Biblia, por fin halló consuelo en el libro de Lamentaciones:

> Me ha quitado la paz;
>   ya no recuerdo lo que es la dicha.
> Y digo: «La vida se me acaba,
>   junto con mi esperanza en el Señor.»

Recuerda que ando errante y afligido,
  que me embargan la hiel y la amargura.
Siempre tengo esto presente,
  y por eso me deprimo.
Pero algo más me viene a la memoria,
  lo cual me llena de esperanza:
El gran amor del Señor nunca se acaba,
  y su compasión jamás se agota.

Cuando la tarde declinaba, se puso en marcha al oír el timbre de la puerta. Allison abrió y se encontró a Cassidy y a Nicole a un paso. Se abrazaron, un poco torpemente, y luego Cassidy volvió corriendo al coche y regresó con una cesta de comida de Elephant's Delicatessen. Había un pollo asado, todavía caliente, uvas verdes, queso italiano, salami, almendras, aceitunas y una baguette recién hecha. Y, desde luego, un enorme brownie de chocolate.

—Hemos pensado que si no podías ir a cenar, la cena tenía que venir aquí —dijo Cassidy, con una amplia sonrisa.

A Allison se le saltaron las lágrimas. Parecía que todo y lo único que podía hacer era llorar. Pero era mejor que permanecer inerte.

—Amigas, ¡qué detalle más lindo!

—No me lo agradezcas a mí —dijo Nicole—. La idea ha sido de Cass.

Allison se cuidó de que no se le notara, pero pensó que era la primera vez que había oído a Nicole llamar a Cassidy por su apodo. Elevó una breve oración de gratitud. Las cosas estaban cambiando entre ellas tres. Cassidy afrontaba sus problemas, Nicole parecía abrirse un poco y Allison había dejado que sus amigas vieran que ella también era vulnerable. Incluso reunirse en su casa era un nuevo paso.

Cuando, veinte minutos más tarde, Marshall llegó a casa, encontró abrazos por doquier.

—Voy a ponerme al corriente con el trabajo en mi despacho —dijo. Se sirvió en un plato un poquito de todo lo de la cesta, excepto del *brownie*, que sabía que era de «acceso restringido».

Allison le dedicó una sonrisa agradecida. Esperó hasta que la puerta de su despacho estuviera cerrada y le dijo a Cassidy:

—No soy la única a la que han pasado cosas. ¿Cómo vas con lo de quitarte del Somulex?

—Ha sido duro —dijo Cassidy mordiéndose el labio—. Primero tuve que decirle a mi médico de siempre que había estado yendo a otros dos doctores. Me dijo que la mía era la «conducta del drogadicto con síndrome de abstinencia», lo que me sentó muy mal, hasta que me di cuenta de que tenía razón. De todos modos, él me está deshabituando poco a poco. No voy a engañarte. Añoro cómo solía dormir antes cuando me tomaba una pastilla y me dejaba grogui toda la noche. Ahora, cuando trato de dormir, me pica la piel y parece que se me va a salir el corazón del pecho.

»Pero, ¿qué alternativa tenía? Seguro que habría sido peor. Muchas gracias, chicas. Va a sonar tonto y todo eso, pero últimamente me estoy dando cuenta de que puedo siempre contar con las dos —dijo y se giró a Nicole—. Nicole hasta me llevó a mi primer par de reuniones.

Una rara sonrisa iluminó la cara de Nicole, pero se encogió de hombros.

—Tú habrías hecho lo mismo por mí.

—¿Y tú qué tal, Allison? —preguntó Cassidy—. ¿Cómo te va? De verdad.

—Físicamente, estoy recuperada —dijo Allison, dándose cuenta de que tenía la mano apoyada en el vientre, ahora ya plano—. Emocionalmente... pues, primero estaba triste, luego no sentía nada, luego tenía miedo. También he estado enfadada, y deprimida, y pasando por todo eso me he sentido agotada. Ahora vuelvo a estar triste. Pero he estado orando mucho, y siento que Dios realmente me acompaña.

—¿Cómo puedes decir eso? —preguntó Nicole. Por una vez sonó a pregunta, no a acusación—. Te ha pasado esto, algo tan horrible. ¿Cómo puede esto tener nada que ver con Dios? Si él te amara de verdad, ¿no habría impedido que sucediera?

Esta era una pregunta que Allison se había hecho también, y que había tratado de contestar con la mayor franqueza posible.

—¿Sabes qué, Nic? La verdad es que no tengo respuesta. Pero lo estoy aceptando. La vida está llena de misterios. No todo nos encaja. Pero creo que Dios a veces permite en su sabiduría y poder que sucedan cosas que podría impedir. Probablemente nunca sabré por qué. Tal vez no soy capaz de saberlo. La paz que estoy empezando a encontrar no es algo que pueda explicar con palabras. Viene de saber que Dios es bueno, y de buscar el bien que puede venir de eso.

Allison miraba a Nicole mientras le hablaba. Sabía que su amiga no iba a discutir, no cuando estaba tan delicada, pero lo que no se esperaba era el minúsculo destello de vulnerabilidad que apreció en los ojos de Nicole. Era como si realmente estuviera captando lo que le decía Allison.

—Me alegra saberlo —dijo Cassidy simplemente.

—Todo lo que puedo hacer —añadió Allison— es pasar cada día lo mejor posible. Pero necesito algo en lo que concentrarme. Así que mañana vuelvo a mi despacho.

—¿No irás a volver al trabajo? —dijo Cassidy impresionada.

—¿Qué se supone que tengo que hacer? ¿Quedarme en casa haciendo el vago y pensando en lo que ha pasado? Siento que Dios me pide que siga adelante. Estoy harta de hablar de mí y pensar en mí. Mejor pensar en mis casos. Sobre todo en el de Jim Fate.

—No eres la única que no puede dejar de pensar en Jim Fate —dijo Nicole—. Y tengo noticias para ti. Justo antes de venir aquí esta noche, he recibido los resultados del laboratorio sobre su sangre.

—¿Y?

—Al final era fentanyl.

—¡Fentanyl! —dijo Allison, boquiabierta de la sorpresa—. Entonces el autor debió de ser Glover.

Por mucho que lo dijera, parece que Chris no era tan bueno como creía en eso de distinguir las voces.

—Algo que no encaja es que la dosis era exageradamente alta —dijo Nicole, arrugando la nariz—. La gente del laboratorio sigue tratando de calcular cómo pudo Glover concentrar tanta cantidad.

—¿Y qué te hace el fentanyl si lo inhalas? —preguntó Cassidy.

—Dicen que habría causado apnea de inducción opiácea casi al instante —dijo Nicole—. Básicamente, habría intentado respirar, pero los pulmones no le habrían obedecido.

Cassidy se estremeció.

—Parece doloroso.

—Todos dicen que tardó sólo un par de minutos en morir —dijo Allison.

No se había fijado en lo largos que podrían llegar a ser dos minutos. En una ocasión logró convencer a un jurado en un caso de asesinato simplemente pidiéndoles que pensaran en la víctima de estrangulamiento mientras ella cronometraba dos minutos.

Dos minutos habían demostrado ser una eternidad.

CAPÍTULO 40

Canal 4 TV

Lunes, 20 de febrero

—**A**llison Pierce ha venido a verte —le anunció la recepcionista a Cassidy.

—Estupendo. ¿Podrías hacerla pasar?

Cassidy quería tener terminado un poco más de trabajo antes de salir. No tenía ninguna historia para las noticias de la noche. Se había pasado el día entero trabajando para el especial de media hora sobre Jim Fate, «La Muerte del Locutor», que estaba previsto para emitirse a final de mes.

El especial tendría un planteamiento, un nudo y un desenlace. Pero había algo en la muerte de Jim Fate que todavía daba la impresión de no estar resuelto.

—¡Eh! —dijo Allison—. ¿Preparada para dejar las tiendas temblando?

El plan era ir a ver escaparates y luego tomar un bocado por ahí, y Nicole las acompañaría si podía ausentarse del trabajo. Cassidy supuso que lo que Allison quería era ver cómo estaba y si le iba bien. Pero, irónicamente para Allison, la intención de Cassidy era la misma, pero viceversa.

—Un minuto, ¿está bien?

—¿En qué estás trabajando? —preguntó Allison inclinándose para mirar sobre su hombro. En un lado de la computadora de Cassidy se veía la transcripción de una entrevista que le había hecho a un locutor de programas de participación radial, conocido a escala nacional, justo después del funeral de Jim. En la otra parte se veía lo que ahora estaba escribiendo.

Cuando miró Allison, Cassidy estaba copiando dos frases de la entrevista y pegándolas en su redacción.

—Ese especial sobre Jim. Voy a cubrir su vida y hechos, así como su muerte. Desde luego, tengo muchas tomas para la parte de la historia en la que Glover prefiere suicidarse antes que afrontar las consecuencias de sus delitos —dijo y giró su silla para mirar a Allison—. El caso es que, cuanto más pienso en Glover matándose, menos claro lo veo. Ya sé que han archivado este caso, pero, ¿y si Glover se quitó la vida sólo porque se había venido abajo, desesperado, porque sabía que iba a ir a la cárcel por las comisiones ilegales?

Allison se irguió y se mordió la uña del pulgar.

—He estado pensando en eso yo también, Cassidy. Todas las pruebas que tenemos son circunstanciales. Glover odiaba a Jim Fate, y tenía acceso tanto a las granadas de humo como al fentanyl. Pero si odiar a Jim Fate fuera un crimen...

—...hay mucha gente por ahí que también es culpable —terminó Cassidy el pensamiento.

—Y ni el fentanyl ni las granadas de humo son tan exclusivos que sólo Glover pudiera conseguirlos. Y no publicó ni admitió haber asesinado a Jim.

—Supongo que no hay manera de que lleguemos a tener la certeza —suspiró Cassidy—. Casi he terminado. Déjame comprobar estos cortes de rollo B de Jim en una de las ruedas de prensa del gobernador. Creo que podría usarlos para ilustrar su habilidad para enojar a la gente.

En una nueva ventana de su computadora, pulsó sobre el archivo que tenía el corte de hacía cinco años.

El clip comenzó a reproducirse. Allison se inclinó sobre el hombro de Cassidy otra vez.

En el mismo instante, las dos profirieron un suspiro de asombro. Allí estaba. La pieza que faltaba. El detalle que había estado incordiando a Cassidy durante días.

Sólo que no era un detalle.

Era una persona.

Allison dio un toque en la pantalla.

—¿Esa no es...?

Cassidy giró el mando del editor de vídeo para retroceder. El camarógrafo había hecho una toma ampliada de los activistas presentes. Y allí en el medio había una cara familiar. Una que habían visto recientemente en persona. Sólo que en esta toma la joven iba con trenzas y pantalones con peto negros. En el entierro de Jim, iba peinada con un recogido liso y vestía un traje negro a la medida.

Willow Klonsky. La ayudante practicante de Jim Fate.

En algún punto de aquellos cinco años, Willow se había arrimado a la otra parte, al lado empresarial, olvidando sus raíces de activista.

—Espera —dijo Allison—. ¿De qué grupo se trata?

—Una especie de grupo ecologista. Pero de algo muy concreto. A ver si me acuerdo. Su énfasis estaba en... —Cassidy pensó un momento—. En los alimentos. Cosas como eliminar los antibióticos del pienso, inspecciones más frecuentes en las granjas, prohibición de ese aditivo que ahora dan a las vacas lecheras.

Allison miraba detenidamente la imagen congelada de Willow.

—Parece que se separó del grupo. La verdad, no puedo imaginarme a uno de esos ecologistas trabajando con alguien como Jim Fate.

—En esta foto, debía de hacer poco que salió de la escuela secundaria. Tal vez ni habría acabado —dijo Cassidy, con la sensación de que la pieza faltante del rompecabezas ya estaba en su sitio—. Así que Willow madura, se olvida de sus ideales juveniles cuando ve que así nunca podrá vivir con sus iPods y sus Nikes, decide entrar en el mundo empresarial y comienza a trabajar para un tipo que se opone a toda clase de regulación gubernamental. ¿Y si una de estas personas —dijo señalando a las figuras borrosas del fondo— vio lo que ella hacía como una traición?

—Jim Fate era un nombre famoso —dijo Allison despacio—. La clase de tipo que siempre tenía un ejército de personas para hacerle su trabajo más prosaico: limpiar su casa, recoger la ropa de la tintorería, ir por café. La clase de tipo que tendría quien le abriera el correo. Pero siempre insistía en abrirlo él, porque a veces recibía artículos muy personales.

Cassidy casi se distrae, preguntándose qué artículos serían esos. Obligó a su fatigada mente a regresar al asunto en cuestión.

—Entonces, es posible que el paquete no fuera para Jim. ¿Y si se lo enviaron a él, sabiendo que no dejaría que la policía metiera las narices en sus cosas, pero en realidad contaban con que lo tenía que abrir Willow? —dijo y acto seguido levantó el teléfono—. Tenemos que hablar con ella

Allison puso la mano en el aparato.

—No. Esto es cosa del FBI. Voy a ir a hablar con Nicole, veamos lo que ella sabe de ese grupo. ¿Te acuerdas del nombre?

—Era algo así como SEGURO o SANO. Unas siglas que comenzaban con S.

—De acuerdo. Pero, te lo digo en serio, Cass. No llames a Willow. Si su grupo la tiene en la diana, no conviene que ella precipite una acción.

—Te lo prometo. Pero tienes que dejarme que sea la primera en contar la historia. Si no tuviera estas tomas, nunca habrías descubierto esto.

Allison asintió con la cabeza, llevándose ya su bolso. En cuanto Cassidy la vio desaparecer por la esquina, agarró sus llaves y se fue a toda prisa por otro camino, hacia el estacionamiento. Había prometido no llamarla, pero no había dicho nada sobre no hablar con Willow en persona. Esta era su oportunidad de oro. Era la historia que podría catapultarla a la cima.

Y Cassidy no hizo caso de la pequeña punzada que le decía que quizás, sólo quizás, no estaba haciendo lo correcto.

CAPÍTULO 41
Radio KNWS

Eran las cinco y media cuando Cassidy llegó a la KNWS y el estacionamiento empezaba a quedarse vacío. La recepcionista ya se estaba poniendo el abrigo cuando le dijo a Cassidy dónde estaba el puesto de Willow. Los cubículos por los que pasó Cassidy estaban en su mayoría vacíos.

El cubículo de Willow parecía estar montado con piezas defectuosas. Las mamparas a la altura de la cabeza fueron alguna vez de color crema. La silla de escritorio donde estaba sentada, tecleando en su computadora, era naranja y sin apoyabrazos.

—¿Willow? —dijo Cassidy.

—¿Sí? —se giró y se levantó la joven.

—Hola. Soy Cassidy Shaw, del Canal 4. Sólo quería hacerle unas preguntas. Estoy trabajando en un programa sobre Jim.

—¿Ahora? —dijo Willow frunciendo el ceño—. Ya estoy por terminar mi día de trabajo.

—¿Le importaría? No nos tomará mucho tiempo. Y estoy ya en la fecha límite —dijo, ofreciéndole a Willow su mejor sonrisa, uno que había desarmado a no se sabe cuántas personas.

—La verdad es que no creo que yo tenga mucho que decir sobre Jim. O sea, era sólo su recadera.

—Mire, Willow —bajó Cassidy la voz—, he averiguado algo sobre su pasado.

—¿Qué quiere decir? —dijo la joven, petrificada.

—Usted era una activista ecologista, pero luego dejó atrás esa vida y se puso a trabajar para Jim. Y a sus viejos compañeros no les gustó esto, ¿verdad? Usted traicionó sus ideales. Ellos sabían que era su ayudante, así que calcularon que usted le abría el correo. Le enviaron el paquete a Jim, pero el objetivo era usted.

Willow se rió, una sola carcajada. Parecía tanto sorprendida como divertida.

—¿De verdad cree que eso fue lo que pasó? —dijo negando con la cabeza.

—Si no fue así, cuénteme usted lo que realmente pasó. He estado mirando unas antiguas tomas, Willow. Y allí estaba usted, en la rueda de prensa del gobernador sobre seguridad en la alimentación. Usted abandonó la lucha, pero ellos no estaban dispuestos a dejarla, ¿no?

Willow permaneció totalmente inmóvil durante un largo instante. Cassidy juraría que estaba al borde de algo, tratando de decidir si tenía que decir una verdad o una mentira. Cassidy había estado ella misma en esa posición muchas veces. Por fin, Willow sacó su bolso de un cajón.

—Venga conmigo —dijo—. Hay algo que quiero enseñarle.

Cassidy siguió a Willow por un pasillo. Tenía una mano hurgando en el bolso; con la otra abrió una puerta. Al otro lado había un cuarto repleto de equipos de sonido, cuidados por un hombre de pelo canoso que llevaba puestos unos auriculares. Una mampara de cristal separaba la sala de control de un estudio de radio, vacío.

El técnico se levantó uno de los auriculares. Parecía extrañado.

—¿Willow, qué estás haciendo?

—Tienes que salir, Greg. Vete o te mato.

¿*Vete o te mato*? ¿*Qué*? Entonces Cassidy vio que Willow acababa de sacar del bolso una pequeña pistola negra. Últimamente estaba viendo demasiadas armas. Demasiadas armas, demasiada sangre y demasiados muertos.

Greg miró fijamente a Willow, perplejo.

—Pero no puedo marcharme. Estoy controlando la mesa.

Cassidy se sentía como si fuera a salirse de sí misma. Ya había visto lo que las armas podían hacer, y no quería volver a verlo.

—Creo que habla en serio, Greg —dijo. Eso era lo que Cassidy quiso decir, aunque sonó más como un chillido—: ¡Fuera! ¡Váyase!

Greg se quitó los auriculares de un tirón, los dejó y se marchó a toda prisa. Sin apartar los ojos de Cassidy, Willow fue a la puerta y giró el seguro. Entonces abrió un cajón, rebuscó en él con su mano libre y le echó a Cassidy un rollo de cinta americana.

—Siéntese en aquella silla y átese los tobillos. Y hágalo a conciencia.

Los ojos de Cassidy recorrían el cuarto buscando algo que le sirviera como arma. Nada. Entonces se acordó de su bolso, que todavía llevaba al hombro. Podría clavarle a Willow una pluma o una lima de uñas metálica, o echarle un chorro de laca a los ojos.

Pero sus ocurrencias tenían un inconveniente. Uno era que una pistola es un arma mucho más potente y efectiva. El segundo era la práctica imposibilidad de localizar un determinado objeto en las profundidades de su bolso. Su única esperanza era que estaba segura de que Allison tenía que estar pisándole los talones.

—Así que usted lo hizo —dijo Cassidy agachándose y atándose los tobillos, tratando de no apretar mucho—. No fueron sus viejos amigos.

—¿Qué? No —negó ella con la cabeza—. Esos de SEGURO se limitan a intentar influir. O, si quieren llevar las cosas a un extremo, montan manifestaciones. Ellos no están dispuestos a arriesgarse. Cuando vi que simplemente se iban a atener a sus peticiones y sus protestas, decidí que alguien tenía que contraatacar de verdad. Las grandes empresas alimentarias tienen grandes capitales. Pueden conseguir que se barran sus historias debajo de la alfombra y todos se olviden de lo que hacen. Pero yo no puedo olvidar. Jamás. Por eso fue por lo que Jim Fate tuvo que morir.

Fuera cual fuera la motivación, Cassidy entendió que se trataba de algo personal.

—¿Qué es eso que no puede olvidar? —dijo con voz suave.

—Yo tenía una hermanita, Sunshine. La llamábamos Sunny. Murió cuando tenía seis años —empezó Willow con labios temblorosos, que luego puso firmes, marcando una línea recta. Pero el arma la mantenía intacta, apuntando directamente al pecho de Cassidy.

—¿Qué le pasó?

—Se comió unas galletas de crema de cacahuetes. Algo que millones de niños hacen cada día. Pero la crema estaba contaminada. Empezó a vomitar. Al día siguiente tenía diarrea con hemorragia y mis padres la llevaron a urgencias. Acabó en cuidados intensivos de pediatría. Rabiaba de dolor. Siguieron metiéndole calmantes, pero no sirvieron de nada. Ella estaba ahí, gimiendo. Mis padres estaban hablando con los médicos cuando Sunny empezó a llorar y a decir que sabía que se iba a morir. Y yo le decía que claro que no, que se iba a poner bien, que los doctores la ayudarían —siguió relatando, con los ojos llenos de lágrimas—. Yo estaba muy asustada, pero tenía que tranquilizarla diciéndole esas cosas. Y en ese momento me las creía. Todavía confiaba en que el sistema funcionaba.

»Una hora después sufrió un infarto masivo. Todos los médicos y enfermeras estaban allí, tratando de reanimarla, convulsionando su pobre cuerpecito con los desfibriladores, pero era demasiado tarde. Dijeron que ya no había signos de actividad cerebral. Yo tenía sólo dieciséis años, pero sabía lo que eso quería decir. Nos dejaron tomarla en brazos; luego desconectaron las máquinas».

—Oh, no —Cassidy suspiró.

Pero Willow no.

—El día después de que se cumpliera un año de su muerte, mi madre se suicidó. Ella fue la que le compró aquellas galletas a Sunny.

—Lo siento mucho, muchísimo —dijo Cassidy, sinceramente. Si pudiera quitarle la pistola de la mano y meterle un poco de cordura en la cabeza, tendría una fenomenal historia para la televisión.

—Sentirlo no me las devuelve, ¿o sí? —dijo Willow sacudiendo la cabeza como para limpiarse el recuerdo—. Ahora, arranque unos pedazos más largos de cinta para que pueda atarle las muñecas.

—Pero fue la crema de cacahuete contaminada la que mató a su hermana, no Jim —dijo Cassidy mientras obedecía—. ¿Por qué ir por él? Él no tenía una industria de alimentos.

—Jim Fate tenía millones de oyentes pendientes de cada palabra suya. Y siempre les decía que no necesitamos más regulaciones —dijo mientras le apretaba la cinta con fuerza a las muñecas, detrás de la espalda—, que ya teníamos las leyes que había en los libros. ¡Qué gracioso! Cada día, los fabricantes juegan sus apuestas. Un positivo en salmonella puede significar desechar productos por valor de miles de dólares. Cuando la alternativa es sacarlo al mercado, ganar dinero y cruzar los dedos para que, con un poco de suerte, A, nadie caiga enfermo, y B, si caen, culpen a otro, no a tu empresa.

—Pero ¿por qué no razonó con él? —dijo Cassidy, pensando en Jim. Él tenía un lado blando, aunque muchos no consiguieron verlo—. Jim se habría preocupado por lo de su hermana. Le habría escuchado.

La carcajada de Willow fue auténtica.

—¿Cómo puede preguntarme eso en serio? Usted lo conocía. No se puede razonar con Jim. Jim Fate no escuchaba a nadie, salvo a él mismo. Eso sería como intentar discutir con Hitler. ¿Usted se pondría a intentar convencer a Hitler de que no estaba bien lo que hacía? ¿O lo patearía como a un perro?

¡*Hitler*! La cólera le aguzó los sentidos a Cassidy. Podía oír cómo chirriaba la respiración de Willow. Veía los bordes de todas las cosas mucho más nítidos. Así fueron también sus palabras, que salieron en tropel antes de que pudiera pensar dos veces en su conveniencia.

—Está claro que tiene usted una pistola, ¿por qué no le pegó un tiro? Pero no, usted ni siquiera tuvo el valor de mirar a Jim a los ojos al matarlo.

—No me tiente, ¿eh? —dijo Willow agitando el arma ante ella—. Y sí que lo vi ese día. Yo estaba mirando por la ventana cuando abrió el sobre. Él sólo tardó unos minutos en morir, ¡Sunny tardó tres días! ¡Tres días! Le hice un favor matándolo de esa manera.

Cassidy sintió que su atención se iba a más allá del ojo del cañón, de la explicación triste y demente de Willow. Su atención estaba puesta en la pregunta: «¿Y ahora qué va a pasar?». O, lo más importante, ¿qué iba a pasarle a ella?

—Imaginé que al final me atraparían. El paso número uno era evitar que Jim Fate siguiera obstaculizando la auténtica reforma que limpiará nuestros suministros alimentarios. Pero siempre hubo un paso número dos.

—¿Y es?

—Ahora tengo acceso a millones de oyentes. Podré emitir mi mensaje, y puede estar segura de que será difundido una y otra vez cuando cubran esta historia, y la sacarán también en revistas y periódicos. Y ahora que usted está aquí puedo usarla para conseguir que se emita también por televisión.

Antes de que Cassidy pudiera protestar, Willow le selló la boca con un pedazo de cinta. Aunque tenía la nariz despejada, al instante sintió que se asfixiaba.

—Primero tenemos que ganar algo de tiempo —dijo Willow. Cassidy esperaba que decir *tenemos* fuera una buena señal.

Willow sacó de un anaquel las páginas blancas de la guía telefónica. Abriéndolas al azar, clavó un dedo en una página, luego alzó la vista a Cassidy y dijo:

—Ahora fíjese en cómo soy... ¡um! —dijo Willow girándose para mirar el listín y leer de reojo un nombre— Myra Crutchfield.

Levantando el teléfono, comenzó a teclear una serie de números, haciendo una pausa para sonreír abiertamente a Cassidy.

—Tengo una tarjeta que me permite ser quien quiera. Quien me dé la gana, siempre que tenga su número de teléfono. Hasta me puede cambiar la voz para que suene como la de un hombre. O, si quisiera, yo podría llamar a su antiguo novio ahora mismo y decirle que quiero volver con él, y él vería su número en el identificador de llamadas y pensaría que era realmente usted. Pero, ahora mismo, el 911 va a creer que Myra Crutchfield está siendo testigo de una tragedia.

Así que Chris tenía razón, pensó Cassidy, la voz del teléfono no era la del congresista Glover. Willow lo había incriminado tan eficazmente que se había visto abocado al suicidio.

Willow terminó de marcar la larga serie de números y luego se puso el teléfono en la oreja.

—Sí —dijo con la voz temblorosa de una anciana—, soy la señora Crutchfield, de la calle Treinta Sudeste. La casa de mi vecino está ardiendo. He intentado acercarme con una manguera, pero me quemo. Las llamas salen disparadas por la azotea. Y puedo oír niños pequeños gritando. ¡Oh no! ¡Uno de ellos se está encaramando a una ventana del segundo piso!

Sin decir nada más, Willow colgó. Cassidy se imaginó a los bomberos y la policía saliendo hacia ese barrio, con los corazones en un puño, para encontrar... nada. Y a la señora Crutchfield negando haber hecho otra cosa que ver la tele o preparar la cena.

Pero Willow no había terminado. Seleccionó otra página de la guía telefónica, y de nuevo clavó el dedo, escogiendo un nombre.

—Aquí tenemos uno del sudeste de Portland. Vamos a mantenerlos un poco ocupados.

—¡Socorro! —susurró Willow después de marcar otro serie de números—. Estoy escondida en mi sótano. Hay cuatro hombres en casa, y le están dando una paliza a mi compañero, le exigen un dinero. Y creo que le han pegado un tiro a mi hermana. He oído un disparo y he visto mucha sangre. No tenemos idea de quiénes son, y no tenemos ningún dinero, pero ellos no nos creen —dijo, y soltó una exclamación—. ¡Oh no! ¡Alguien está bajando la escalera!

Willow colgó el teléfono. Un extraño disfrute le hacía brillar los ojos.

—Vamos a crear un poco de confusión —dijo Willow—. ¿Qué tal si ahora soy Victoria, o al menos su teléfono móvil? —dijo. Esta vez, cuando el 911 de la policía contestó, dijo—: Estoy en el Centro Comercial Lloyd y hay un tipo... está en la galería de arriba, se ha agachado y ha empezado a disparar. ¡Hay cuerpos por todas partes! Está cerca del establecimiento de Jamba Juice.

Colgó y sonrió abiertamente a Cassidy. Le brillaba la mirada.

—Ahí está. Esto debería mantenerlos a todos ocupados un ratito. Siempre fui buena actuando. ¿Cómo cree que he podido soportar el trabajo con Jim, si no? —dijo y le quitó la cinta de la boca a Cassidy.

Le dolió más que cualquier visita a la esteticista.

Cassidy no pudo limpiarse la boca en la manga, así que se conformó con escupir el gusto a pegamento.

—La policía y los bomberos deducirán que está mintiendo.

—Seguramente, tarde o temprano. Pero de momento tienen que tomarlo en serio. Sólo es una manera de ponerles palos en las ruedas —explicó, abriendo más su sonrisa—. Y ahora usted va a ayudarme a seguir el plan. Esta noche vamos a apoderarnos de la KNWS y presentársela a la gente. Esta noche vamos a comenzar a despertar a América.

—¿Qué quiere decir? —Cassidy no estaba segura de entenderla.

—Voy a difundir algunas crudas y duras verdades sobre la industria alimentaria. Y usted va a ayudarme.

Entonces Willow le explicó a Cassidy lo que tenía que hacer.

Por la noche, la KNWS solía emitir la programación de la cadena nacional. Pero no esta noche. Esta noche era la del programa de Willow Klonsky. Y si Willow lograba su propósito, no se emitiría sólo en un punto.

Después de marcar el número del director del Canal 4, que Cassidy le había dado, Willow presionó el botón de manos libres.

Cassidy trató de poner tanta urgencia como pudo en su voz.

—Jerry, soy Cassidy. Tienes que escucharme. Me han tomado como rehén.

—¿Qué? —expresó su confusión e incredulidad en esa sola sílaba.

—Estoy aquí en la KNWS. Vine para entrevistar a la ayudante practicante de Jim Fate, Willow Klonsky. Jerry, resulta que ella es la verdadera asesina.

—¿No era Glover?

—No. Ella mató a Fate y luego hizo que todos pensaran que había sido Glover. Y ahora estamos en la sala de control de la KNWS, y va a difundir un manifiesto sobre la seguridad alimentaria.

—¿Seguridad alimentaria? —dijo con tono de duda.

—Y, Jerry, dice que me matará a no ser que lo transmitas en directo por el Canal 4 también.

—¿Un manifiesto? —pareció entender Jerry por fin. Lamentablemente, él iba en otra dirección—. ¿Cassidy, estás bebida? Últimamente no has sido la misma.

Willow le echó una mirada de impaciencia.

—No, no estoy borracha, Jerry. Me tienen de rehén —insistió Cassidy, que sólo esperaba que, en cuanto colgara, marcase el 911. ¿Pero creerían a Jerry después de haber acudido a tres llamadas falsas?— Y Willow me matará a no ser que el Canal 4 retransmita el mismo mensaje.

—¿Hablas en serio? ¿Transmitir sólo audio? ¿Sin más imágenes que una foto tuya ocupando toda la pantalla? Nadie va a mirar eso.

—Jerry, estás hablando de mi *vida*.

—¿Podríamos pasar una grabación esta tarde? ¿Después del *prime time*?

Cassidy no podía creer lo que estaba oyendo. ¿A esto había llegado? ¿Este Jerry estaba dispuesto a regatear con su vida?

—Mire —dijo Willow acercándose al altavoz—, si quiere que Cassidy Shaw viva, pase el manifiesto, en directo. Ahora. Y tengo un televisor delante, así que puedo ver si lo hace o no. Si no obedece, tendrá las manos manchadas con la sangre de ella.

Hubo una extensa pausa, bastante larga como para que Cassidy imaginase que Jerry iba a decirle que no a Willow.

—Está bien, está bien —dijo por fin—, pero voy a necesitar al menos veinte minutos.

—Le doy quince. Y si no lo veo en un cuarto de hora, me oirá ejecutar a su reportera. En directo. Por la radio —sentenció Willow y apretó el botón para cortar la llamada.

En cuanto supo que el técnico de sonido de la KNWS había llamado al 911, informando de un rehén retenido por una mujer armada, Allison condujo tan rápido como pudo hasta la emisora. Vacilaba entre la ira ardiente de que Cassidy hubiera ido a sus espaldas y el helador miedo de que su amiga se encontrara en un problema del que podría no salir viva. Sintonizó la KNWS en la radio del coche, pero todavía se escuchaba la programación nacional. Durante un segundo, la radio se quedó en silencio, y en ese lapso Allison pudo oír su corazón latiéndole en los oídos. Entonces oyó una voz familiar.

—¡Hola! Me llamo Cassidy Shaw. Tal vez me conozcan de las noticias del Canal 4, pero esta noche me encuentro en el estudio de la KNWS, donde me retienen como rehén —Cassidy articuló cada palabra con cuidado.

Así que era verdad. La policía ya había informado a Allison sobre el incremento de llamadas falsas al 911. Ella había esperado que esta fuera solamente una más.

—Me han pedido que presente este importante mensaje —siguió Cassidy con voz pausada y plana— sobre los productos alimenticios en nuestro país. Me han dicho que me pegarán un tiro si no obedezco. Puede que piensen que esto es una especie de broma, pero puedo asegurarles que no lo es —decayó su voz—. Esto es auténtico.

Sin esperarlo, Allison se sorprendió sonriendo. Incluso con un arma apuntándola, Cassidy seguía siendo una profesional, seguía manteniendo su tono, escogiendo las palabras y situando bien las pausas para captar la atención.

Entonces entró con violencia, airada y estridente, la voz de otra mujer.

—¡Despierta, América! Cuando se sientan para comer, cuando le dan una hamburguesa a sus hijos o leche y galletas, ¿cómo saben que es seguro? ¿Cómo saben que no hay salmonella en sus espinacas, campilobacterias en sus guisantes, *listeria* en su queso, *shigella* en sus frijoles, *E. coli* en su hamburguesa?

»Pues bien, ¿saben qué? Ustedes no saben que cada tenedor que se llevan a la boca es una ruleta rusa. Todos los días, nuestros productos alimenticios pueden matar, y efectivamente, matan a alguien. Nuestros alimentos están siendo contaminados con abono de vacas y de ratas, con moho y pájaros muertos, con bacterias que ustedes no pueden ver, notar ni oler, pero que pueden matarnos. No es un mero asunto de revolverle el estómago. Es un asunto de vida o muerte.

»¿Y saben quién tiene mayores probabilidades de morir? Los más vulnerables de nosotros. Sus hijitos, sus abuelas, sus amigos que están luchando contra el cáncer. Y tal vez cuando mueren ustedes piensan que fue la gripe, o la vejez, o una especie de microbio... pero era algo completamente evitable. Cada año mueren miles que no tendrían que morir.

—Ahora comparen eso con el destino de un solo hombre. Un hombre que llamaba a la gente como yo «los Chicken Little». Alguien que se metía con nosotros llamándonos la policía de la comida y los partidarios del estado paternalista, que mintió diciendo que era demasiado caro hacer que nuestros alimentos fueran seguros. ¿Saben qué? Que se lo digan a mi difunta hermana. Díganle que costaba demasiado evitar las bacterias en su crema de cacahuetes. Digan a los niños con insuficiencia renal que la seguridad alimenticia es una excesiva molestia. Díganles a sus abuelas que es demasiada carga asegurarse de que su ensalada no esté repleta de patógenos.

»Porque eso es lo que Jim Fate hacía. Se burlaba de aquellos de nosotros que nos preocupábamos. Millones de personas escucharon sus mentiras. Y, por tanto, Jim Fate tenía las manos manchadas con sangre de inocentes.

»Debemos exigir que el gobierno federal asuma la responsabilidad de vigilar nuestros alimentos. Que las inspecciones sean frecuentes, y las sanciones ejemplares. Cuando una empresa se plantea si hay que quitar o no un alimento contaminado de su mesa, tiene que saber que puede quedarse sin negocio si no lo hace.

A pesar de tener a Cassidy a punta de pistola, a pesar de haber asesinado a Jim Fate, Allison encontraba que las palabras de Willow le tocaban alguna fibra. El método de la joven era fatalmente malo, pero, ¿lo eran también sus ideas?

Más arriba, por delante de ella vio las luces intermitentes de los vehículos de emergencias. Parecía una repetición nocturna del día de la muerte de Jim Fate, salvo por las multitudes despavoridas por la calle.

Era una pesadilla.

—Gracias a Dios que estás aquí —le dijo Nicole a Allison en la acera a las puertas de la KNWS.

Leif saludó con un gesto y los tres se acercaron. Estaban rodeados de policía uniformada, tipos trajeados con teléfonos al oído y hombres con equipos negros de comando, con cascos, chalecos antibalas y pistolas.

—Hemos llamado a Willow y nos ha contestado. Pero sólo hablará contigo.

—¿Conmigo? —repitió Allison sorprendida—. ¿Por qué conmigo?

—Dice que le gustaste cuando la interrogaste —dijo Nicole con una sonrisa dolida—. Le he recordado que yo también estaba allí, pero supongo que eres tú la que le agradó. Así que vas a tener que ser nuestra negociadora.

De repente, a Allison le costaba respirar.

—Pero no tengo ninguna preparación.

—Voy a estar aquí mismo, así que puedo guiarla —dijo Leif—. Podré escucharlas con un auricular. No hay ninguna otra manera de sacar a Cassidy, no si no persuadimos a Willow. La tiene retenida en la sala de control de sonido de la emisora —dijo señalando la entrada del edificio—. Hay cámaras en las puertas de delante y en las traseras, para que los que trabajan de noche puedan avisar a los de dentro. Por desgracia, el monitor está en el cuarto de sonido. No podemos arriesgarnos a asustarla. Estamos estudiando forzar las ventanas, pero tampoco podemos hacer ningún ruido.

—¿Hay alguna ventana en el cuarto de sonido? —preguntó Allison—. ¿Podría intervenir un francotirador?

—No tiene ventanas exteriores —negó Leif con la cabeza—. Sólo tendríamos una buena posición de tiro si pudiéramos meter a alguien dentro, llegara al estudio principal y disparase por el cristal que lo separa de la sala de control. Eso si pudiéramos meter a alguien. E incluso así, el técnico de sonido dice que el cristal es de cuádruple grosor.

—¿Y no se puede utilizar gas lacrimógeno o de alguna otra clase?

Habría sido un giro irónico.

—Creemos que en el momento en que Willow notara que hubiera algo en el aire —contestó Nicole— le pegaría un tiro a Cassidy.

—Dentro de un minuto, marcaré para que hable usted —dijo Leif sosteniendo un teléfono móvil—. Su objetivo es conectar con ella, igual que lo consiguió en el interrogatorio. Necesitamos que calme las cosas y relaje un poco la tensión. No queremos que Willow se asuste.

Allison parecía atemorizada. Le temblaban las rodillas.

—¡No puedo hacerlo!

Nicole le pasó un brazo por los hombros

—Mira, Allison, es igual que cuando escoges un jurado. Tienes que establecer una relación con ella. No hagas preguntas que pueda responderse con sólo un sí o un no. Sácale conversación a Willow. Seguro que estará harta de vivir una mentira día tras día. Así que dale la oportunidad de expresarse. Repite lo que ella te dice para que sepa que tiene tu atención. Pero, sobre todo, mantenla hablando.

—Tenemos que quitarle presión —dijo Leif—. Hable despacio. Dele ocasión para que considere detenidamente todo esto. Pregúntele si tiene hambre, y si tiene, pregúntele exactamente qué tipo de comida le apetecería. Manténgala concentrada en los detalles. Eso ayudará a alargar las cosas y nos dará tiempo para organizar un plan.

Allison se tocó la cruz bajo la blusa. *Dios mío*, oró, *ayúdame a no cometer ningún error. Guarda a Cassidy, y también a Willow. Que nadie salga herido.*

Leif marcó el número y le pasó el teléfono.

—Sí.

Si no hubiera sabido que era Willow, Allison no creía que hubiera reconocido su voz.

—Soy Allison Pierce. ¿Cómo está, Willow?

—¿Cómo cree que estoy?

Allison decidió no reforzar el pánico de Willow sugiriendo que estaba asustada. En lugar de eso, dijo:

—Es hora de cenar. Debe de estar hambrienta —planteó, con voz más suave y más baja que Willow, enviando una sutil señal de calma—. ¿Le gustaría que le trajéramos una pizza o algo?

—Claro, ¿y que el repartidor se me eche encima? No, gracias.

—¿Qué quiere entonces? —preguntó Allison, que ya había cumplido con lo de la señal de tranquilidad—. Dígame y veré si puedo conseguirlo.

Leif asintió y le hizo la señal de *okey*.

—¿Qué es lo que pasa? —preguntó Willow—. Yo maté a Jim Fate. Y ahora soy una secuestradora. Voy a envejecer en la cárcel. ¿Qué más da si muero?

—Willow, no servirá de nada que muera —dijo Allison en seguida, preocupada de que Willow estuviera a punto de tomar decisiones sin retorno—. No beneficiará a su causa.

Aunque tal vez sí beneficiara, no podía por menos que pensar. Los medios de comunicación prestaban más atención a los cadáveres que a los enfrentamientos que acaban de forma pacífica.

—Usted dígame lo que quiere y veremos cómo conseguírselo.

—Pues tráigame un coche —se reforzó la voz de Willow—. Sin dispositivos de seguimiento. Y que nadie me siga. Me voy a llevar a Cassidy. Una vez que esté segura de que nadie me sigue, la dejaré marchar.

O la tiraría del coche con una bala en la cabeza, pensó Allison.

—Concentración en los detalles —le susurró Leif en el oído libre—. Gane algo de tiempo.

—¿Qué tipo de coche quiere? ¿Cuatro puertas? ¿Dos? ¿Un híbrido?

—Quiero el de usted.

—¿Qué? —masculló Allison.

Hasta Leif se quedó mudo.

—Quiero su coche. Con el que ha venido hasta aquí. Súbalo en la acera y hasta la puerta de la calle para que se vea bien por la cámara. Acérquelo en marcha atrás para que yo pueda salir enseguida. Deje las llaves puestas con el motor en marcha. Y hágalo en los próximos tres minutos o sabré que me está haciendo trampas. Y quiero a todo el mundo a más de diez metros y con las manos vacías, las armas enfundadas o en el suelo. Si veo una sola pistola apuntándome le pego un tiro a la rehén.

Se cortó la comunicación.

—¿Qué hago? —suplicó Allison—. ¿Qué hago?

—Es una muy pero muy mala señal que se refiera a Cassidy como «la rehén» —dijo Nicole con voz seria—. La está despersonalizando. Creo que vas a tener que hacer lo que ha dicho. Y mejor que te des prisa.

Un minuto más tarde, Allison subió su Volvo en la acera hasta que casi tocaba la puerta principal. Entonces se apeó y se unió al grupo que esperaba ver abrirse la puerta y a las dos mujeres saliendo.

La puerta se abrió por fin. Willow tenía el brazo izquierdo rodeando el cuello de Cassidy, y con la mano derecha empuñaba el arma con que le apretaba en la barbilla. Parecían unidas como siamesas, sólo que con una cabeza morena y otra rubia. Cassidy tenía los ojos como platos y la boca abierta como si quisiera gritar, pero no emitió ni un sonido.

Un paso. Dos. Willow fue a la puerta de acompañante, la abrió, empujó a Cassidy con el cañón de la pistola para que entrara.

Por la acera llegó rodando una granada, que se detuvo justo a los pies de Willow. En un instante se formó un enorme y cegador fogonazo y un ensordecedor *¡BANG!*. La fuerza expansiva de la explosión hizo trastabillarse unos pasos atrás a Allison.

Aunque le pitaban los oídos, Allison creyó oír los sonidos de un tiroteo y un grito de mujer. Pero todavía estaba cegada por el fogonazo.

CAPÍTULO 43

Restaurante Papá Haydn
Jueves, 23 de febrero

Tres días más tarde, Allison estaba sentada a la media luz del Restaurante Papá Haydn, escuchando el tintineo de los cubiertos de plata con la porcelana. En el menú se destacaban sus cocochas de halibut, bisonte en su jugo y pasta con jabalí, pero lo que de verdad atraía del restaurante era su enorme bandeja de postres.

—Aquí tienen —dijo la camarera, sirviendo un plato—. Una ración de nuestra torta de chocolate y tenedores para cada una.

Ante ellas, cuatro capas gloriosas de torta de chocolate con suero de leche separadas por crema trufada de café y barnizadas con crema de chocolate con leche.

—Yo no debería... —dijo Nicole, levantando su tenedor.

—Tal vez sólo un par de bocados —dijo Allison, apartando un trocito.

—Delicioso —masculló Cassidy con la boca ya llena.

Observando a sus amigas, Allison podía sentir cómo se le ensanchaba el corazón en el pecho. Habían estado a un pelo de perder a Cassidy.

—Todavía no entiendo, Nicole, por qué no me dijiste que iban a usar esa, esa...

—Granada aturdidora —dijo Nicole—. También se la llama *flashbang*, por razones obvias. El fogonazo te ciega. La explosión y la onda expansiva se te meten en los oídos y te hacen perder el equilibrio. Te permite ganar un poco de tiempo. En este caso, justo lo necesario para desarmar a Willow y rescatar a Cassidy.

—Y yo lo agradezco —dijo Cassidy levantando su copa—. Aunque cuando se disparó el arma de Willow, estaba segura de que me moría. Gracias a Dios que no alcanzó a nadie. Pero si la hubieran dejado que se me llevara en el coche, ya estaría muerta.

—Y la razón por la que no te lo dijimos, Allison —explicó Nicole— es que el procedimiento estándar establece no decir nada al negociador cuando se está planteando una tentativa de rescate. Willow te estaba escuchando, viéndote salir de tu coche. No podíamos arriesgarnos a que dejaras entrever algo con tus palabras, tu tono de voz o incluso tu lenguaje corporal.

—¿Pero dónde consiguió Willow el fentanyl para matar a Jim? —preguntó Cassidy.

—No era fentanyl —explicó Allison—. Ella tenía un amigo que trabajaba para una importante empresa veterinaria, y él robó para ella un medicamento llamado Carfentanil.

—El Carfentanil es un compuesto análogo del fentanyl —dijo Nicole—, por eso el laboratorio pensó que lo que había en la sangre de Jim Fate era fentanyl, sólo que concentrado de algún modo. Es un tranquilizante para animales cien veces más fuerte que el fentanyl. Es lo que usaron en el caso de los rehenes en aquel teatro de Moscú, donde murieron cientos de personas cuando los militares rusos gasearon la sala.

—Entonces sería muy rápido —dijo Cassidy—. Eso espero —declaró, mirando a las dos—. Hay algo más que tengo que contar, chicas. Una de las últimas cosas que Jim me dijo fue que, cuando estás en la radio, tienes que actuar como si estuvieras hablando con tu mejor amigo. Me dijo que tienes que imaginarte que están justo ahí en el estudio contigo. Bueno, cuando Willow me forzó a colaborar en su pretendido manifiesto, yo sólo podía pensar en ustedes. En cada palabra, pensaba en las dos.

Los labios de Nicole se estiraron en una peculiar sonrisa.

—Bueno, ¿y cómo te va? ¿Duermes peor por culpa de todo esto? ¿Mantienes la distancia con el Somulex?

—Anoche dormí más de seis horas. Sin pastillas. Suena a locura después de todo lo que ha pasado, pero es verdad.

—Cuánto me alegro —dijo Allison, inclinándose hacia Cassidy para acariciarle el hombro—. Bien por ti. ¿Cómo lo consigues?

—Es como dicen en Adictos Anónimos: día a día. Es muy aburrido, pero he estado acostándome a la misma hora cada noche. Incluso en el fin de semana. Me he comprometido a ir a yoga tres veces por semana y a reuniones de AA cinco veces por semana.

Nicole suspiró.

—Ya que este es el momento de las confesiones, tengo también una para ustedes, mis amigas. Aquel tipo que irrumpió en mi casa, no nos eligió al azar. Hace unos diez años, alguien me metió algo en una bebida... —dijo, pronunciando las palabras cada vez más y más despacio—. Y yo... me... me violaron.

Cassidy y Allison se quedaron heladas.

Allison hizo cuentas.

—¿Entonces Makayla...? —dijo después de una larga pausa.

Nicole asintió con la cabeza.

—¿Y ella lo sabe? —dijo Cassidy soltando el tenedor.

—No sabía nada. Ahora sabe un poco. Pero sabe lo más importante. Que yo soy su madre y que la quiero mucho.

—¿Qué le pasó al tipo ese? —preguntó Cassidy.

—Estaba en libertad condicional, pero ahora ha vuelto a la cárcel. Se suponía que lo tenían bajo supervisión electrónica, pero esas pulseras se pueden cortar con unas simples tijeras. Supongo que no es lógico dejar a alguien preso con una simple pieza electrónica o algo así. Así que, en realidad, la pulsera envía una alarma automática cuando se rompe, de modo que sabían que estaba suelto. Lo notificaron a las víctimas, pero no se les ocurrió avisarme a mí, porque yo no era una de las que declaró contra él. Muy pocas personas sabían que yo estaba embarazada de él, pero él se enteró.

—¿Cómo te encontró? —dijo Allison temblando.

—Fue astuto. Llamó a mi hermano pequeño fingiendo ser un mensajero con un paquete para mí. Le dijo que alguien había derramado café en el paquete y no se podía leer la dirección. Mi hermano pensó que me hacía un favor ayudando a ese tipo. Algo positivo es que el tal Miller está dispuesto a declararse culpable. No quiero que Makayla tenga que pasar por el juicio. Al menos no le acertó al disparar —dijo Nicole, apretando los labios y ensanchando los ojos.

Si Allison no la conociera tan bien, habría jurado que Nicole estaba luchando con las lágrimas. Pero Nic nunca lloraba.

—Encontramos un montón de peluches y muñecas en su coche. Cosas más bien propias de una jovencita. Creo que en realidad tenía alguna fantasía con lo de ser su padre.

—Todos soñamos con ser padres —dijo Cassidy con una expresión que Allison sólo pudo juzgar como sonrisa melancólica. Miró a Allison—. ¿Te ha dicho la doctora si Marshall y tú pueden tener otro bebé?

Nicole le dio un toque en el brazo.

—Chica, es demasiado pronto para preguntar eso. Déjala tranquila.

—No, no pasa nada —dijo Allison—. Ha dicho que podríamos comenzar a intentarlo de nuevo dentro de unos meses. Pero una parte de mí no está tranquila con la idea de volver a aquella situación en la que tratábamos de que me quedara embarazada y no podíamos, un mes tras otro. Todo lo que ha pasado últimamente nos ha acercado más a Marshall y a mí. Incluso el conocer a aquella niña el día que murió Jim. Ayer le llevé algunas cosas a la familia de Estela.

—¿No te inquieta que sean ilegales? —preguntó Cassidy.

—Lo que me inquietaría sería saber que están pasando hambre y frío, sobre todo una niñita a la que nadie le preguntó dónde quería nacer. Jesús dijo: «Tuve hambre y me disteis de comer». No dijo: «Estuve como ilegal y me deportasteis».

—Bien dicho —coincidió Nicole, lo cual sorprendió a Allison. Por lo general, cualquier mención a Dios encontraba en ella un silencio escéptico.

—Si Jim estuviera aquí, te apuesto a que presentaría media docena de argumentos contra lo que acabas de decir —dijo Cassidy—. Pero no está —suspiró—. ¿Sabes? Lo añoro más de lo que nunca habría imaginado.

—Por Jim —dijo Allison, levantando su copa de vino.

—Por Jim —repitieron las otras dos, levantando las suyas para hacer chinchín.

—Y por el Club de la Triple Amenaza—dijo Nicole.

—¡Larga vida al Club! —dijo Cassidy.

Las tres amigas se tomaron el vino intercambiándose una sonrisa.

UNA NOTA DE LIS WIEHL

Ocurrió algo gracioso cuando pedí a algunas personalidades clave de la radio que leyeran y dedicaran algunas líneas a *La mano del destino*.

Me dijeron que sí ilusionados. Pero, junto a sus elogios, coincidían en una cuestión: «Vamos, puedes decírmelo. Te has inspirado en mí para el personaje de Jim Fate ¿verdad?»

Me pareció que lo justo era mostrar algunas de esas cartas —todas escritas en tono de humor— a nuestros lectores. Espero que las disfruten tanto como yo.

Entonces, ¿quién sirvió de modelo para el personaje de Jim Fate? Hmmm... Eso es un misterio que tal vez sea mejor no resolver.

12 / 18 / 09

Wiehl

¡Excelente trabajo con el libro!
Pero, ¿no crees que debiste haber hecho un
mejor esfuerzo en camuflarme?
Te voy a perdonar sólo esta vez.

Bill O'Reilly

Lis Wiehl
Fox News Channel
New York, NY

Lis...

¡Tu serie de libros es fantástica! Ese Jim Fate parece de veras un gran tipo... con eso de las perforaciones en la costa oeste y esa genial gorra con la Segunda Enmienda en la pared de su despacho. Me siento realmente halagado por que hayas basado el personaje en mí... aunque acabe muerto. Al menos él le da lo suyo a las nuevas reglas de impuestos estatales de Obama, ¿no?

¡Estoy impaciente por ver a quién vas a matar ahora!

Con mis mejores deseos

Lars

The Mark Levin Show

Lis,

¿Así que Jim Fate es «El Más Grande», eh? Muy divertido. Gracias por basarlo en mí. Te deseo la mejor de las suertes con la serie. ¡Tenemos que hablar de esto en nuestro programa, para que des tus explicaciones!

Mark R. Levin

NewsTalkRadio
77WABC
The 50,000 Watt Beacon of Freedom

Hola Lis:

Estaba hoy sentada en mi estudio en la radio cuando llegó
la policía para preguntarme por la muerte de Jim Fate... He
colaborado plenamente y, por supuesto, tengo una coartada
perfecta, pero ninguno de los que trabajamos en radio estamos
libres de sospecha. Desde luego, era un tipo polémico, pero era
un paladín de la Primera Enmienda. Su asesino quería taparle
la boca, y la boca de todos los que creemos en la libertad de
expresión. Gracias a Dios que el Club de la Triple Amenaza se
ocupa del caso.

Monica

Monica Crowley
Presentadora de «The Monica Crowley Show», emitido a nivel nacional
Analista política del canal Fox News
Panelista, «The McLaughlin Group»

GUÍA PARA GRUPOS DE LECTURA

(¡Advertencia! Esta guía contiene información sobre el desenlace.)

1. ¿Existen ciertas funciones, como comprobar que nuestros suministros de alimentos sean seguros, que requieren una mayor regulación por parte del gobierno para mantenernos a salvo? ¿O corremos el peligro de convertir el país en un estado paternalista, como acusa Jim?

2. Jim Fate decide quedarse en su estudio y no poner en peligro las vidas de sus colegas. ¿Crees que habrías hecho lo mismo si hubieras estado en su lugar? ¿O piensas que uno nunca sabe cómo reaccionará hasta que llega el momento?

3. ¿Te has encontrado alguna vez en una situación en que la gente haya estado presa del pánico? Rudyard Kipling escribió: «Si puedes mantener la cabeza cuando todos los que te rodean la están perdiendo... serás un hombre de verdad, hijo mío». ¿Te costó mucho mantener la cabeza en una situación así?

4. Ya han pasado nueve años desde los ataques terroristas del 9/11. ¿Crees que la gente se ha vuelto más confiada pensando que no volverá a ocurrir algo así?

5. ¿Mantienes una sólida amistad con un grupo reducido de personas, como hacen Cassidy, Allison y Nicole? ¿O piensas que en el ajetreado mundo de hoy es demasiado difícil mantener una amistad tan íntima, dadas las exigencias de los estudios, el trabajo y la familia?

6. Cassidy se hace adicta a unas pastillas para dormir, que en la novela se llaman Somulex. ¿Crees que nuestra sociedad se ha vuelto demasiado dependiente de los medicamentos para problemas comunes como el insomnio o la ansiedad? ¿Acaso hemos facilitado demasiado el acceso de las personas a ciertos medicamentos?

7. En *La mano del destino*, la ciudad de Portland está al borde de una gran catástrofe. ¿Has hecho algún preparativo como familia para un caso de catástrofe? Menciona dos o tres cosas que podrías hacer para estar preparado en caso de tener que refugiarte en casa durante varios días. ¿Tienes un plan sobre qué hacer en caso de no encontrarte con tu familia cuando sucediera la catástrofe?

8. En nuestro país nacen muchos niños cuyos padres entraron de manera ilegal. Obviamente estos pequeños no tienen ninguna responsabilidad en cuanto a dónde han nacido. Otorgar la ciudadanía de manera automática, ¿hace a nuestro país más fuerte o más débil? Nuestro país, en este caso Estados Unidos, ¿es un crisol, una ensaladilla o algo completamente distinto? ¿Qué hacemos con los niños que son traídos a este país siendo bebés o bastante pequeños? Puede que no tengan ninguna familiaridad con su país de «origen», pero de todas formas se enfrentan a la deportación.

9. Como Allison, hay muchos estadounidenses que no hablan una segunda lengua. Sólo uno de cada cuatro estadounidenses habla un segundo idioma con nivel suficiente para mantener una conversación. El inglés se ha convertido en la segunda lengua en la mayoría de los países del mundo. ¿Crees que es perjudicial para los estadounidenses

no dominar otro idioma? Muchas escuelas secundarias exigen dos años en una segunda lengua como requisito de graduación. ¿Crees que es buena idea?

10. Cuando escuchas esos programas de radio con debate y participación de la gente, ¿te ponen nervioso o te estimulan? ¿Se ha vuelto el país demasiado polarizado, con argumentos que están siempre en un extremo o el otro?

11. En su condición de mujer y de afroamericana en el FBI, Nicole parece a veces ser parte de una doble minoría. ¿Has vivido alguna situación en la que te hayas sentido fuera de tu sitio? ¿Por qué? ¿Qué hiciste al respecto? ¿Alguna vez has visto a alguien que se sintiera fuera de lugar en tu grupo? ¿Qué hiciste para que se sintiera bien recibida?

12. ¿Crees que los canales de veinticuatro horas de noticias han resultado perjudiciales, centrándose en historias efímeras e intrascendentes? ¿O sirven para poner el foco en problemas que antes pasaban inadvertidos, o incluso ayudan a resolver crímenes, como en el secuestro de Elizabeth Smart?

13. Hay quien piensa que las campañas políticas se han alejado demasiado de los problemas y se han centrado en cosas superficiales y sin importancia, como fotografías en que los candidatos parecen dementes o tienen sobrepeso. ¿Qué opinas? Si una campaña se centrara exclusivamente en las cuestiones políticas, ¿tendría éxito?

14. Jim recibe correo hostil cada día, sobre todo por correo electrónico. ¿Crees que el correo electrónico ha hecho perder civismo a la gente? ¿O es que las palabras pueden sonar más duras cuando se envían en un *email*? ¿Alguna vez has sufrido un malentendido por un correo electrónico que alguien entendió de manera diferente a la intención que tenías?

15. Cassidy aparece en televisión para hablar de su experiencia con la violencia doméstica. ¿Crees que la gente está todavía poco dispuesta a hablar abiertamente sobre la violencia doméstica? ¿Has tratado de ayudar a alguien que se encontraba en una relación de ese tipo? ¿Fue bien recibida tu ayuda?

16. Allison tiene que hacer frente a la dolorosa interrupción de su embarazo. ¿Has tenido alguna vez que afrontar una pérdida que te parecía insoportable? ¿Qué fue y cómo lo afrontaste?

AGRADECIMIENTOS

Alguien dijo: «Es labor de todos». Pues bien, en esta novela ha sido así: O'Reilly... gracias de nuevo... de parte de Wiehl (seguimos llamándonos por el apellido después de siete años compartiendo un programa de radio). Y a Roger Ailes, el intrépido líder de FOX News, le agradezco que se arriesgara a contratar a cierta «analista legal». A Dianne Brandi, por estar siempre apoyándome. Y a mi todavía «favorito» hermano Christopher; a su encantadora esposa Sarah; y a su hijo Christian. A mamá y a papá; a mi hijo Jacob; a mi hija Dani; y a mi esposo Mickey, alias Michael Stone.

Gracias a todos mis amigos que escribieron cartas y recomendaron mi libro (sobre todo a la gente de la radio y la televisión que ha demostrado tener sentido del humor). Gracias por la buena disposición para cooperar. A Pamela Cooney, asistente jurídica; a Ryan Eanes, extraordinario diseñador del sitio web LisWiehlbooks.com; a John Blasi, la inteligencia y visión que hay detrás de Billoreilly.com; a Garr King, juez de distrito; a Jeff McLennan, investigador superior de medicina legal de la junta de investigadores forenses del Condado de Clackamas; a Bob Stewart, agente del FBI jubilado (así como a muchos agentes del FBI y otras fuentes que desean permanecer en el anonimato); y a Matt Trom, que trabaja en el control de llamadas en la radio.

A nuestros agentes editoriales, Wendy Schmalz, de la Agencia Wendy Schmalz, y a Todd Shuster y Lane Zachary, de la Agencia Literaria y de Entretenimiento Zachary, Shuster, Harmsworth, que han trabajado sin descanso junto a la maravillosa gente de Thomas Nelson, que vieron el potencial y el dramatismo de esta serie: Allen Arnold, Vicepresidente principal y Editor de Ficción (que, incluso con un título tan largo, es un tipo realmente agradable); Ami McConnell, Redactora Principal de Adquisiciones (con la paciencia de una santa); y el editor L.B. Norton, (con su asombrosa capacidad para captar todos los errores y revisarlos con una sonrisa). Y sigue siendo de inspiración el entusiasmo de Belinda Bass, Natalie Hanemann, Daisy Hutton, Corinne Kalasky y Becky Monds, todas de Thomas Nelson. El equipo de mercadotecnia de Thomas Nelson posee el brío y la creatividad de un verdadero equipo de ensueño: Doug Miller, Rick Spruill, Heather McCulloch, Kathy Carabajal y Catherina Dietz, por mencionar sólo a algunos. Al último, pero desde luego no menos importante, a quien doy las gracias es al equipo de mercadotecnia de Jennifer Deshler, del que forman parte las dinámicas Katie Bond y Ashley Schneider con el siempre decidido Micah Walker. Si hay errores, son nuestros. Si hay méritos, son de ellos. ¡Gracias!

PRÓXIMAMENTE
EN EL 2011

LA TERCERA NOVELA DE LA SERIE DEL
CLUB DE LA TRIPLE AMENAZA

GRUPO NELSON
Desde 1798

Para otros materiales, visítenos a:
gruponelson.com

¡YA EN TU TIENDA!

Un extracto de *El rostro de la traición*

—¡**V**amos, Jalapeño!

Katie Converse tiró de la correa del perro. De mala gana, el chucho negro mezcla de labrador levantó el hocico y la siguió. Katie quería darse prisa, pero parecía que todo invitaba a Jalapeño a detenerse, olfatear y alzar la pata. Y no había tiempo para eso. Hoy no.

Ella había crecido a menos de tres kilómetros del lugar, pero esa tarde todo parecía diferente. Era invierno, de hecho, casi Navidad. Y ya no era la misma que la última vez que había estado allí, hacía menos de un mes. Entonces era una chiquilla jugando a ser mayor. Ahora era una mujer.

Al final encontró el punto de acuerdo. Todavía se sentía sacudida por lo que había dicho hacía menos de dos horas. Lo que había exigido.

Ahora lo único que le quedaba era esperar. Y eso no era fácil para una impaciente joven de diecisiete años.

Escuchó pies que rozaban el suelo detrás de ella. Incapaz de reprimir una sonrisa, Katie pronunció su nombre mientras se daba la vuelta.

Al ver esa cara, Jalapeño gruñó con expresión de rabia.

Mientras caminaba hacia el estrado, la fiscal federal Allison Pierce se tocaba la crucecita de plata que le colgaba de una fina cadena. La llevaba oculta bajo su blusa de seda color crema, pero siempre estaba ahí, junto al corazón de Allison. Su padre se la había regalado al cumplir los dieciséis.

Allison iba ataviada con lo que ella consideraba su «uniforme» de juzgados, un traje azul marino con falda que, pese a sus largas piernas, le llegaba por debajo de las rodillas. Esa mañana había doblegado sus rizos castaños en un moño bajo y se había puesto unos pequeños pendientes de plata. Tenía treinta y tres años, pero en los tribunales quería asegurarse de que nadie la tomara por una mujer joven o inexperta.

Respiró hondo y miró al juez Fitzpatrick.

—Señoría, solicito la sentencia máxima para Frank Archer. Este hombre planeó de manera fría, calculadora y alevosa el asesinato de su esposa. Si hubiera tratado con un verdadero asesino a sueldo en lugar de con un agente del FBI, Toni Archer estaría hoy muerta. De todos modos, hoy tiene que esconderse y teme por su vida.

Un año antes, Frank Archer había tenido lo que él explicó a sus amigos como un problema de metro sesenta: Toni. Ella quería el divorcio. Archer era ingeniero y se le daban bien las matemáticas. El divorcio significaba dividir sus bienes y pagar para la manutención de su hijo. Pero, ¿y si Toni

—Lo siento, lo siento mucho. No hay palabras para expresar cómo me siento. Todo ha sido un enorme error. Yo quiero mucho a Toni.

Allison no se percató de estar meneando la cabeza hasta que sintió el mocasín del 45 de Rod tocando la punta de sus delicados zapatos de charol azul marino.

Se levantaron todos para oír la sentencia.

—Frank Archer, se ha reconocido usted culpable del cobarde y despreciable acto de preparar el asesinato de su esposa —dijo el juez Fitzpatrick con el rostro de piedra—. La sentencia de hoy debería transmitir un mensaje firme a los cobardes que creen que pueden esconderse pagando a un desconocido para que cometa un crimen. Por la presente le condeno a diez años por intento de asesinato a sueldo, seguidos de dos años de libertad vigilada.

Allison tuvo una sensación de alivio. Llevaba una racha excelente, pero el caso precedente en que había ejercido la acusación había sacudido su confianza. El novio violador había sido declarado inocente, lo que había dejado a su víctima conmocionada, asustada y furiosa; y le dejó a Allison un sentimiento de culpa que no había podido quitarse de encima en años. Por lo menos, ahora había hecho del mundo un lugar más seguro.

Un segundo después, se le vino abajo el buen humor.

—¡Ustedes tienen la culpa! —gritó Archer, pero no se dirigía a Toni. La ex esposa tenía demasiado miedo como para estar en la sala del tribunal. Señalaba a Allison y a Rod.

—¡Me han tendido una trampa! —vociferaba Archer mientras lo sacaban a rastras de la sala de tribunal.

—No te preocupes —dijo Rod, acariciándole el brazo—. Lo vigilaremos.

Ella movió la cabeza y esbozó una sonrisa. Sí, había sentido una pizca de miedo, pero, ¿iba a regresar el tipo dentro de diez años para vengarse?

Allison se quitó de encima los malos presagios y salió de aquella corte federal que los habitantes de Portland conocían como el edificio Maquinilla de Afeitar, por la forma del techo. Llamó a Toni para darle las buenas noticias. En el estacionamiento, sacó el llavero, presionó el mando de apertura del coche y se sentó al volante, todavía hablando. Sólo después de haber recibido las gracias de Toni y decirle adiós se percató del volante publicitario que le habían puesto bajo el limpiaparabrisas. Refunfuñando contra la publicidad chatarra, salió del coche y agarró el periódico gratuito.

Entonces lo desplegó.

El lado profesional de Allison comenzó inmediatamente a tomar nota. Nota uno: excepto en películas, nunca había visto una amenaza escrita con letras recortadas de una revista. Nota dos: ¿estaba tapando con sus propias huellas dactilares las de la persona que había hecho esto?

Pero el lado humano de Allison no podía menos que temblar. Con toda su capacidad de distanciamiento, no pudo aplacar su horror al leer el mensaje.

La historia sigue en *El rostro de la traición*,
disponible en todas las librerías.

ACERCA DE LAS AUTORAS

Lis Wiehl se graduó en la Facultad de Derecho de Harvard y ha sido Fiscal Federal. Como analista y comentarista de asuntos jurídicos para el canal de noticias de la Fox, Wiehl aparece con regularidad en el espacio *The O'Reilly Factor*, y ha acompañado en los últimos siete años a Bill O'Reilly en el programa de radio de gran difusión *The Radio Factor*.

April Henry ha escrito siete novelas de misterio y thrillers. Sus libros han sido nominados para los premios Agatha Award, Anthony Award y Oregon Book Award. BookSense ha elegido dos de sus obras. April vive en Portland, Oregón, con su marido y su hija.